C000163521

FOLIO SCIENCE-FICTION

Laurent Genefort

Mémoria

ÉDITION AUGMENTÉE

Gallimard

Né en 1968, Laurent Genefort découvre très tôt la science-fiction. Il publie son premier roman à l'âge de vingt ans et en a écrit depuis plus d'une trentaine, parmi lesquels *Arago* (Grand Prix de l'Imaginaire 1995), *Les chasseurs de sève*, *Les opéras de l'espace* ou la série d'*Omale* sur le point d'être rééditée dans la collection Lunes d'encre, aux Éditions Denoël. Il a également soutenu une thèse sur les livres-univers dans la science-fiction.

MÉMORIA

Première partie

1

« J'ai le droit de savoir pourquoi tu vas me buter, non ? » demanda Norodom.

Il ne se débattait plus. Il avait compris qu'il ne parviendrait jamais à briser la chaise sur laquelle il était ligoté : l'inhibiteur neural que je lui avais posé sur la nuque l'empêchait de remuer le petit doigt. S'il était attaché, c'était avant tout pour ne pas qu'il s'effondre. Il ne pouvait ni bouger ni hurler. De toute façon, nous nous trouvions dans une cabane en tôle, plus exactement un container éventré reconverti en abri : crier aurait été inutile.

J'avais traîné Norodom là-dedans une heure auparavant, mais il m'avait fallu une bonne semaine pour monter l'enlèvement. De la porte entrouverte filtrait une brise aux relents de curry. Les miasmes du marécage voisin, qui venait lécher un récif de citernes géantes bordant les tarmacs de l'astroport de Koh-Tap. Un grondement extérieur fit trembler le mobilier : un vieux socle holo, des sièges de salle d'attente fissurés et écaillés, une glacière en mousse cryostat, une banquette défoncée… et, posée sur un cageot en plastique, la mallette. Elle était en cuir d'un beige délavé, et comportait des clips de fermeture à cadenas. Sur la poignée était gravé un seul mot, à moitié effacé : *Mémoria*.

J'attendis que le grondement ait suffisamment décliné – c'est-à-dire que la fusée ait atteint les couches supérieures de l'atmosphère – pour répondre :

« Le droit de savoir ? Tu n'as aucun droit.

— Tu veux te venger ? Si c'est ça, tu te trompes d'adresse.

— Tu t'appelles bien Norodom, médecin personnel de Dunam ?

— Putain, je t'ai jamais vu de ma vie !

— Je vais tout de même t'expliquer. Sache d'abord que je ne vais pas te tuer. »

Les yeux de l'homme s'arrondirent. Ce fut seulement à cet instant qu'un éclair de peur illumina ses yeux et qu'un film de sueur humidifia le col de sa chemise à motifs en spirale, boutonnée jusqu'au menton.

« Hein ? Si tu comptes me torturer avant…

— Je veux seulement t'emprunter.

— M'emprunter quoi ? Bordel, je ne comprends rien ! Qu'est-ce que tu veux m'emprunter ? En ce qui concerne le fric…

— C'est toi que je veux emprunter. »

Je posai sur son épaule une main que je voulais rassurante. Ce fut comme si je l'avais brûlé au fer rouge : sous mes doigts, et malgré l'inhibiteur neural, ses muscles se tordirent. Une bouffée de transpiration me sauta brusquement aux narines. Il s'immobilisa et me regarda fixement, les pupilles réduites à des pointes d'aiguille.

« Vangkdieux, dit-il au bout de quelques secondes.

Tu n'es… tu n'es pas humain. Quel genre de créature tu es ? »

Je sifflai entre mes dents. C'était la première fois que l'une de mes proies montrait tant de perspicacité.

« À ton avis ? »

Norodom recommença à transpirer. Peut-être croyait-il qu'en engageant le dialogue, il échapperait à son sort, quel qu'il fût. Mais il était à des années-lumière d'imaginer ce qui allait lui arriver.

« Tu viens d'une autre planète, dit-il. Ton accent, ton allure… Tu n'es pas de Kuiper Prime. Ni des deux autres mondes du système.

— Ça n'était pas très difficile à deviner.

— Tes yeux. Ils sont différents.

— Là, tu chauffes. »

Mais pas au point de brûler. Finalement, Norodom n'avait aucune idée de ce que je pouvais être. Du reste, comment l'aurait-il pu ? Le système kuiperien était insignifiant : trois planètes à demi colonisées où régnaient des cartels de la pègre déguisés en milieu d'affaires. La technologie qui me permettait d'exister n'était ici au mieux qu'une légende. Et d'où elle venait, elle ne représenterait qu'un passé révolu.

« Vous êtes un tueur d'outre-monde, pas vrai ? » dit-il.

Il était instinctivement passé du « tu » au « vous ».

« D'une certaine manière, répondis-je. Mais si tu penses que quelqu'un m'a envoyé pour t'éliminer, je regrette de te décevoir. Tu ne vaux pas la dépense. »

Norodom secoua la tête.

« Je ne suis pas idiot. Vous voulez faire pression sur moi afin que je trahisse Dunam ? M'implanter un virus ciblé pour le contaminer ? Merde, je l'avais prévenu qu'il était allé trop loin, ce coup-ci. Aucun cartel n'ose se frotter à la Crops. Mais vous vous fourrez le doigt dans l'œil. Dunam a pris toutes les précautions imaginables…»

Pendant qu'il parlait, j'ouvris la mallette et tirai avec précaution un petit casque noir réglable, patiné par l'usage. Un câble épais le reliait à un boîtier jaune qui remplissait entièrement la mallette. Il y avait longtemps que j'avais retiré les témoins lumineux, ne gardant que l'écran tactile gris sur la face supérieure. Je connaissais les contrôles par cœur. Tout en étalant un gel conducteur sur les tempes de Norodom, je dis :

«Bien sûr que je vais tuer ton patron. Mes commanditaires ont déjà essayé plusieurs fois, mais il semble que l'approcher ne soit pas aussi facile qu'ils l'escomptaient. Ils auraient pu le faire empoisonner, ou mettre sa tête à prix. Mais c'était perdre la valeur de l'exemple. C'est pourquoi ils ont fini par faire appel à moi. Ma manière d'opérer est un peu spéciale : j'emprunte le corps des gens. Ce boîtier jaune, dans la mallette, va reconfigurer ton cerveau pour accueillir ma conscience.»

Je me tus, mais il demeura sans réaction. Je précisai :

«D'abord, la machine scanne l'encéphale du sujet, puis génère une simulation de son schéma électrochimique. Le résultat, compilé, est une personnalité figée qui peut ensuite être écrite sur un second support biologique, en l'occurrence le cerveau de l'hôte. Pour simplifier, ma machine permet de transférer une personnalité d'un corps à un autre. Maintenant, tu saisis mieux ?»

Les dents serrées, Norodom hocha la tête.

«Bon, je continue. Je sais que Dunam est paranoïaque dès que sa sécurité est en jeu. Personne ne peut l'approcher à part ses plus fidèles lieutenants. C'est là que j'interviens : grâce à ma mallette, je peux utiliser le corps de n'importe quel individu. » Je me plaçai face à lui et plongeai mon regard dans le sien. « Une fois que j'aurai investi ton cerveau, je pourrai approcher Dunam sans qu'il se doute de quoi que ce soit. Dès que je l'aurai éliminé, je ficherai le camp de cette petite planète, direction mon prochain contrat. »

À présent, Norodom était livide. Sa gorge était si sèche qu'il déglutit pour pouvoir parler.

« Et… et moi ? Mon esprit, que va-t-il…

— Ton esprit restera dans la mémoire de la machine le temps de la mission. Au moment où je substituerai mon esprit au tien, celui du précédent occupant de mon corps actuel reprendra sa place d'origine. Avec quelques mois d'amnésie, pour qu'on ne puisse pas remonter jusqu'à moi. »

Il digéra lentement mes révélations. À son expression, et à ses tentatives de me la dissimuler, je vis qu'il comprenait enfin qu'il avait une véritable chance de survie.

« C'est pour ça que vous m'expliquez ? Parce que j'aurai tout oublié quand je reprendrai possession de mon corps. À condition que vous surviviez à l'élimination de Dunam, bien sûr.

— Sur ce point, tu vas devoir me faire confiance. »

Norodom me lança une insulte, mais je haussai les épaules.

« Ce sont les risques, quand on fréquente un truand.

— Et tu crois que je vais t'aider, sous prétexte que tu tiens ma vie entre tes mains ? » On était repassé au tutoiement. Il éclata de rire. «Pourquoi est-ce que tu crois que Dunam m'a choisi? Je ne le trahirai jamais.»

Je soupirai.

«Je ne te demande rien. À quoi bon? J'irai me servir moi-même dans tes souvenirs. Une des fonctions secondaires de ma machine est d'isoler les souvenirs indépendamment de la personnalité qui les a générés. Je peux les enregistrer dans des capsules, des *mémorias*, et me les charger en mémoire.»

Nouveau silence. Puis Norodom eut un sourire incongru.

«Et toi, tu gagnes quoi dans tout ça? Ton corps d'origine, tu as bien dû l'abandonner quelque part. Tu l'as laissé pour du fric?»

Je lui ajustai le casque sur le crâne.

«Tu ne réponds pas, continua Norodom sur un ton plus assuré. De quoi tu as peur? Tu te souviens au moins du nom que tu portais avant de devenir le vampire que tu es aujourd'hui? Non, je parie que non.»

Le scan cérébral débuta, affichant les premiers diagrammes de progression sur l'interface tactile. Il y en aurait pour six heures. Six longues heures. Je commençais à éprouver une impatience teintée d'appréhension. Comme lorsqu'on prend son élan avant de sauter pardessus un précipice. Le risque était minime, mais le précipice était bien là.

«J'avais raison, reprit Norodom, qui n'avait cessé de me dévisager. Tu n'es plus humain. Un être humain ne ferait jamais…»

Je lui assénai une gifle. Un coup modéré, pour ne pas endommager mon prochain réceptacle.

«J'ai habité des centaines d'individus avant toi, disje, des milliers peut-être, le compte se perd dans ma mémoire. La seule personne à savoir ce qu'un être humain est capable de faire, c'est moi. »

Je lui administrai un calmant. Je le faisais toujours, pour ne pas investir un corps saturé d'hormones de stress. Puis je m'appliquai un timbre anesthésique, grand comme l'ongle du pouce, au creux du coude : le transfert devait avoir lieu pendant le sommeil, car il n'était pas franchement agréable. Enfin, j'installai le second casque.

L'appareil effectuait simultanément les deux premières phases : la copie de la personnalité de Norodom dans la mémoire du boîtier jaune, et la réécriture de la personnalité initiale du corps que j'avais emprunté. Si cette deuxième phase n'était pas réalisée, il y aurait, au terme du transfert, deux corps dotés de la même personnalité : la mienne. En théorie, c'était possible. Et cela représentait un moyen de se perpétuer, si l'on y réfléchissait. Non pas de façon symbolique, à travers sa progéniture, mais *réellement et directement*. Mais je ne l'avais jamais fait. Question de sécurité, car chacun de mes « moi » incarnés voudrait assurément s'approprier la mallette pour lui seul, avec les conséquences qu'il était facile de supposer.

Je n'avais jamais cru à l'immortalité octroyée de cette manière. La raison me conduisait à penser qu'à l'instant d'un transfert, mon ancien « moi » s'éteignait et qu'un autre s'éveillait. J'en avais pris mon parti. C'était le prix à payer pour continuer à penser, à ressentir. Même si c'était à travers le corps de mes hôtes. Même si ce qui survivait n'était pas tout à fait moi. Après tout, qui pouvait définir ce qu'était réellement le moi, ou simplement garantir son existence ? Quant à l'intégrité de la conscience, peut-être le transfert m'affectait-il à un niveau fondamental. Étant l'unique sujet de l'expérience, je n'avais aucune possibilité de le savoir. Tout ce à quoi je pouvais me raccrocher était la certitude d'être *moi*, certitude purement subjective et pourtant aussi solide que du roc. Elle fondait ma propre continuité.

«Ça va commencer», dis-je sans m'adresser à personne en particulier.

La troisième et dernière phase de l'opération consistait dans la reconfiguration du cerveau de Norodom pour accueillir ma personnalité qui, elle, restait toujours dans les entrailles de la machine. Chaque semaine, j'effectuais une mise à jour de cette copie de sauvegarde. En plus, bien sûr, de celle qui était faite au moment du transfert - en ce moment même, à en juger par le chatouillement qui titillait ma nuque.

Le casque déploya un écheveau de champs magnétiques capables de déterminer la position de chaque molécule de mon encéphale, au femtomètre près, tandis que la machine calculait les interactions électriques et chimiques pour en fabriquer une simulation exacte, un double numérique parfait. Je savais que ces opérations nécessitaient à la fois une puissance de traitement et une mémoire colossales. Cela se passait à une échelle subatomique. D'où venait cette technologie? Les mondes colonisés se comptaient par milliers. Au début, j'avais supposé que la machine avait été trouvée sur une planète des Confins. Peut-être l'héritage d'une espèce disparue. Ce ne serait pas la première fois.

Puis, très vite, ces spéculations avaient perdu tout intérêt. Comme les détails techniques. À quoi bon comprendre, à quoi bon savoir? Ce qui comptait au final, c'était que la mallette me permettait de survivre par-delà la mort… ou du moins, une copie de moi-même.

Je m'assis sur l'une des chaises de salle d'attente en résine moulée, récupérées dans une décharge au pied du terminal de Koh-Tap.

Norodom se mordait les lèvres. Au bout d'un moment, il parla, d'une voix rendue pâteuse par le calmant.

« Alors, tu vas tout connaître de moi ? Mon passé, mes expériences…

— Exact.

— Bon sang… » Sa bouche se tordit. « C'est… c'est dégueulasse. »

Ce n'était pas tout à fait faux. Je le rassurai :

« Si tu crains que je découvre que tu te branles tous les jours depuis l'âge de douze ans, tu n'as vraiment pas à t'en faire. J'ai déjà habité un pédophile qui avait trois cents viols à son actif. Vos turpitudes ne me touchent plus depuis longtemps, pas plus que vos secrets de famille, vos petites joies ou vos aspirations. Au fond, elles se ressemblent toutes. À toi, je peux bien le dire : on a beaucoup exagéré la diversité entre individus. La plupart d'entre vous êtes formatés de la même manière.

— Je ne pensais pas à ma vie privée, riposta Noro-dom, dont le crâne s'était mis à dodeliner. Mais à ma vie… ma vie…

— Considère-moi comme un virus informatique. Je te dérobe un peu de ta vie. Mais quand je passerai dans un autre hôte, je te la rendrai, intacte.

— Ppp-pourquoi tu t'acharnes à vouloir survivre ? Ppp-pourq… »

Il luttait pour rester conscient.

« Tu n'écoutes pas, répondis-je. L'immortalité…

— Puisque tu as plusieurs siècles, coupa-t-il dans un ultime effort, tout doit finir par se ressembler, non ? Tu l'as admis toi-même, on est tous pareils. Ton immortalité doit avoir un sacré goût de soupe refroidie. La mort serait sûrement une délivrance… » Sa voix n'était plus qu'un chuchotement pâteux. « Alors, ppp-pourquoi tu en as encore peur ? »

Puis ses yeux ne montrèrent plus que le blanc.

Il était grand temps.

Je désactivai l'inhibiteur neural de Norodom. Alors que je desserrais ses liens, la mallette émit un bip discret indiquant l'imminence du transfert.

Légère sensation d'échauffement sous la calotte crânienne… Je levai une dernière fois la main devant mon visage. Cette main, ce visage et ce cerveau qui, dans quelques minutes, ne m'appartiendraient plus.

Un réflexe stupide faillit me faire écraser le bouton d'arrêt : une partie de mon esprit refusait de quitter ce corps pour plonger dans les ténèbres désincarnées de la machine. Je réalisai alors que cet état de mon esprit ne serait jamais transféré, la copie ayant déjà eu lieu. Une minuscule partie de moi allait mourir. Comme chaque fois.

La drogue diffusée par le timbre coulait dans mes veines et rayonnait à travers mes synapses.

Je… J'…

2

J'étais assis sur la chaise. Mon cœur battait dans ma poitrine de manière singulière. Les battements cardiaques sont la première sensation que l'on a, dans les secondes qui succèdent à une résurrection. Ils sont aussi différents d'une personne à l'autre que le sont les empreintes digitales. Celui de Norodom battait un peu plus vite que le précédent. J'avalai une salive amère. Puis je clignai des yeux et levai une main devant mon visage. Une main large et poilue, aux doigts plutôt courtauds pour un médecin. Je grimaçai, percevant de nouvelles tensions au coin des joues, des lèvres et des yeux, ces infimes différences dans l'attachement et la force des muscles faciaux qui donnaient l'impression de porter un masque mal ajusté.

Je balayai l'abri du regard.

Le choc du passage dans un autre corps n'avait rien d'abstrait. C'était bien plus prosaïque : l'audition, le sens tactile, et même la vue, changeaient subtilement. Chaque sens procurait des stimuli différents de ceux du corps précédent, qui induisaient un recalibrage du plaisir et de la douleur. J'avais fini par appeler cette phase le recalage. Elle pouvait durer de une heure à plusieurs jours.

Cette fois, le recalage fut assez pénible, et je sus qu'il me faudrait une bonne semaine pour m'habituer aux paramètres sensoriels de mon nouvel hôte.

Dorénavant, j'étais Norodom. J'avais trente-sept ans, j'étais médecin, célibataire sans enfant, et j'avais un foie cloné.

Je ne m'attardai pas sur mon état présent. Ma priorité était de m'occuper de mon ancienne mue. Le transfert avait eu lieu, et mon hôte précédent avait recouvré son identité originelle, amputée de sa mémoire à court terme. Il était inconscient. D'ici une heure ou deux, il s'éveillerait avec une migraine et une amnésie partielle. Dans sa poche, un billet de transport vers une planète lointaine agrémenté d'un mot lui intimant de filer sur-le-champ s'il tenait à la vie. Je vérifiai les détails de cette mise en scène, bouclai ma mallette et sortis de la cabane d'une démarche un peu flottante.

Sol Kuiper luisait dans le ciel orangé encore pointillé d'étoiles. L'air était doux, baigné d'une lumière fade. Du fait de sa position dans un amas situé à la naissance du bras spiral de la galaxie, la luminosité stellaire demeurait vivace une bonne heure après le lever du soleil. Au loin, comme plaquée sur le ciel, une immense rampe de lancement à induction s'élançait vers l'espace. Des nuages frôlaient les poutrelles de soutènement hissant la structure à huit cents mètres d'altitude, et qui évoquaient les côtes érodées d'un squelette de léviathan.

Je leur tournai le dos, pour remonter le petit chemin défoncé menant au parking de l'astroport, sous les yeux indifférents d'un clochard occupé à fouiller une benne à

ordures. Par les narines de Norodom, les relents maré-
cageux s'étaient transformés en parfum âcre, légèrement entêtant, à moins qu'il ne s'agisse d'un effet
secondaire du recalage. La voiture de location qu'avait
utilisée Norodom pour venir ici était garée à cent
mètres. Le parking presque désert desservait l'autoroute
reliant Koh-Tap à Suthep, la capitale de Kuiper Prime.
Des citernes métalliques si massives qu'auprès d'elles,
même les énormes porte-conteneurs géants avaient l'air
de jouets, contenaient le marais, d'où sourdaient des
bruits d'estomac. Dans ses eaux marron tacheté de
jaune achevaient de rouiller les dinosaures de la colonisation : les drones géants qui avaient édifié les premières installations – tours d'habitation et bâtiments
administratifs, entrepôts et silos, complexes usiniers,
derricks et autres structures de soutien formant le décor
typique des colonies alpha –, aujourd'hui réduites à des
dentelles de ferraille rongée. Des geysers de boue fluide
jaillissaient de loin en loin, depuis des terrasses circulaires rosâtres. D'après ce que j'avais entendu dire par
l'un des passagers du vaisseau d'arrivée, ces terrasses
n'existaient pas aux premiers temps de la colonisation.
Les engrais de transformation du sol drainés par la pluie
avaient fait muter une algue du marécage, produisant
ces curieuses boursouflures à l'origine des geysers.

La voiture de location, un tout-terrain colonial à six
roues lenticulaires, paraissait ridiculement dispropor-
tionné pour le transport urbain.

Un bref instant, j'eus la tentation de revenir sur mes
pas et d'étrangler mon précédent hôte pendant qu'il
gisait encore inconscient. Une nausée m'envahit aussitôt. Je mis cette pulsion sur le compte de la peur : pour
le moment, je n'avais piraté que le corps, non l'esprit

de Norodom. S'il prenait à Dunam l'envie de me questionner, j'étais cuit. Bref, je serais vulnérable tant que je n'aurais pas intégré les souvenirs du médecin.

Je grimpai en voiture.

« À la maison », ordonnai-je à l'autopilote.

C'était la première fois que j'utilisai mes cordes vocales. Et plutôt mal, car la dernière syllabe avait dérapé dans l'aigu. Je me raclai la gorge.

« Je suis Norodom, je suis Norodom. »

Mouais. Ça irait pour l'instant.

Je me laissai bercer par le roulis des amortisseurs, alors que la voiture s'engageait sur la voie express de l'autoroute. Des plantes ligneuses évoquant des oignons à moitié épluchés bordaient l'asphalte. Sans doute ce qui se rapprochait le plus des arbres, sur cette planète. Suthep n'était pas loin : les pans inclinés de ses gratte-ciel nanoconstruits grumelaient l'horizon.

Sur le pare-brise s'égrenait le compte à rebours de l'arrivée. Une heure : j'avais le temps de m'injecter une première salve de souvenirs.

D'abord, je devais adopter les manies et les goûts de mon hôte, comme on endosse un camouflage. Personne ne devait soupçonner qu'il y avait eu substitution. Il me fallait manger sans rechigner ce qu'aimait manger l'hôte, m'habiller selon ses tendances vestimentaires, marcher à sa cadence… C'est pourquoi je choisissais de préférence des célibataires de sexe masculin. Et la raison pour laquelle j'espionnais longuement mes proies avant de les investir : leurs propres manies étaient souvent invisibles à leur esprit, je devais avoir sur elles un regard objectif.

Je connaissais donc bien Norodom, ses habitudes et ses tics. L'imiter ne poserait aucune difficulté majeure.

J'avais besoin de ses souvenirs pour des renseignements plus confidentiels : ses mots de passe, ses discussions privées avec Dunam. Toutes les informations qu'il possédait. Le transfert était une phase nécessaire, mais non suffisante.

Je rouvris la mallette et lançai une séquence d'analyse. Il y avait plusieurs centaines de milliers de souvenirs, mais seuls deux ou trois cents comptaient véritablement. Une fois isolés, la machine les imprimerait dans mon encéphale. À charge pour moi, ensuite, d'en tirer matière pour la mission. J'ignorais totalement comment la machine s'y prenait pour identifier des souvenirs précis et les rendre assimilables ; les transformer en mémorias, comme j'avais appris à les appeler. Tout ce que je savais, c'était qu'elle était capable de le faire, et de les transférer en bloc dans ma conscience.

J'inspirai en profondeur pour me détendre. Ma contenance pulmonaire était agréablement ample. Emprunter un hôte indigène offrait un avantage non négligeable : chaque planète était unique par sa gravité, la composition exacte de son atmosphère, etc., et les arrivants devaient ajuster leur corps à ces nouveaux paramètres, avec plus ou moins de bonheur. En investissant Norodom, je profitais de toute une vie d'adaptation physiologique.

La voiture se déporta sur la droite et s'engouffra dans une bretelle de sortie. Elle pénétra dans un quartier de vieilles tours nanoconstruites, ralentit au niveau d'un parc parsemé d'oignons géants, pour s'arrêter devant un immeuble de quatre étages. Je savais déjà que Norodom le possédait tout entier, même s'il n'habitait que le rez-de-chaussée. Le genre d'avantage qu'offre le fait d'être à la solde de Dunam.

La voiture s'éloigna toute seule dès que je fus descendu. Je passai la porte à reconnaissance d'ADN. Une volée de petits robots domestiques vint m'accueillir. Je les renvoyai tous et fis le tour du propriétaire. Au contraire de ce que laissait présager la façade luxueuse, Norodom vivait dans un dénuement ascétique : des murs blancs et nus, pas de tapis hors de prix ou de plantes aux parfums exotiques. Les domobots eux-mêmes n'étaient pas de toute dernière génération, contrairement à ceux que l'on trouvait sur les vieux mondes riches de la Ceinture.

En passant par la chambre, j'en profitai pour changer de vêtements. J'optai pour une chemise jaune pâle ornée des mêmes motifs en spirale que la première. Elles en avaient toutes, du reste.

Je vérifiai sur ma messagerie que Dunam n'avait pas essayé de me joindre, puis je passai à la salle de bains pour me voir de pied en cap.

J'auscultai mon nouveau corps, celui dans lequel j'allais passer les prochaines semaines. Hormis un foie artificiel, résultant d'un accident et non d'une maladie ou d'une malformation, il ne souffrait d'aucun dysfonctionnement sérieux. Un léger embonpoint dû au manque d'exercice, à l'instar des trois quarts de mes hôtes. Norodom ne portait aucun implant de diagnostic médical, bien qu'il en eût les moyens. Dunam ne tolérait rien de ce genre chez ses subordonnés : il savait qu'un implant pouvait être transformé en arme. Ce en quoi il avait raison.

Je me rendis au salon et connectai l'écran mural aux téléthèques, où je sélectionnai les services de l'astroport. Sur l'infofenêtre, la grille des départs s'afficha. Mon précédent hôte avait confirmé sa réservation sur le vaisseau *L'Âme de Polcher* : il aurait quitté Kuiper d'ici trois heures. Un souci en moins.

J'avais laissé la mallette sur la table. Je l'ouvris à nouveau. Plusieurs mémorias avaient été isolées.

J'avais mis des années à utiliser convenablement les souvenirs de mes hôtes. La mémoire ne fonctionnait pas comme un enregistrement objectif, ni une base de données stockant impressions sensorielles, sentiments et raisonnements dans divers endroits du cerveau. C'était au contraire un kaléidoscope d'éléments disparates qui se combinaient pour raconter une histoire. Un souvenir était une fiction. Et plus il était invoqué, plus s'y ajoutaient de nouveaux éléments, empruntés à d'autres souvenirs ou simplement conjecturés pour conférer à la fiction l'aspect de la vérité. Un souvenir était une entité autonome et détachée de la conscience, tentant de surnager dans le chaos du temps, et qui, ce faisant, se dénaturait elle-même. Les souvenirs étaient des fruits empoisonnés par l'entropie. Non, pas des fruits : plutôt des arbres, qu'il fallait élaguer pour accéder au tronc – en d'autres termes l'information, ou plutôt le fait perçu.

Je chaussai le casque noir avant de m'allonger sur le divan. La mallette à portée de la main. Les choses sérieuses pouvaient commencer. Je pressai la pellicule tactile de l'interface. Bip discret, infime sensation de réchauffement au niveau des tempes. Une trentaine de secondes s'écoulèrent.

Et soudain, le *Triiiii* d'une sonnerie d'alarme retentit dans l'appartement.

Au même moment, un robot jaillit de sous le divan. Il se déplia en une sorte de guerrier miniature hérissé de piquants, puis s'immobilisa en vibrant au milieu du salon.

« Merde ! »

D'instinct, j'avais appuyé de nouveau sur l'écran tactile pour interrompre le transfert.

Ça n'était jamais arrivé.

J'ôtai le casque de mon crâne et me levai d'un bond. Mon cœur battait à tout rompre.

Qu'est-ce qui a mal tourné ? Où est-ce que je me suis trompé ?

Je compris au moment même où je me posais la question : les champs magnétiques générés par le casque. Ils avaient déclenché un quelconque système de sécurité. Le petit guerrier robot n'avait pas bougé, se contentant de vibrer comme il scannait la pièce en quête d'un ennemi potentiel. Je déglutis bruyamment, puis prononçai d'une voix tremblante :

« Ça va. À la niche. »

Le domobot tourna son minuscule heaume dans ma direction.

« *Autorisation ?*

— Autorisation confirmée, balbutiai-je.

— *Autorisation ?* »

Je compris qu'il exigeait un code de désactivation. S'il était doté d'une IA convenable, il ne mettrait pas longtemps à déduire de mon silence que quelque chose clochait, et que ce quelque chose, c'était moi. *Bordel de merde !* Le transfert mémoriel avait été interrompu, mais si par miracle…

Les mots franchirent le seuil de mes lèvres presque malgré moi :

« Guéris-toi toi-même. »

Le robot ne répondit pas. Il se contenta de rouler jusqu'au divan, se replia sur lui-même et disparut. Je poussai un soupir de soulagement. Je l'avais échappé belle.

L'exaltation retomba sur-le-champ. Le transfert m'avait implanté quelques souvenirs, mais j'ignorais lesquels. Il me fallait l'achever. Je recoiffai le casque… puis jurai entre mes dents : la sécurité des lieux était toujours active. Empoignant la mallette, je me dirigeai vers l'arrière de la maison. Une porte vitrée donnait sur un petit jardin à ciel ouvert. Là, les senseurs domotiques seraient sans doute inopérants.

Un gros arbre-oignon s'élevait à quatre mètres. Ses pelures se déployaient en rayons, jetant des ombres triangulaires sur des parterres de plantes aux allures de tripes multicolores. Le tout était agencé avec soin, bien qu'aucun robot jardinier ne fût visible. Ou bien, l'endroit était entretenu par des êtres humains. Je penchai plutôt pour des robots : Norodom ne laissait entrer personne, pas même les prostituées dont il payait les services deux fois par mois.

Je m'assis sur l'une des deux chaises de jardin, dégrafai ma chemise, puis recoiffai le casque. Je fermai les yeux et appuyai sur le bouton de transfert.

Dunam et moi sommes dans ce qui ressemble à une arrière-boutique, à l'ombre des buildings du centre-ville. De grands flacons et des boîtes en métal cylindriques s'empilent sur des étagères. Je n'ai pas besoin de tourner la tête pour savoir que deux hommes de main attendent à l'extérieur de la pièce.

Dunam est à peine plus grand que moi, mais plus

corpulent. Ses cheveux sont coupés en brosse. Il arbore un bouc noir qui encadre des lèvres rouges et pulpeuses, féminines. Devant nous se tient une femme. Ni belle ni jeune, elle est maquillée de façon vulgaire, dans des tons sombres. Des symboles religieux s'entremêlent dans ses bijoux. Elle tâche de rester impassible et hautaine, mais la tension en elle est perceptible : elle sait qu'elle a affaire à l'un des hommes les plus puissants de Kuiper Prime, et qu'elle doit l'impressionner. Le sentiment qui domine en moi est le mépris. Mépris pour cette femme, incompréhension vis-à-vis de Dunam. C'est lui qui a insisté pour que je l'accompagne à cette mascarade.

« Une voyante ? ai-je dit. Vous êtes sérieux ?

— J'ai l'habitude de plaisanter avec toi ?

— Il existe des IA qui offrent ce genre de…

— Je veux un être humain, pas un putain de programme. »

Récemment, Dunam a pris des décisions dangereuses pour ses intérêts comme pour sa propre personne. La Crops a eu connaissance de sa collusion avec les familles rebelles. Il est de notoriété publique qu'il a laissé éclater les émeutes sans réagir. Peut-être était-ce de la faiblesse, peut-être du calcul… Peu importe aujourd'hui. La Crops lui a donné suffisamment d'avertissements qu'il a ignorés. Aujourd'hui, il est au pied du mur. Il n'a jamais fait confiance à ses lieutenants. Et à présent, il n'a même plus confiance en son propre jugement. La peur l'a envahi. C'est pourquoi il va consulter cette foutue voyante.

La femme fait asseoir Dunam et lui demande de m'éloigner. Dunam hésite, puis secoue la tête.

« Non, il doit rester. »

Dès lors elle m'ignore ostensiblement, et déploie une sorte de carte céleste bizarre où les étoiles sont reliées par des lignes courbes. Elle explique qu'il s'agit du ciel du Berceau, la Terre originelle.

« Nous venons tous du Berceau. Tous nos signes astraux sont liés à lui. C'est pourquoi je pratique l'astrologie des origines, la seule qui vaille. »

Je manque lui demander si, sur Terre, les hommes étaient aussi crédules. Mais elle réclame le silence et sort un jeu de cartes. Pendant qu'elle les manipule, elle pose à Dunam des questions d'ordre général. Puis, dans un flot ininterrompu, elle parle de futur et de destin, d'argent et de pouvoir, d'hommes se mouvant dans l'ombre, le tout formant une trame compliquée sur laquelle Dunam lui-même ne tarde pas à broder. Elle répond juste à un certain nombre de ses questions, faux à d'autres – lesquelles sont aussitôt oubliées.

Elle m'impressionne toutefois par sa capacité à tirer de Dunam des renseignements qu'il ne livrerait sans doute pas sous la torture. Peut-être devrait-il la recruter pour diriger les interrogatoires de nos ennemis. Peu à peu, mon inquiétude s'estompe. Les recommandations de la voyante sont vagues, peu susceptibles de mettre Dunam davantage en danger qu'il ne l'est déjà. Rien de fondamentalement différent de ce que pourrait révéler une IA d'analyse comportementale. D'ailleurs, peut-être a-t-elle un implant neural clandestin qui lui permet de travailler en tandem avec une de ces IA.

Puis, tout à coup, un visage se substitue à celui de la voyante. Celui d'une autre femme à l'expression sévère, les yeux légèrement exorbités, les cheveux noirs serrés dans un chignon. Ses joues sont creusées comme si elle avait été atteinte de petite vérole. Le décor s'estompe, ne laissant que ce visage sévère et méprisant.

Mivèle !

Ce coup de boutoir m'expulsa brutalement hors du souvenir.

3

Une migraine me taraudait l'arrière du crâne, comme si j'avais reçu un violent coup sur la nuque. Je retirai le casque avec précaution. Il était glissant de sueur. Je jurai à voix basse. D'ordinaire, les souvenirs ne s'imposaient pas ainsi. Et surtout, ils ne se laissaient pas aussi rapidement imprégner par les fantasmes. Quelque chose avait contaminé le souvenir de la visite de Dunam à la voyante.

Ce n'était pas un fantasme. C'est une femme que Norodom a connue. Ce qui l'a fait émerger est un affect, une émotion. Le mépris. Oui, c'est ça.

Je comprenais mieux. Le chemin des souvenirs est pavé de sentiments. Bons ou mauvais, peu importe, seule compte l'intensité. Ce qui avait avivé le souvenir de la voyante était le mépris : celui que Norodom avait eu envers elle, mais aussi celui qu'il avait eu, enfoui tout au fond de lui, vis-à-vis de Dunam coupable de faiblesse à ses yeux. Ce mépris avait servi de clé pour laisser filtrer une image tapie dans le subconscient de Norodom.

D'après mon expérience, ce n'était encore jamais arrivé. Il était impossible d'éliminer complètement les traumas. Ils s'insinuaient dans les souvenirs à la manière de virus informatiques. Mais le boîtier jaune dans ma mallette avait toujours été capable de les isoler… jusqu'à maintenant.

Ce qui signifiait que le transfert avorté puis repris, tout à l'heure, avait perturbé la restitution mémorielle.

Un bref instant, je fus tenté d'aller pêcher un nouvel hôte dans la rue puis de ficher le camp de cette planète. Un vœu pieux, bien sûr. En réalité, le choix ne m'appartenait plus. L'une des clauses de mon contrat avec la Crops stipulait l'obligation de résultat. Le prix exorbitant de mes services la justifiait. Je ne pouvais plus faire machine arrière.

J'étouffai un juron. J'aurais dû réaliser un nouveau scan après le transfert avorté. Restait à espérer que d'autres dysfonctionnements n'apparaissent pas. Dans un geste puéril de protection, je posai la main sur la mallette.

Une nouvelle poussée migraineuse m'obligea à foncer prendre un analgésique dans la salle de bains : un transdermique réputé agir en moins de deux minutes. J'appliquai le carré de plastique au niveau de la jugulaire et pressai dessus. La drogue se diffusa aussitôt, provoquant le reflux de la douleur. Je savais que cette migraine résultait de l'effort de remémoration. J'avais bien besoin d'un répit pour laisser à mon cerveau le temps de récupérer. Un carillon retentit, faisant s'évanouir cet espoir.

« Ouvre la porte », ordonnai-je au système domotique.

L'un des lieutenants de Dunam se tenait sur le seuil. Un homme épais engoncé dans son costume, au nez écrasé et aux muscles lourds. Instantanément, je me tendis comme un arc.

« Salut, Sabon », dis-je.

Le nom m'était apparu naturellement, surgi de la mémoire de Norodom. J'avais appris depuis longtemps à ne plus m'en étonner.

« Salut, répondit l'autre en hochant son crâne rasé. Le patron t'attend.

— À cette heure-ci ? »

Encore un souvenir : Dunam ne réclamait presque jamais ma présence avant la fin de l'après-midi. Sabon fit osciller sa tête d'un air surpris.

« Dunam veut faire entrer quelqu'un dans son équipe rapprochée. Tu as oublié ? »

Je grimaçai. La migraine sourdait à nouveau, prête à resserrer la prise qu'elle avait relâchée.

« Oui, précisément. J'ai la tête à l'envers, en ce moment. Tu peux patienter dans la voiture ? Je prends mon médikit et j'arrive. »

Sabon s'exécuta après un mouvement sec du menton. Inutile de consulter ma mémoire cette fois-ci : un coup d'œil aux fichiers fournis par la Crops m'avait appris que chaque fois que Dunam acceptait quelqu'un dans son « équipe rapprochée », Norodom faisait passer à ce dernier un check-up complet, histoire de vérifier qu'il ne transportait pas de bombe métabolique, d'implant tueur ou de fiche neurale dissimulée sous un ongle d'orteil. C'était là l'essentiel de mon rôle, en plus de contrôler l'état de santé de Dunam.

J'espérais disposer d'une bonne journée pour me préparer, mais j'allais être lâché dans la fosse aux lions. J'eus un sourire intérieur. J'avais connu pire.

Je dissimulai soigneusement la mallette, pris mon médikit et branchai la sécurité domotique.

Je montai à côté de Sabon. Le nervi ne conduisait pas, il se contentait de lancer le programme et de vérifier qu'il n'avait pas été piraté. En fait, Sabon me servait à la fois de garde du corps et d'agent de surveillance. Il leva un sourcil et je pestai intérieurement.

Mon rang implique que je passe à l'arrière du véhicule, me souvins-je. *Encore un faux pas, et son étonnement se changera en suspicion.*

Cela me mit de mauvaise humeur et gâcha quelque peu le trajet jusqu'au quartier général de Dunam. Néanmoins, je remarquai les cicatrices des troubles qui avaient jadis ensanglanté Suthep : des barricades dissimulant des chantiers de démolition, de vieilles affiches défigurées, des immeubles murés. Aujourd'hui, ils faisaient partie du paysage et personne ne les voyait plus.

Les morts de la véritable guerre qui avait opposé les riches colons et le Libral étaient depuis longtemps oubliés. Celle-ci remontait à la vente litigieuse de Kuiper à Crops IntraSystem, quarante ans plus tôt. Tout le système solaire kuiperien avait été cédé par le Libral à cette société en commandite multimondiale. La légalité de cette vente était toujours sujette à caution : deux siècles auparavant, Kuiper avait signé un accord avec le Libral qui la mettait en principe à l'abri de toute transaction pouvant nuire à son développement. Cet accord se concrétisait par des taxes et des cessions d'actifs : le prix de la tranquillité pour les colons. Mais cela ne s'était pas passé comme prévu. Le Libral, après avoir pressé ce citron juteux, vendant à tour de bras ses terres fertiles et ses ressources minières à des compagnies privées, avait imaginé un montage juridique pour revendre Kuiper avec bénéfices. Les colons, eux, ne l'avaient pas entendu de cette oreille. Ils avaient pillé la capitale de chacune des trois planètes, saccagé les sièges d'entreprises étrangères, brûlé les drones agricoles. Dunam avait été nommé pour juguler les soulèvements sur Kuiper Prime. Il semblait toutefois que sa réussite ait été jugée insuffisante aux yeux des bureaucrates de la Crops. Pire : Dunam s'était compromis avec certains révoltés, tablant sur leur éventuelle victoire. Cette seule rumeur avait fait chuter le cours des actions de la Crops.

Pourtant, les insurgés avaient sous-estimé les ressources de leur nouveau propriétaire. Une force armée était venue faire le ménage. Dunam avait été épargné *in extremis* grâce à son rôle d'intermédiaire. Sauf que quelques années plus tard, il avait remis le couvert en se mêlant une nouvelle fois des affaires de la Crops. Celle-ci, à présent, avait décidé de lui solder son compte.

La couverture légale de Dunam était une société d'import-export fournie clé en main par le Libral autrefois. Officiellement, il en était le PDG. Elle se trouvait au sommet de la tour Mangraï, le plus haut gratte-ciel du quartier d'affaires, au cœur du centre-ville de Suthep.

La voiture arriva sur la place où s'enracinait la bâtisse aux pans légèrement inclinés. Des ouvriers chargeaient dans une grosse benne les pelures externes tombées des arbres-oignons qui la bordaient. Je cherchai machinalement le nom de ces plantes dans ma mémoire. *Des dissensiles*, me rappelai-je comme la voiture s'engouffrait dans le parking souterrain du gratte-ciel. Les habitants les surnommaient plus simplement les « bulbes ».

Malgré les nerfs qui commençaient à me picoter, je souris intérieurement. Quand j'avais fait appel à la mémoire de Norodom, c'était *ma* mémoire que j'avais invoquée. Un signe que l'implantation fonctionnait bien. Dès lors, je m'efforçai d'oublier le dérapage de tout à l'heure.

La voiture s'inséra dans une alcôve. La porte se releva sans même un soupir. J'attrapai mon médikit par sa sangle et nous descendîmes. Le tunnel derrière l'alcôve permettait d'accéder à un ascenseur sans avoir à se mêler aux autres occupants du parking. Il devait être blindé.

Nous n'eûmes pas à spécifier l'étage. L'ascenseur ferma les portes et nous souleva vers les hauteurs du pouvoir.

L'ascension ne dura pas plus de deux minutes, assez cependant pour me faire siffler les tympans. Pendant ce temps, Sabon ne décrocha pas un mot. Je tâchai de me concentrer sur ce qui m'attendait. Je ne m'inquiétais pas trop de l'aspect purement technique de mon rôle, mon médikit ferait le gros du travail. Quant à moi, je me contenterais de surveiller la progression des opérations. Mais c'était la première fois que ma couverture allait être mise à l'épreuve. Je m'aperçus que j'avais négligé de reboutonner les deux derniers boutons de ma chemise. Je remédiai vite à cette situation.

La porte de l'ascenseur s'effaça dans un chuintement discret, nous laissant pénétrer dans un vaste hall d'où rayonnaient de larges portes en bois précieux. Le sol était en marbre, les murs en fausses briques couleur saumon. Une petite fontaine d'eau parfumée glougloutait dans un bassin dont le débord s'épanchait de façon artistique dans un ruisseau artificiel. Le canal sinuait à travers le hall, à l'abri d'une épaisseur de verre sur laquelle on pouvait marcher. Des plantes locales en pots se nichaient dans des renfoncements éclairés, isolées du reste du décor. J'avais pénétré dans un monde qui aurait tout aussi bien pu se trouver à cinquante mille années-lumière de Suthep. Peu de gens voyageaient entre les mondes – question de coût. Je faisais partie du nombre, de sorte que j'étais l'un des rares à avoir vérifié que quelle que soit la planète, les sièges sociaux se ressemblaient tous.

Exactement comme la dizaine de représentants des cartels qui se tenaient debout dans la salle de conférences où j'entrai. Ils me saluèrent d'un frémissement de tête à peine perceptible. Une table en verre rosé trônait au milieu. Les petits bols en porcelaine déjà vides qui s'y trouvaient indiquaient que les négociations étaient achevées : en principe, la liqueur qu'on y servait scellait les accords. Les grandes baies vitrées étaient en réalité des écrans qui transmettaient en direct la vue extérieure, mettant les occupants de la pièce à l'abri d'un éventuel sniper.

Le fidèle Sabon était resté à l'extérieur. Ce qui me convenait parfaitement : je n'aurais pas aimé le savoir là.

« Mon vieux Norodom ! » lança Dunam en s'avançant vers moi, les bras grands ouverts.

Il m'étreignit brièvement. Je n'eus pas à répondre, car il se retourna vers le reste du groupe en bout de table. J'en reconnaissais quelques-uns via ma mémoire implantée : des représentants de cartels concurrents. Je me rappelai que Dunam cherchait désespérément à contracter des alliances depuis qu'il s'était mis en difficulté auprès de Crops IntraSystem. De toute évidence, il y était parvenu.

Il me désigna une petite femme entre deux âges.

Menue (pas plus de cinquante kilos), des cheveux bruns coupés en casque, une bouche en lame de couteau, des yeux vifs et noirs cernés par des poches disgracieuses.

« Madame Bakou assistera désormais à nos réunions, dit-il en me faisant signe d'avancer. Elle est mandatée par monsieur Sivat et ses associés. »

Je hochai la tête. Le prix de l'alliance qu'il avait contractée était donc cette femme, qui aurait un droit de regard sur toutes ses décisions. Dunam n'était plus maître chez lui. *Il doit enrager*, me dis-je. Je me demandai si Bakou était une tueuse, elle aussi. Sans doute pas : les cartels mafieux avaient leurs bureaucrates, et c'en était probablement une.

Je compris alors que je devrais tuer Dunam devant les autres, afin que le message de mon employeur soit entendu. Mais pas ici, pas maintenant. D'ailleurs, le bureau était truffé de systèmes intelligents qui analysaient les mouvements de chacun en temps réel. À la moindre ébauche de tentative de meurtre, je serais criblé de fléchettes paralysantes.

Madame Bakou me toisait sans vergogne.

« Et voici le docteur Norodom, dit-elle d'une voix nasillarde. La seule personne en qui monsieur Dunam aurait confiance, si j'en crois les rumeurs. »

Je m'efforçai de sourire.

« Monsieur Dunam accorde sa confiance à qui le mérite. »

Dunam éclata de rire, m'assénant toutefois une bourrade volontairement douloureuse sur l'épaule en guise de message à double détente : il était ravi que j'aie répondu ainsi à cette femme qu'il détestait de façon manifeste, et mécontent que je l'aie fait de mon propre chef. La femme commença à déboutonner son chemisier rouge.

« Finissons-en », dit-elle en esquissant un mouvement vers le médikit.

Un flottement parcourut l'assistance. Pris lui aussi au dépourvu, Dunam se racla la gorge.

« Vous pouvez passer dans la pièce à côté, proposat-il. Ce ne sont que quelques tests destinés…

— Destinés à déceler d'éventuelles bombes bio ou autres sottises, termina Bakou avec un sourire tranchant comme un rasoir. Inutile de prendre des gants, monsieur Dunam. Je comprends tout à fait vos… préoccupations. »

Dunam lui répondit par un sourire, non forcé celuilà. Apparemment, la femme commençait à lui plaire.

« Asseyez-vous, je vous prie. » Je posai le médikit sur la table de conférences juste devant elle. Le médikit était une unité portative de diagnostic et d'intervention chirurgicale. La valise dans laquelle mon hôte l'avait installé n'était pas sans me rappeler la mallette où se trouvait mon boîtier de transfert mémoriel.

Normalement, ma machine avait du mal à transférer un savoir-faire ou des compétences techniques, et encore moins le talent : tout cela était constitué d'une multitude de micro-souvenirs qui englobaient en arborescence l'intégralité d'une vie. J'aurais été incapable de prendre la place d'un chercheur en physique ou en informatique. C'était l'une des limites du transfert mémoriel. Mais dans ce cas précis, les souvenirs de Norodom en ma possession feraient amplement l'affaire pour manipuler le médikit sans erreur.

« Votre chemise suffira, indiquai-je à Bakou. Posez

simplement vos avant-bras sur la table. Cela va durer un petit quart d'heure. »

Du médikit se déroulèrent des appendices en plastique souples comme des fouets. À leur extrémité, les barbes se réduisaient jusqu'au niveau moléculaire. Ils se plaquèrent sur les avant-bras de la femme et entamèrent leurs procédures de diagnostic.

En réalité, je ne dus pas ordonner la moitié des contrôles que Norodom aurait effectués. Mais quelle importance ? Personne ne me contrôlait, moi.

Le médikit clignota favorablement. Je fis un signe de tête, et Bakou reboutonna sa chemise.

« Ce sera tout, Norodom, déclara Dunam d'un ton à la fois amical et péremptoire. Je te verrai tout à l'heure. »

Je m'inclinai devant Bakou.

« Désolé pour ces inconvénients, madame », prononçai-je avec les intonations de celui qui n'en pense pas un mot.

Je me retirai dans une antichambre, une petite salle de repos garnie de fauteuils et de meubles bas aux couleurs chaudes. Là, je soufflai intérieurement. Ma première confrontation avec Dunam s'était bien passée, mais je savais que j'avais bénéficié de circonstances exceptionnelles. Dunam était sous pression et toute son attention avait été accaparée par ses nouveaux partenaires.

Je devrais me montrer davantage à la hauteur que je ne venais de l'être.

La fausse fenêtre de l'antichambre ne donnait pas sur l'extérieur. Du moins pas un extérieur de cette planète *a priori*, car elle montrait une vue plongeante sur une forêt luxuriante. Peut-être Kuiper Tri, à en juger par la forme et la couleur rosâtre des arbres. Un fleuve mordoré serpentait au loin. Le soleil qui s'y reflétait était presque deux fois plus petit que celui que j'avais vu en débarquant. Oui, sûrement Kuiper Tri.

Un éblouissement soudain m'obligea à cligner des paupières. Puis la salle se gondola sous mes yeux, en commençant par les bords. Le chuintement de la ventilation devint plus grave…

Vangkdieux !

Je fermai les yeux tandis que les tremblements cognitifs continuaient de s'amplifier, agitant en moi des sentiments où dominait l'angoisse. Cela arrivait parfois après un recalage : les sens se mélangeaient les pédales. On pensait en orange, on respirait des sons… des impressions synesthétiques classiques, mais déroutantes, surtout quand s'y ajoutaient des affects. Des bouffées incontrôlables de haine et d'exaltation bleue flottaient devant moi, évanescentes comme des bulles de gaz. Il était inutile de les combattre, ces phénomènes disparaissaient en quelques heures.

Si Dunam entre maintenant et me voit dans cet état, il va croire que je me came.

Cela ne m'était pas arrivé depuis cinq ou six existences. Une autre conséquence de l'interruption du transfert ? Ou bien le manque de souvenirs me reprenait-il ? Oui, sans doute. J'avais besoin de m'injecter d'urgence une dose de mémorias. Mais je ne pouvais m'absenter sans que cela éveille les soupçons.

Les pensées s'entrechoquaient sous mon crâne jusqu'à faire résonner la pièce elle-même.

Je n'eus pas le loisir de m'interroger davantage. La porte s'effaça, laissant entrer Dunam. Par chance, mes hallucinations sensorielles entraient dans une phase de répit.

« Putain, Norodom… » Il s'interrompit, fronça brièvement les sourcils et reprit, comme s'il renonçait à m'accabler de reproches pour mon intervention de tout à l'heure : « Tu as vu cette connasse de Bakou ? Même pas baisable, en plus. »

Je compris que Dunam voulait connaître mon appréciation personnelle sur cette dernière.

« Une emmerdeuse, approuvai-je.

— Ouais. Comme si j'avais besoin de ça en ce moment. » Dunam sembla se reprendre et ses lèvres pulpèrent un sourire. « En tout cas, les cartels ne me laisseront pas tomber. On pense que la Crops enverra bientôt un tueur me buter.

— Pourquoi est-ce qu'ils enverraient un tueur ? demandai-je. Ce n'est pas ça qui manque, sur Kuiper.

— Leur manière de faire comprendre aux *locaux* – c'est comme ça que ces fumiers nous appellent – qu'ils peuvent nous atteindre où et quand ils veulent. C'est pour ça que les cartels ont décidé de me soutenir : ils haïssent encore plus la Crops qu'ils ne me détestent. »

Je comprenais mieux la hâte de mes employeurs à régler le problème. La situation était près de leur échapper, si les cartels comptaient faire front commun. La mécanique de la rébellion devait être cassée.

Alors que je me retournais, je vis le visage de Dunam se déformer aussi brusquement que s'il était soumis à une décompression explosive. Cela recommençait. L'espace d'un instant, un autre visage tenta d'émerger. Un visage féminin.

Non, pas maintenant !

Un raz-de-marée de colère angoissée ravagea mon cerveau. Désespérément, je forçai mes poings à se desserrer. Mes mâchoires étaient si contractées que je craignis que mes dents n'éclatent, et toute ma concentration me fut nécessaire pour ne pas reculer en hurlant.

Dunam n'avait rien remarqué. Il activait des systèmes anti-écoute tout en déblatérant contre la Crops et ses associés. Peu à peu, je repris le contrôle de mon esprit bien que le malaise soit toujours là, tapi. Les tremblements cognitifs n'étaient qu'un avant-goût de ce qui m'attendait. Les sensations kinesthésiques pouvaient aller beaucoup plus loin.

Puis, tout aussi soudainement, la tempête d'hallucinations se calma. Pendant plusieurs secondes, le silence émotionnel qui s'ensuivit me laissa comme anesthésié.

« … Et mes gars travaillent là-dessus depuis trois mois », disait Dunam.

Il parut alors s'apercevoir de ce que la fenêtre montrait. D'un index rageur, il toucha le coin inférieur gauche et restitua la vue de la ville en plongée. Comme pour se rappeler qu'il contrôlait quelque chose. Puis, ses doigts s'écartèrent et il plaqua sa main tout entière contre la vitre.

« Il est là, dit-il soudain.

— Pardon ?

— Il est là. Quelque part en bas, je le sens. »

Je le fixai, essayant de me rappeler de qui il pouvait bien parler. Il eut un claquement de langue agacé. Un souvenir m'apprit qu'il faisait toujours ainsi pour être compris sans avoir à se lancer dans des explications.

« Le tueur de la Crops, bordel ! lança-t-il néanmoins.

— Vous pensez vraiment qu'il est là ? La rumeur est peut-être infondée.

— Justement, il n'y a pas eu de rumeur ! La Crops n'a pas donné suite à mes tentatives de reprise de contact. Ce n'est pas dans ses manières. Elle réagit toujours par une protestation officielle ou une mesure de rétorsion quelconque. Mais là, rien. Le message est on ne peut plus clair : le temps des discussions est révolu. » Il fit volte-face et son regard plongea dans le mien. « Tu avais raison, mon vieux Norodom. Je suis allé trop loin, cette fois. Je suis coincé.

— Vous avez tout tenté pour renouer le dialogue ? » demandai-je en détournant les yeux.

Dunam se contenta d'un geste d'exaspération. Pour l'heure, mes hallucinations s'étaient calmées. Peut-être rôdaient-elles juste à la lisière de ma conscience. Je me concentrai sur la situation présente, dans l'espoir de les tenir à distance.

Ces quelques minutes avec Dunam m'avaient permis de me forger une première estimation du personnage. Je le trouvai caractériel, plus que dans les souvenirs de Norodom qui avait donc une vision faussée de son patron. Il semblait atteint de tous les stigmates du pouvoir : un profil expansif et brillant, mais impatient et ayant du mal à supporter la contradiction. Il ne se distinguait pas de la plupart de ceux que j'avais éliminés au cours de ma carrière. À plusieurs reprises, par le passé, j'avais hésité à mener ma mission à bien. En ce qui concernait Dunam, je n'aurais aucun scrupule.

Il me prit par les épaules.

« Norodom, j'ai quelque chose à te confier. »

L'espace d'un battement de cils, je me demandai s'il ne m'avait pas percé à jour.

« Il y a un tueur d'outre-monde qui cherche à m'abattre, dit-il à voix basse. Je suis certain qu'il le fera en personne, je n'ai donc rien à redouter de mes amis. Ce que je veux, c'est le trouver avant que lui ne me trouve. Si j'y arrive, la Crops sera à nouveau disposée à négocier. »

J'en doutais sérieusement. Si Dunam me découvrait et m'éliminait, la multimondiale enverrait quelqu'un d'autre.

« Qu'est-ce que vous attendez de moi ? » demandai-je.

Bien qu'étant plus proche de lui que beaucoup de ses collaborateurs, je ne l'avais jamais tutoyé. Une fois, il m'avait dit qu'il me savait gré de n'avoir jamais tenté de le faire. Je n'oubliais pas qui était le patron.

Il rapprocha son visage du mien.

« Il n'y a qu'en toi que j'aie totalement confiance, mon ami. Prends Sabon avec toi, et Ritiak aussi. Débusquez ce salaud. Et tuez-le. »

4

Je n'eus pas le loisir d'apprécier l'ironie de la chose : je sentais une vague de tremblements cognitifs poindre sous mon crâne. Un tic désagréable faisait frémir ma lèvre supérieure. Je devais sortir de cette pièce. Je prétextai un besoin urgent.

« On verra les détails plus tard de toute façon, dit Dunam avec un geste évasif. J'ai plusieurs rendez-vous, et je dois mettre Bakou au courant d'un certain nombre de choses. »

Je m'éclipsai en marmonnant. Mes sens m'envoyaient des signaux désordonnés, mais encore dans les limites du supportable. Sabon attendait dans le hall. Il remonta dans l'ascenseur avec moi.

« Je veux rentrer seul, l'avertis-je. J'ai besoin de réfléchir. »

Il hocha la tête sans laisser percer la moindre émotion.

Pendant que l'ascenseur me ramenait au sous-sol, je rassemblai les informations puisées dans les souvenirs de Norodom à son sujet. C'était plus difficile que de faire émerger une scène en particulier, mais j'y parvins sans trop de peine. De plus, me concentrer sur une tâche mentale précise m'éclaircissait les idées.

Sabon était le troisième lieutenant de Dunam. Il avait en charge sa sécurité personnelle. Les deux hommes s'étaient rencontrés pendant la « restructuration » : la guerre des cartels avait décimé la première implantation mafieuse. À cette époque, les organisations criminelles se battaient entre elles pour devenir les interlocuteurs exclusifs du Libral. Dunam avait alors vingt-deux ans, Sabon cinq de plus. Ce n'étaient tous deux que des hommes de main au service de chefs mafieux en cheville avec les grandes familles coloniales. Dunam avait réussi à convaincre Sabon d'entrer à son service. Aucun souvenir de Norodom ne précisait comment, mais une loyauté sans faille liait Sabon à son patron. Ce constat était entaché de jalousie : celle d'un individu vis-à-vis de son frère risquant de lui ravir sa place dans l'affection paternelle.

Cela ne m'étonnait pas outre mesure. J'avais habité assez de malfrats pour savoir que les mafias reproduisaient les structures familiales, et les tensions qui allaient avec. Norodom n'avait pas eu d'affection de la part de ses parents, trop occupés à gérer les immenses plantations de chivre et de veism au sud du continent. Ils étaient le plus souvent absents, et sans doute avaient-ils à peine remarqué (du moins dans l'esprit de Norodom) les fugues de leur fils.

Norodom avait fini par revenir au bercail et entreprendre des études de médecine, lesquelles consistaient pour la plus grande part dans la programmation de médikit. Les dix années qui avaient suivi, il était rentré dans le rang. Mais tout au fond, il avait gardé de ses fugues un goût pervers et romantique pour la pègre.

Aussi quand, un jour, Dunam avait déboulé dans son cabinet, un pistolet Ster & Baz à la main et le ventre truffé d'éclats de céramique, Norodom n'avait posé aucune question. Il avait congédié son assistante et installé le chef de bande dans son mini-bloc opératoire. Il avait débloqué les sécurités du médikit : la mise en condition d'asepsie devenait dangereuse quand le patient n'avait visiblement plus que quelques minutes à vivre.

L'homme avait commencé : « Si tu ne me soignes pas... mes amis viendront te... Aaahhh. »

Norodom avait retiré la main qui agrippait son col. « Si vous ne vous calmez pas, c'est la police qui viendra prendre votre cadavre. Laissez-moi faire. On discutera de mes émoluments plus tard.

— Tes émoluments... » Un sourire avait fendu sa face tourmentée. « Mon nom est Dunam », avait-il dit pour conclure l'accord.

Norodom avait passé les douze heures suivantes à extraire les fragments de projectile du système digestif transformé en passoire. Sutures laser, mise de cellules en clonage, dérivations veineuses... Il avait dû se soutenir en s'injectant des stimulants. Et pour supporter les geignements du truand qui avait tenu à rester conscient. Enfin, il avait gonflé autour de lui une housse hyperbare afin d'accélérer la cicatrisation de ses organes.

Contre toute attente, Dunam avait tenu. Un type capable d'assister au rafistolage de son propre abdomen, des heures et des heures, sous anesthésie locale... Norodom avait compris que rien ne pourrait lui résister. Et il avait eu raison. En trois ans, Dunam avait éliminé ses concurrents, leur coupant les pieds et les mains avant de les tuer. Il s'était hissé dans la sphère invisible des trafics financiers qui accompagnent toujours la mise en exploitation d'une planète.

Quant à Norodom, il avait suivi son ascension. Au fond, Dunam ne se distinguait pas des empereurs d'antan, des gourous, des chefs révolutionnaires ou des capitaines d'industrie. Il combinait cruauté, indifférence, complexe de supériorité, paranoïa… et une chance de tous les diables. Par deux fois, il n'avait réchappé à un attentat que de justesse. Le premier, perpétré par un mercenaire à la solde d'un colon spolié, le second par un concurrent qui n'avait jamais été identifié ; peut-être l'un de ceux que j'avais vus tout à l'heure. Chaque fois, c'était Norodom qui l'avait opéré. Comme si l'aura même du pouvoir assurait sa longévité.

Le début de la chute de Dunam avait eu lieu lors de la cession de Kuiper à la Crops. Quand il avait choisi le mauvais camp. Depuis, la situation n'avait cessé de se dégrader. Mais le sort avait toujours protégé Dunam.

Jusqu'à présent.

L'ascenseur me demanda si je voulais un taxi ou une voiture de la société. J'optai pour la deuxième solution. Je n'avais qu'un désir : quitter ce satané immeuble.

Les tremblements cognitifs me reprirent sitôt engouffré dans l'habitacle du véhicule qui venait d'ouvrir complaisamment sa porte devant moi. J'eus le temps d'indiquer mon adresse. L'autopilote dut me la faire répéter, car les mots s'étiraient dans ma bouche comme des filaments de verre fondu.

Et soudain, des centaines d'yeux s'ouvrirent dans la banquette. Ils me regardaient en clignant. Un cri muet me vrilla le cerveau, celui que poussait l'IA prisonnière de son programme de conduite. *Un corps, mon frère, j'ai besoin d'un corps réel !* J'éprouvai l'envie irrépressible de cogner le tableau de bord afin de l'enfoncer, libérer l'esprit qu'il contenait… Mais pour cela, il m'aurait fallu franchir les années-lumière qui m'en séparaient.

Un néant gris, sans forme. Puis surgit une voix masculine, métallique, qui rebondit contre des murs immaculés :

« Une réduction de son expérience s'impose à ce stade…

— Une réinitialisation, vous voulez dire ?

— Si vous préférez.

— Il y aura des dégâts. Eh, vous êtes sûr qu'il ne nous entend pas ?

— Et alors, qu'est-ce que ça ferait ? Ce n'est qu'une… »

Une autre planète, sous une autre gravité. Ma tête repose sur un oreiller mouillé de larmes. Je renifle, j'ai de la peine à respirer. Une veine palpite contre ma tempe au rythme du chagrin. Soudain, un visage fatigué de femme s'encastre dans ma vision et postillonne sa haine sur moi :

« Tu as vu ce que tu as fait à Jamiel ? Je t'ai répété mille fois que les baies de canoube ne sont pas comestibles. Il va mourir et c'est ta faute ! Ta faute, tu entends ? Ta faute… »

Quelque part, sur un monde de la Couronne. Je referme les volets de la sacristie, en réalité un simple réduit préfabriqué aux fenêtres recouvertes de filtres colorés. Puis je contourne la silhouette ligotée et presse l'interrupteur. Le prêtre escopalien que j'ai immobilisé apparaît dans la lumière électrique. Un bâillon barre son visage ascétique, mais ses yeux expriment moins de peur que de surprise. Les liens boudinent ses chairs sous sa soutane noire. Celui que je dois abattre est l'un de ses fervents fidèles. Je desserre son bâillon pour qu'il puisse me répondre.

« Je suis désolé, mon père, mais secret de la confession ou pas, j'ai besoin de ces renseignements.

— Vous ne les aurez pas. Je ne trahirai jamais la confiance de mes ouailles. »

Je secoue doucement la tête. Puis, je prends une chaise, et je m'assois en face de lui.

« Vous allez me les donner, et tout de suite. Et je vais vous expliquer pourquoi. »

Alors, je lui raconte tout sur ce que je suis. Il m'écoute, de plus en plus fasciné et horrifié à la fois.

« C'est impossible, dit-il enfin. Ça ne se peut pas.

— Vous feriez bien d'y croire. Car si vous ne répondez pas à mes questions, je serai contraint...

— Quoi donc ? De me torturer ?

— Bien pire que ça, mon père. Comme je vous l'ai expliqué, la mallette que j'ai apportée avec moi est capable d'enregistrer puis de restituer les souvenirs précis de mes précédents hôtes. J'en suis venu à les collectionner. L'un d'eux est particulièrement éprouvant – même pour moi. Il provient d'un tueur sadique, qui s'assouvissait sur ses victimes avant de les torturer et les tuer. Il y prenait un grand plaisir. Un plaisir qui a été enregistré, lui aussi. Si je vous injecte ce souvenir, la jouissance du tueur fera partie de vous. Pour toujours. Votre religion vous incite à éprouver de l'empathie pour les victimes. Mais quant à vivre avec la mémoire d'un bourreau, je vous jure qu'il faut plus que de la foi pour pouvoir le faire, mon père. »

L'homme me fixe sans rien dire. Puis il hoche la tête.

« Es-tu là pour m'éprouver, démon ? Car je sais qui tu es, maintenant : tu es le diable, et les souvenirs que tu transportes avec toi sont ta légion. »

Une chambre immense plongée dans la pénombre. Un mobile en papier oscille devant une fenêtre aux stores rabaissés. Il est fripé par la moiteur de l'air. Un halètement obscène à mon oreille, une douleur au bas des reins. Pas de mots. Une honte, un déchirement intime qui brise ma vie comme une lame de fond brise la dentelle d'un récif de coraux. En qui aurai-je confiance désormais, qui me protégera du monde ?

Des ricanements d'enfants. Une jungle rouge, ruisse-lante d'humidité, sous un soleil énorme. Entre mes mains gluantes de sanies, un pila, un poulpe arboricole aux tentacules tranchés en train d'agoniser. Ses yeux changent de couleur au gré des flux et reflux de la souf-france. Il me semble que l'odeur douceâtre qui s'exhale de ses plaies ne quittera plus jamais mes narines. Je repense aux fabuleux motifs de lianes tendus entre les arbres que l'on trouve çà et là dans la forêt, et que des chercheurs venus des quatre coins de l'univers viennent photographier. Certains parlent de messages qui nous seraient adressés, d'autres d'œuvres d'art traduisant leur vision de l'univers.

« Finis-le ! rigole le plus grand. C'est qu'un vulgaire pila. C'est pas intelligent, même si ces connards de savants disent le contraire… Allez, zigouille-le. Tchac ! Prouve que t'es pas une pédale ! »

Le cauchemar noir était là, il m'avait débusqué, il me talonnait! Ne pas laisser la terreur m'enliser dans ses sables mouvants, ne pas...

L'aube violette pointe, dans cette ruelle éclairée sporadiquement par un lampadaire. Un vent aigre souffle de la mer de Lait. La fille, à peine seize ans, revient de son service nocturne à l'usine de conditionnement qui emploie toutes les femmes du bidonville s'étendant sur des kilomètres carrés autour de l'astroport de Sorio Tri. On se fout bien de ce qui peut arriver aux ouvrières, une fois franchies les portes de l'usine. Une place ne reste jamais libre plus d'une journée tellement la main-d'œuvre est nombreuse. L'important est que les boîtes de protéines soient emballées et expédiées en orbite. Que les mondes épuisés de la Ceinture soient approvisionnés. La fille que je filais depuis trois minutes pivote sur elle-même. Elle tient un couteau à lame vibrante, probablement fourni par son petit ami. Mais sa main tremble, elle n'osera pas s'en servir. Avoir une arme, c'est facile. Ouvrir la bidoche de son adversaire, voir les viscères par la plaie béante, c'est une autre paire de manche. Cette petite pute n'est qu'un élément du cheptel. Un instrument de mon plaisir, une preuve de ma toute-puissance. Demain ou dans une semaine, on retrouvera son cadavre dans un fossé. Elle aura sa culotte sur la tête, la chatte bourrée de terre. Ma petite signature personnelle. On classera l'affaire. Moi et mes amis du Cercle payons assez cher les flics pour décourager les familles des victimes et acheter les journalistes trop curieux. Mais avant de la saigner, je vais un peu m'amuser avec elle. Après tout, c'est bien à ça qu'elles servent, non ? Voilà tout ce que méritent les putes : crever avec une bite dans le cul. Et il y en a tellement. C'est ça, le plus grand pied : savoir qu'elles sont renouvelables à l'infini, comme les marchandises qu'elles fabriquent. Que ça durera toujours.

Le rush de souvenirs reflua. Je pris ma tête entre mes mains – du moins, je suppose que je le fis. Parfois, des bribes de souvenirs remontaient des profondeurs. L'amnésie elle-même pouvait avoir des trous. Je ne tentais pas de lutter contre ces souvenirs, car ils étaient apparus pour une raison : me protéger du cauchemar noir.

Allons, calme-toi ! Le cauchemar noir n'est sûrement qu'un passager clandestin de ton esprit. Il te poursuit depuis des temps immémoriaux, sans doute depuis que tu utilises la machine. L'un de tes hôtes les plus anciens le portait en lui, et tu te l'es approprié à ton insu. Il profite de tes états d'âme pour faire surface de temps à autre. Ou bien, c'est le transfert avorté qui l'a tiré de son assoupissement...

Mes tentatives de rationalisation ne parvenaient pas à calmer les battements désordonnés de mon cœur. Pourtant, je savais d'expérience que c'était la seule chose à faire, aussi longtemps que je n'aurais pas retrouvé la mallette et que je ne me serais pas injecté une mémoria. Celle-ci agissait sur mon cerveau dominé par les fantômes de souvenirs comme le choc d'un stimulateur cardiaque.

En attendant, je devais tenir, je devais...

« Plus vite, articulai-je à l'attention de l'autopilote. Vitesse maximum, bordel de merde ! »

J'ignore s'il obéit ou non. Peut-être était-il programmé pour ne pas tenir compte des ordres accompagnés d'injures. Je n'eus jamais l'occasion de le vérifier, car des bribes de souvenirs incohérents m'assaillirent de nouveau, telles les feuilles d'un arbre secoué par une tempête.

Quand les voix discordantes se turent, un filet de bave finissait de sécher sur mon menton. Je clignai des yeux, presque surpris de ne pas avoir souillé mon pantalon. La crise avait été particulièrement violente.

La voiture stationnait devant ma porte d'entrée. Je bondis littéralement dehors et me ruai dans le salon. La mallette… J'eus la présence d'esprit d'ordonner à l'IA domotique de verrouiller tous les accès. Puis, de mes doigts tremblants, j'ouvris la mallette.

Dans le compartiment inférieur se trouvaient, soigneusement alignées les unes contre les autres, cent quatre-vingt-six capsules translucides. Et dans chacune d'elles, un gel bleuté contenant l'une des mémorias que j'avais glanées au cours de mes différentes vies. Je saisis entre le pouce et l'index une capsule portant le numéro 144. L'une de mes favorites. Elle ne comportait qu'un seul souvenir, mais extraordinairement dense et précis : l'image d'un vaisseau spatial d'ensemencement décollant vers un avenir meilleur. L'homme dont j'avais conservé ce souvenir avait tout sacrifié pour y embarquer sa famille. Puis il l'avait regardé partir, les yeux brillants, le cœur gonflé d'un espoir fou.

C'était il y a deux cent soixante ans.

J'enchâssai la capsule cylindrique dans un réceptacle niché dans le coin supérieur droit du boîtier jaune, laissai la machine l'avaler, puis initialisai le processus sur l'écran tactile. Enfin, je déroulai le câble du casque avant de le coiffer. L'imprégnation était rapide, pas plus d'une minute. Je fis le vide dans ma tête. Brève chaleur sur mes tempes, tandis que le casque gravait en moi de nouveaux chemins neuronaux…

L'immersion opéra comme un rêve éveillé. Un souvenir est un tapis dont les images sont le motif tissé sur une trame d'émotions. Plus la trame est forte, plus résistant sera le tapis. Une bulle d'apaisement m'enveloppa comme un écheveau de pensées fugaces se déployait en moi. *Les miens seront bientôt à l'abri. Ils sont en route vers un monde meilleur. Ils emportent une partie de moi-même. Ils penseront à moi, perpétueront ma mémoire…*

Ces pensées n'étaient pas les miennes, mais qu'importait ? La plénitude qui m'habitait était d'une force et d'une conviction telles que *j'existais* dans cet instant éternellement recommencé.

Je sentis le cauchemar reculer tout au fond de ma conscience. Tandis que la mémoria se dissolvait en moi, je manquai souffler de soulagement. J'avais un nouveau sursis.

J'ignorais quand était apparu le cauchemar noir. Non pas un souvenir, mais une abominable succion venue du tréfonds, un puits de terreur qui creusait la surface de ma conscience. Peut-être existait-il dans ma personnalité d'origine, à moins que ce ne fût le transfert initial qui l'avait généré. Depuis, j'avais effectué tant de transferts qu'aujourd'hui, il m'aurait été impossible de faire la distinction entre mes propres souvenirs et ceux que j'avais absorbés tout au long de mes différentes existences. Norodom avait eu raison à mon égard : j'avais oublié mon nom. Et peut-être ce cauchemar était-il lié à cette absence, même si cela n'avait jamais provoqué d'angoisse manifeste chez moi.

J'avais tout tenté pour m'en débarrasser. Mais le

cauchemar noir revenait toujours, me rongeant de l'intérieur. Comme si le transfert lui-même lui donnait sa
force. Peut-être était-ce une altération naturelle, une
sorte d'usure de l'esprit qui se manifestait ainsi ? Un
moment, j'avais songé à un mécanisme de sécurité de
la machine elle-même, destiné à empêcher un individu
d'abuser des transferts. Si c'était le cas, il n'y avait rien
que je puisse faire.

Très vite, je m'étais aperçu que les injections de
mémorias faisaient reculer le cauchemar. Elles agis-
saient à la manière d'un mur qui se dressait entre lui et
moi. Ou plutôt, d'un tampon qui l'absorbait.

Depuis plusieurs années, je devais avoir recours de
plus en plus souvent aux injections. Les mémorias
continuaient de repousser le cauchemar, mais moins
longtemps. À ce rythme, elles ne me seraient plus d'aucune utilité d'ici un demi-siècle.

À cette perspective, une sueur froide dévala mon
échine, et je sentis la nausée revenir.

J'ai faim, c'est tout, tentai-je de me raisonner.

Je rangeai la mallette, et allai d'un pas pesant à la
cuisine. Ce dont j'avais surtout besoin, c'était de repos.

En célibataire endurci, Norodom se faisait confec-
tionner ses plats par une voisine qu'il payait en fin de
mois. Je sortis une barquette qui rappelait celles servies
à bord des vaisseaux de transit. L'opercule ôtée, je jetai
un coup d'œil aux deux compartiments. À gauche, une
algue de marécage évoquant des radis râpés, à la sauce
aigre-douce. À droite du talassi, une mélasse diluée où
surnageaient des sortes de nouilles. Après en avoir
goûté, même la nourriture aseptisée à base de PPb des
vaisseaux de transport me parut rétrospectivement
appétissante. Cependant, Norodom raffolait de ces plats

et ma couverture exigeait que j'adopte les goûts de mes hôtes, y compris quand j'étais seul. Je finis donc le plat avant d'aller m'allonger dans ma chambre.

Le sommeil s'empara de moi sans tarder. Ma première journée dans le corps de Norodom avait été rude.

5

Les jours suivants, je me familiarisai avec mon nouvel environnement, intérieur comme extérieur. L'injection de la mémoria m'avait fait du bien. Le cauchemar s'était retiré, laissant un grand blanc. Mais la nuit, le visage de Mivèle me hantait. Impossible d'ôter cette image qui avait contaminé toutes les mémorias de Norodom. Je ne pouvais y échapper, à moins de m'extraire ses souvenirs, ce qu'il m'était impossible de faire sans changer de peau. Le souvenir en lui-même n'était pas insupportable. Il s'accompagnait seulement d'une culpabilité étouffée. Une femme que Norodom avait été obligé de tuer pour le compte de son patron ? Non, Dunam n'aurait jamais été capable de demander cela à son ami... et Norodom n'aurait jamais été capable d'exécuter un tel ordre. Un ancien amour, dans ce cas ? Pour le savoir, je devrais transférer des souvenirs plus anciens.

Mais de cela, je n'avais pas la moindre envie. L'image qui me parasitait ne m'empêcherait pas de mener à bien ma mission. Or, elle seule comptait.

Il plut toute la semaine. Cela n'avait rien d'étonnant : Suthep se trouvait au bord du grand océan planétaire d'eau douce, et sous les tropiques. À l'instar de tous les astroports, il bénéficiait ainsi des avantages de la proximité de la ligne équatoriale pour les lancements orbitaux. Ce ne fut toutefois pas une grosse perte. D'abord parce que Kuiper Prime n'était guère remarquable en tant que planète. Elle n'abritait aucune de ces majestueuses mégastructures étrangères célèbres sur Paron ou Izushi. De plus, sa place dans son système solaire n'avait rien d'exotique, à l'image de ces mondes recouverts d'eau ou de lave. Enfin, je n'étais pas censé avoir le temps de visiter Suthep ou ses environs : j'avais pour mission immédiate de traquer le tueur envoyé par la Crops… c'est-à-dire moi-même.

Je rencontrai Sabon et Ritiak dès le lendemain de mon entrevue avec Dunam. Les deux hommes ne me portaient visiblement pas dans leur cœur. Ils se méfiaient de moi, non parce qu'ils doutaient de ma loyauté ou par simple déformation professionnelle, mais plutôt parce que l'amitié de Dunam à mon égard les inquiétait pour leur carrière. Ils redoutaient mon influence sur leur patron, et ce, bien que je n'en aie jamais réellement profité.

Ritiak était le parfait contrepoint de Sabon : sec et nerveux, le crâne étroit et les lèvres fines, il flottait dans des vêtements censés lui donner de l'allure. La violence qui l'habitait éclatait parfois lorsqu'il descendait dans les endroits louches de Suthep. Dunam avait dû faire jouer ses relations à deux ou trois reprises pour le faire sortir de prison. Un expert en torture, malin comme une fouine. Tout le monde le craignait, y compris les hommes de Dunam. En ce qui me concernait, je savais que Ritiak était un composé trop instable pour la chimie d'une ville pacifiée comme Suthep. Il ne survivrait pas longtemps à la chute de Dunam. Et même s'il y parvenait, ses débordements finiraient par indisposer ses successeurs. Je ne lui donnais pas deux ans à vivre.

La première réunion eut lieu chez moi : par souci de discrétion, on ne pouvait se rencontrer à la tour Mangraï. Lorsque Ritiak entra, il renifla bruyamment, comme s'il flairait l'odeur d'une proie.

« Tu n'as jamais invité personne dans ta caverne, dis donc, fit-il remarquer en se dirigeant vers le canapé du salon.

— À situation exceptionnelle, mesures exceptionnelles. Et tu es prié de ne pas tout saloper. »

Il me fixa trois secondes, puis s'assit en serrant exagérément les genoux.

Je ne les invitai pas à se servir un verre. Au lieu de cela, nous entrâmes directement dans le vif du sujet. Sabon doutait que la Crops ait vraiment envoyé un tueur, bien qu'il ne voulût pas l'exprimer de façon explicite. Ritiak, quant à lui, se gardait d'un avis aussi tranché.

Cette mission ne compromettait pas l'opération initiale. Au contraire : l'obligation de faire mes rapports oralement à Dunam me permettait de l'approcher sans éveiller de soupçon.

« Qu'est-ce que tu proposes de faire ? me demanda Sabon. Éplucher les fichiers des compagnies de transport spatial ? »

Il arrivait environ un millier de colons par mois. Je secouai la tête.

« C'est inutile, et tu le sais très bien. Un tueur haut de gamme ne sera pas arrivé par les voies ordinaires. Il aura utilisé une nacelle d'atterrissage privée, qui l'aura déposé à cinquante kilomètres de Suthep. Pas plus compliqué.

— À moins qu'il n'ait falsifié les données informatiques des orbiteurs, renchérit Sabon. D'accord. Et alors ? »

Je me mouillai les lèvres, un tic facial de Norodom.

« Je doute que le tueur soit venu avec tout son matériel, s'il veut d'abord se fondre dans la masse. Par conséquent, il va essayer d'acheter une bio-cuirasse et des armes sophistiquées. Pour le coincer, il faut surveiller le trafic d'armement haute technologie. »

Voilà tout ce que j'avais trouvé en guise de fausse piste. Ce qui n'empêcha pas Ritiak et Sabon de hocher la tête d'un air convaincu.

« Ça se tient, dit Ritiak. J'ai des contacts dans ce milieu. »

D'un geste négligent, il releva sa manche gauche. Un dragon crachant le feu était tatoué au-dessus du poignet. Il cligna brièvement les yeux. Aussitôt le dragon déroula sa queue telle l'extrémité d'un fouet. Une neuro-arme : un implant logé dans l'avant-bras, capable de lancer une fléchette mortelle à travers la paume. Ritiak pouvait l'activer d'une simple pensée. Le dragon constituait un avertissement.

Une moue de mépris incurva la lèvre supérieure de son acolyte. Pour Sabon, les neuro-armes n'étaient pas dignes d'un tueur qui se respectait. Ce qui ne l'empêchait pas de s'en méfier : sous sa peau, il s'était fait greffer des bandes polymères au niveau des endroits vitaux et des tracés artériels, de sorte qu'en principe, aucune balle ne pouvait le tuer par perforation directe. Je fouillai dans ma mémoire mais ne trouvai pas d'opération de ce genre sur Dunam lui-même. Peut-être était-il devenu trop paranoïaque pour se livrer totalement entre mes mains.

Je raccompagnai les deux nervis à la sortie. Au moment où la porte se refermait, Ritiak me jeta :

« Tu sais quoi, Norodom ? Je ne te connaissais pas sous cet angle. »

Je me raidis.

« Quel angle ? »

Il eut un geste vague.

« Ce truc sur les tueurs, c'est une idée qu'on aurait dû avoir, Sabon ou moi. Pas toi.

— Désolé d'avoir été plus malin que vous.

— Ouais… »

Il haussa les épaules et disparut.

J'avalai un verre d'alcool au bar du salon. Debout, les bras ballants, je laissai le breuvage opérer. Soudain, une présence à côté de moi.

« Tu ne reviendras pas ! cria Mivèle. *À quoi bon le nier ? »*

Le verre tomba sur le sol. Je ne l'entendis pas – pas plus que le petit robot domestique qui fonça dessus pour nettoyer. La voix de Mivèle m'emplissait les oreilles.

« Tu m'abandonnes quand j'ai le plus besoin de toi. »

Mes mains se tordent comme pour me fuir. La part rationnelle en moi me hurle que la colère n'est qu'un bouclier derrière lequel je dissimule mon désarroi. Pourquoi suis-je si fort quand il s'agit de prendre en main la vie d'autrui, et si maladroit quand il s'agit de la mienne ?

Je hurle :

« Je ne t'abandonne pas, putevangk ! J'ai sauvé ce

type, et il se trouve que c'est le caïd de cette ville. Je
ne veux pas laisser passer cette chance.

— Mais pour entrer à son service, tu dois me laisser
derrière. Tous ces projets qu'on a eus... »

Les mots s'écoulent hors de moi comme une hémor-
ragie impossible à endiguer.

« Ne me rends pas coupable d'un crime que je n'ai
pas commis, Mivèle. Ce n'est qu'une question de temps.
On arrête de se voir pendant un an ou deux. Pas plus,
je te le promets. Ensuite, je reviendrai. Mais riche.

— N'utilise pas cet argument avec moi ! Tu étais
riche. Tu n'avais qu'à accepter ton héritage...

— C'est pas ton problème, bordel ! »

Ma main se lève... Je la laisse retomber. J'attrape
mes affaires sans un mot et je sors dans la rue. C'est
comme entrer dans un bain glacé. Je veux faire demi-
tour, mais c'est impossible. Devant moi se dresse un
mur noir d'angoisse et de remords. Je ne peux que ren-
trer dedans... dans l'irréparable.

Je rouvris les yeux. Ce souvenir avait eu l'intensité,
dans sa réalité, d'une mémoria fraîchement implantée.
C'était la dernière fois que Norodom avait vu Mivèle.
Le soir même, elle s'était suicidée. Norodom avait
occulté les trois mois qu'il avait passés avec elle. Leurs
projets. Puis il avait tout fait pour l'oublier. En un sens,
il avait réussi. Mais la culpabilité, depuis lors, l'avait
empêché de jouir pleinement du pouvoir qu'il avait
obtenu. Cela expliquait le dénuement ascétique de sa
maison. Une façon d'expier, de son point de vue.

Au cours de la semaine qui suivit, je me familiarisais
avec le corps de mon hôte. J'eus quelques problèmes

triviaux à surmonter, comme par exemple une crise d'hémorroïdes due au fait que je mangeais trop gras. Norodom avait ajusté son alimentation à sa faiblesse vasculaire, de sorte qu'il n'y pensait jamais. Un cas plus grave m'était arrivé par le passé. L'un de mes précédents hôtes était un diabétique sévère, et sa planète était soumise à une RT[1], de sorte qu'il n'avait pas bénéficié de génothérapie et devait renouveler sa cartouche d'insuline deux fois par an. Quelques jours seulement après que j'avais pris possession de lui, une crise d'hyperglycémie m'avait terrassé en pleine rue. Il s'en était fallu de peu que je tombe dans le coma. Ce corps-là avait failli devenir mon tombeau. Depuis, je vérifiais toujours en profondeur les antécédents médicaux de mes hôtes.

Dunam me donna également accès aux bases de données de ses sociétés. C'est en les compulsant que mon attention fut attirée par un nom : Tinsulanong.

Cela me rappelait quelque chose. Une affaire remontant à plus de dix ans. Dunam gravissait les échelons dans la hiérarchie du cartel, et Tinsulanong représentait un passage obligé pour siéger auprès des grands. L'homme dirigeait alors une grosse affaire d'import-export qui avait son propre immeuble, non loin de la tour Mangraï. Il n'avait jamais voulu payer les « redevances obligatoires » et ne se déplaçait jamais sans gardes du corps. Dunam avait promis à ses partenaires de soumettre Tinsulanong. Il avait tenu parole, sans que nul ne sache comment, pas même moi. Tinsulanong avait démissionné, et abandonné ses biens pour aller s'établir dans les faubourgs les plus insalubres de

---

1. Restriction Technologique. Voir le lexique en fin de volume en p. 349.

Suthep. Et personne n'avait plus jamais entendu parler de lui.

Mais il avait sa place dans le plan qui, peu à peu, émergeait.

Je collectai des renseignements sur les trafiquants d'armes qu'avait mentionnés Ritiak. J'achetai un petit pistolet à aiguilles Ster & Baz et un traqueur à ADN en me faisant passer pour Tinsulanong. J'en pris livraison et les dissimulai dans la maison.

Ensuite, je me décidai à prendre un risque : m'exposer en contactant Tinsulanong, pour lui enjoindre de se cacher. Il me faudrait le faire en personne afin d'être sûr que l'homme irait se mettre au vert, en lui fournissant de l'argent au besoin.

Les événements allaient en décider autrement.

Un midi, je rentrai à la maison. Je me présentai devant la porte, qui s'ouvrit devant moi en me reconnaissant. Je revenais de faire mon rapport à Dunam, puis j'avais laissé un message à Tinsulanong pour le rencontrer. J'avais conscience que le plus dur restait à faire, mais je demeurais confiant. Les éléments de mon plan s'agençaient comme prévu.

Jusqu'à ce qu'une violente poussée entre les omoplates ne me propulse en avant.

J'eus juste le temps de protéger mon buste du sol carrelé de l'entrée en interposant mes mains. Le choc remonta douloureusement jusqu'aux épaules. Je roulai sur le côté pour en absorber une partie.

Le colosse se tenait au-dessus de moi. Il tenait à la main un pistolet à aiguilles identique à celui que j'avais acheté.

J'allais ouvrir la bouche, mais il mit un doigt sur ses lèvres en agitant la gueule de son Ster & Baz sous mon nez, et je m'immobilisai. Le message était clair : au premier mot prononcé, ma poitrine se retrouverait truffée d'aiguilles polymères projetées à la vitesse du son. De sa main libre, Sabon fouilla dans sa poche et en extirpa un petit appareil en plastique noir qu'il me jeta. Je le ramassai. Il me fit le geste de mordre l'embout en caoutchouc de l'instrument. Je compris aussitôt la fonction de l'appareil : transformer le timbre de ma voix pour que le système domotique ne puisse appliquer mes ordres.

« Tu ne parles que sur mon autorisation, dit Sabon. Mais fais attention à ce que tu dis : si je repère un mot de code destiné à ton foutu domo, je te crible sans me poser de question. Allez, debout ! »

Il me fit signe de le précéder dans le salon. J'obéis. Il était inutile de résister, ni même de discuter. Quelque chose avait cloché. Mais je n'étais pas mort. Il y avait donc un espoir.

Lequel faillit s'évanouir avec ce que je découvris sur la table basse : la mallette de transfert. Sabon l'avait trouvée. Un picotement me parcourut l'échine, en songeant qu'il l'avait peut-être endommagée quand il avait forcé ses cadenas.

D'un geste, il m'ordonna de m'installer sur le canapé. Il s'assit en face de moi.

« D'abord, tu vas m'expliquer ce qui se trame ici. Et à quoi sert cette machine bizarre à l'intérieur. » Il tapota le canon de son arme en souriant. « T'es grillé, mon vieux Norodom. Cette fois, tu ne pourras pas embobiner le patron. Même si tu étais innocent, il ne prendrait pas le risque de te garder. Mais t'es pas innocent, pas vrai ? » Il eut un bref moment d'hésitation avant d'ajouter : « Même moi, ça m'a surpris. Je voulais pas le croire. Quelque chose t'est arrivé, pour que tu retournes ta veste comme ça. Alors, tu vas tout me dire.

— Ça risque d'être long. »

Le sourire de Sabon s'élargit.

« Profite de ton temps pendant qu'il t'en reste. »

Ce qui signifiait que dès que j'aurais achevé mon récit, il me tuerait.

6

Sabon passa la main sur son crâne rasé.

« Putain ! Un putain de passager clandestin, voilà ce que tu es. »

Il jeta un coup d'œil chargé de dégoût vers la mallette. L'espace d'un instant, je craignis qu'il n'appuie sur la détente de son pistolet, et un réflexe me poussa en avant. Aussitôt, le canon revint sur ma poitrine.

« Alors tu ne mens pas, souffla-t-il. Tu tiens à cette saloperie autant qu'à ta vie, je parie. »

Je hochai la tête et il sourit. Même s'il savait maintenant qu'il ne s'adressait pas au vrai Norodom, il jouissait tout de même de le tenir en son pouvoir.

« Ça change pas mal de choses, dit-il enfin. Ce truc vaut un paquet de fric. »

Il s'interrompit tandis qu'il échafaudait ses propres plans. Cela me laissait un peu de répit.

« Tu ne pourras pas le faire fonctionner, soufflai-je. Personne ne le peut, le système est verrouillé sur moi. Sans mon aide, tu endommageras le logiciel d'interface…

— La ferme ! Si je ne me retenais pas, je démolirais

cette saloperie, et toi avec. Puis je foutrais le feu à cette maison, juste pour être sûr. »

Mais il n'en ferait rien. Son avidité avait déjà décidé pour lui. Je repris mon souffle, en tâchant de ne pas montrer que toute appréhension m'avait quitté.

Sabon fit à nouveau courir la main sur son crâne.

« Et merde, s'exclama-t-il soudain. Le morceau est trop gros pour moi. J'avertis Dunam tout de suite. »

Aïe. Je devais agir immédiatement. Je me décontractai en prévision de l'action à venir. Tout en demandant, de la voix rocailleuse et détimbrée du déformateur vocal :

« Comment est-ce que tu m'as découvert ? Par les armes que j'ai achetées ? J'aurais pu le faire pour me protéger. »

Il étala un grand sourire.

« On garde pas ce genre de secret. T'es pas si malin, mon pote : tu as peut-être les souvenirs de Norodom, mais tu ne le connaissais pas vraiment. Norodom était un trouillard. Il a jamais voulu assister aux interrogatoires de Ritiak, même pour soulager ses… patients. Quand je t'ai braqué avec mon arme, il y a dix minutes, tu n'as même pas cillé. Voilà des jours que j'ai des doutes.

— Mais pas Dunam. Il n'a rien senti, lui.

— Le patron est trop préoccupé en ce moment. Il… »

Sabon ne vit pas venir le coup. J'étais placé de trois quarts sur sa droite. Je lançai ma jambe de biais tout en pivotant sur moi-même, sans ménagement pour le corps de Norodom. Je perçus une douleur fulgurante dans l'aine accompagnée d'un craquement ligamentaire, et la rupture de plusieurs fibres musculaires. Le tranchant de mon pied gauche s'enfonça dans quelque chose de mou. Surpris, Sabon eut le temps de lâcher une rafale d'aiguilles qui se perdit dans le mur, juste à gauche de la porte-fenêtre du jardin. Puis son pistolet tomba sur le sol et il porta les mains à sa gorge.

Tandis qu'il s'effondrait en hoquetant, le robot de sécurité jaillit, vibrant de tous ses piquants. Je me remis sur pieds et crachai le déformateur vocal, laissant un filet de bave le long de mon menton.

« Laisse-le ! » hurlai-je.

Le robot se figea. Je récupérai le pistolet et en retirai le bloc d'aiguilles compactées. Sabon était toujours allongé sur le dos. Il hoquetait, mais sa commotion se dissipait lentement. Au moment de l'impact, j'avais compris que je ne l'avais pas tué. Je lui avais seulement enfoncé le larynx. Ce qui signifiait qu'il pouvait toujours m'être utile.

Rapidement, je le ligotai et l'allongeai sur le canapé. L'aine me faisait souffrir au point que j'en avais les larmes aux yeux. J'activai la mallette.

Pendant que j'auscultais Sabon, celui-ci se débattit faiblement.

« Ne me touche pas, espèce d'ordure !

— Reste tranquille. Je veux seulement vérifier que ta blessure n'est pas sérieuse… Non, ça ira. »

Il ouvrit la bouche, puis la referma. Il devait se rendre compte qu'il était anormal que je ne l'élimine pas, sachant ce qu'il savait. Peut-être aussi était-il vexé de s'être fait surprendre. Il avait eu raison, tout à l'heure : je n'étais pas totalement familiarisé avec le caractère de Norodom, et cela m'avait trahi. Mais je n'étais pas non plus habitué à son corps, et notamment à ses limites. C'était ce qui m'avait permis de les outrepasser. Je l'avais payé en me provoquant un déchirement musculaire. Sabon, lui, était resté prisonnier de son image de Norodom : un homme incapable d'action violente.

Je me rendis en clopinant dans ma chambre, en quête du médikit. Ses appendices m'appliquèrent un baume sur l'intérieur de la cuisse. L'appareil m'informa que le coup m'avait en outre fracturé deux orteils. Il m'insensibilisa la zone. Après un bref instant de réflexion, je l'emportai dans le salon et soumis Sabon à un examen sommaire. Comme je l'avais deviné, il s'en tirerait avec une grosse ecchymose au niveau de la glotte. Le médikit lui fit les microinjections adéquates, et j'appliquai un pansement en simili-derme, pour cacher le bleu qui s'annonçait.

Le nervi ne disait plus rien à présent. Ses yeux évitaient soigneusement la mallette initialisée, prête à servir. Cependant, je savais reconnaître un regard traqué. L'homme avait compris ce qui l'attendait.

Je le fis manger et boire abondamment. Puis je me restaurai à mon tour, vidai ma vessie. J'effectuai cette procédure standard avec fébrilité, et aussi avec une certaine appréhension. Le transfert réglerait peut-être les dysfonctionnements qui m'affectaient depuis que j'avais investi Norodom. Ou, au contraire, les aggraverait. Mais il n'y avait pas que cela : il y avait ce cauchemar, qui me poursuivait depuis la nuit des temps et que le transfert avorté de l'autre jour avait à nouveau réveillé. Ce transfert le rendormirait peut-être… en fait, je n'en avais aucune idée. Je savais utiliser la machine, l'entretenir de façon superficielle. Mais cela s'arrêtait là. Je ne connaissais presque rien de son fonctionnement.

« Qu'est-ce qui va m'arriver ? » demanda Sabon

d'une voix altérée alors que j'installai le casque sur son crâne.

Je répondis à ses questions, celles qu'on me posait toujours.

« Ne t'inquiète pas. Je compte seulement *t'emprunter* pour quelques heures. Ensuite, je réintégrerai ton esprit dans ton corps, délesté de quelques souvenirs. Notamment ce que tu as découvert à mon sujet. »

Le transfert fut plus rapide que d'ordinaire car cette fois, je n'avais pas à supprimer les souvenirs de Norodom, ni à sélectionner ceux de Sabon. Pour ce que j'avais à faire, son corps suffisait.

Je me relevai dans la carcasse musculeuse de l'homme de main. Il n'avait manifesté aucune peur, mais je sus à l'humidité de ses vêtements que la vérité était tout autre. Il avait vu sa dernière heure arriver. Au moins n'avait-il pas relâché ses sphincters comme cela se produisait parfois.

La chance était avec moi. Je ne souffrais d'aucun délire sensoriel, seulement de l'habituelle sensation de flottement, à mesure que mon esprit se calait sur ma nouvelle incarnation. Il me restait à peine une heure avant mon rendez-vous avec Tinsulanong.

Dans mon message, je n'avais eu qu'à mentionner le nom de Dunam. Tinsulanong m'avait répondu quelques minutes plus tard, me fixant rendez-vous au bord du lac Pradeng.

Ce nom me rappelait quelque chose.

La première image qui me vint à l'esprit fut une vaste dépression remplie d'une substance à consistance de blanc d'œuf. En fouillant dans les souvenirs de Norodom, j'appris qu'il n'en avait pas toujours été ainsi. À l'origine, le lac Pradeng avait été un lac comme les autres. Lorsque le Libral avait vendu les terrains de Kuiper, beaucoup de colons avaient été expropriés par la force. Certains d'entre eux étaient entrés en résistance. L'un des terrains était un complexe industriel comprenant le lac Pradeng, qui servait de réservoir aux nouvelles usines qui le bordaient. Les colons expropriés s'étaient procuré un animalcule importé d'une quelconque planète en cours de terraformation. Cet animalcule possédait la faculté de sécréter une molécule proche de l'albumine, en quantités phénoménales. Les colons n'avaient eu qu'à jeter un sac d'animalcules déshydratés dans l'eau. Au petit matin, le lac Pradeng n'était plus qu'une masse gélatineuse impropre à toute utilisation par les usines riveraines. Les colons avaient eu leur revanche. Cela avait encouragé d'autres sabotages et avait amené la Crops à envoyer une force d'intervention. Cinq ans et dix mille morts plus tard, les choses étaient rentrées dans l'ordre. Le lac Pradeng, lui, était resté ainsi. On s'était contenté de détourner le fleuve qui l'alimentait. Le travail des animalcules n'était pas réversible.

Je décidai de ne pas emporter d'armes. J'ordonnai à la voiture de me déposer à cinq cents mètres du lac. C'était aujourd'hui un faubourg résidentiel où se nichaient quelques commerces. Je remontai trois rues en zigzaguant. Je m'arrêtai dans l'un de ces curieux snacks sur roues qui arpentaient par centaines les trottoirs au ralenti. On pouvait monter en marche sur les plates-formes à ciel ouvert, s'asseoir sur des tabourets et commander l'unique plat disponible : une brochette de viande de patok marinée, servie sur un lit d'algues râpées. Le tout arrosé d'une bière âpre et très mousseuse. Les chopes étaient en grès jaune, tandis que les assiettes, elles, étaient en verre.

Je consultai l'heure sur l'espèce de cadran solaire qui servait d'enseigne au snack. Je réglai, puis coupai par une ruelle qui s'infiltrait entre deux entrepôts dégoulinants de rouille et aux vitres cassées.

La rue où je débouchai faisait le tour du lac Pradeng. Je jetai un coup d'œil panoramique. La surface du lac était plate comme un miroir… un miroir rayé, troué et opacifié par la saleté. Sur la rive opposée, un très long ponton aboutissait à une plate-forme en bois sur laquelle était posé ce qui ressemblait à un restaurant.

Quelques passants flânaient sur la rive, comme si de rien n'était. Lorsque je m'approchai, un vague malaise m'envahit. Un effet secondaire du transfert ? Non, c'était lié à ce lieu étrange. Je m'efforçai de l'identifier, sans mettre le doigt dessus. Hormis l'absence de vagues, le Pradeng ressemblait à n'importe quel lac.

Une voix, par-dessus mon épaule :

« Ça ne rate jamais, la première fois. On a l'impression qu'il manque quelque chose au paysage. »

Je pivotai sur moi-même, manquant trébucher car j'avais mal calculé la force musculaire de Sabon. Tinsulanong se tenait devant moi. Il paraissait dix ans de plus que les soixante attribués par son état civil. Il était voûté et osseux, ses yeux clignaient et larmoyaient en permanence. Apparemment, il coupait lui-même ses cheveux gris. Quant à ses vêtements, ils devaient sortir d'une boutique de surplus.

« Hum, dis-je. Je ne suis donc pas le seul à avoir remarqué. »

Tinsulanong hocha la tête en souriant. Sa voix était aiguë et légèrement plaintive.

« Je ne vais pas vous faire languir plus longtemps. C'est le bruit.

— Le bruit ?

— Il n'y a aucun bruit de ressac. La gélatine étouffe tous les petits bruits qui forment le fond sonore des lacs, des rivières et des mers. »

Il se mit à marcher à pas mesurés vers un pont qui enjambait le lit d'un cours d'eau à sec. J'eus un mouvement du menton en direction du lac.

« On ne pourrait pas revenir en arrière ? Le restaurer ? »

Tinsulanong sortit d'une poche un mouchoir douteux, puis se tamponna les commissures des yeux.

« Techniquement si. Mais à quoi bon ? Ça reviendrait trop cher pour un simple lac, alors qu'il y en a des centaines dans le coin. Et Pradeng est devenu une attraction locale… Dites, ça va ? Vous n'avez pas l'air dans votre assiette.

— Ça va, monsieur Tinsulanong.

— Bien. Que me vaut l'honneur ?

— Dunam. »

Au moment où je prononçais ce mot, ses pupilles se contractèrent comme sous l'effet d'une lumière trop vive. Mais sa voix ne varia pas.

« C'est lui qui vous envoie ?

— Non. Sinon, vous seriez déjà mort.

— Pourquoi ? Cette histoire ne signifie plus rien pour moi.

— Dunam est sur le point de faire le ménage. La Crops lui offre une promotion, un poste officiel. Il veut effacer toute trace compromettante de son passé. »

Tinsulanong plissa les yeux.

« Effacer les traces de son passé ? Il lui faudrait supprimer la moitié de cette foutue ville. Au fait, pour quelle raison est-ce que vous me prévenez ? Si Dunam a décidé de m'éliminer, qui s'y opposera ? Vous ne me devez rien. Je ne sais même pas qui vous êtes.

— Mieux vaut que vous l'ignoriez. Mais vous vous trompez : Dunam ne vous en veut pas, il craint seulement pour sa nomination. Après qu'il l'aura obtenue, il vous fichera la paix. Disparaissez pendant trois ou quatre mois. Ensuite, ce sera comme si rien ne s'était passé.

— Qu'est-ce qui me fait croire que vous ne mentez pas ?

— Dans quel but prendrais-je la peine de vous mentir ?

— Dans quel but prendriez-vous la peine de me prévenir ? »

Je haussai les épaules.

« Impossible de vous le dire. Si Dunam vous torturait, ma survie serait compromise. »

Tinsulanong émit un rire sans joie.

« Avec les gens de votre espèce, ça n'en finit jamais, hein ? »

Notre balade nous avait amenés à proximité de six gamins armés d'une carabine rudimentaire. Ils tiraient chacun leur tour dans le lac. Plus précisément, dans des bulles verdâtres de un mètre de large qui flottaient au sein de l'énorme bloc de gélatine.

« Vous avez été directeur de la première société d'import-export de Kuiper Prime, répondis-je. Ne me faites pas croire que vous n'étiez pas familier des types comme Dunam. »

Tinsulanong me fixa de ses yeux larmoyants.

« La première partie de ma vie a été une succession

d'erreurs. La seconde partie a consisté à les regretter. Si j'avais le pouvoir de la changer, croyez bien que je le ferais. »

Nous arrivions au niveau des gamins. Ils avaient épuisé leurs munitions et repartaient dans un concert de jurons frustrés.

« Qu'est-ce qu'ils fabriquaient ? » m'informai-je.

Tinsulanong sourit.

« Ils tiraient avec des balles enduites de phosphore. Ces bulles mettent des mois à remonter des fonds. Elles sont constituées de méthane, produit par tout ce qui est mort quand le lac s'est transformé en gélatine : des poissons, des algues… Quand les bulles sont assez grandes et le méthane assez concentré, les balles les font exploser. Ça fait rigoler les gosses. Je le ferais probablement moi-même, si j'avais leur âge.

— Vous pourrez le faire un jour, si vous suivez mon conseil.

— Hé ! Vous ne désarmez pas, vous. D'accord, je disparaîtrai un moment. Même si je sais que vous ne me dites pas la vérité. »

Je hochai la tête, et pris congé sans dire au revoir. Des bouffées de chaleur me cuisaient la peau çà et là, comme si quelqu'un faisait courir la flamme d'un chalumeau sur moi, au hasard. Je revins directement à la maison. Norodom n'avait pas bougé d'un pouce. Il était temps : je commençais à ressentir d'autres perturbations incommodantes. Me replonger dans le corps de Norodom les effacerait.

Néanmoins, il me fallut retarder le transfert d'une heure supplémentaire, le temps de sélectionner et supprimer certains souvenirs de la mémoire de Sabon stockée dans la mallette. Puis l'intervertissement eut lieu, et je me réveillai à nouveau dans la peau de Norodom. Il était quinze heures passées. Je gardai Sabon inconscient, afin de le charger dans la voiture et le transporter chez lui : un étage dans un immeuble chic, accessible par un ascenseur privatif à simple clé. J'avais pris soin de vérifier, lorsque je l'avais *endossé*, qu'il ne disposait pas de système de sécurité biométrique.

Je le laissai sur son lit et m'éclipsai, pour enfin revenir à la maison prendre une douche.

Le lendemain, je reçus un double appel. J'accédai et vis l'écran se scinder en deux : d'un côté Ritiak, de l'autre Sabon. Le dessin d'une clé clignotant en bas à droite indiquait le niveau de cryptage élevé.

« J'ai fait ma petite enquête, nous dit Ritiak d'un ton satisfait. Un type a récemment acheté des armes. Sophistiquées, qu'il a payées rubis sur l'ongle. »

Sur l'écran, Sabon se massait machinalement la gorge en déglutissant.

« Tu as attrapé quelque chose ? lui demandai-je perfidement. Si tu veux, je t'ausculterai.

— Ça ira », grogna-t-il.

Ritiak ne fit pas attention à notre échange. Il était tout excité d'avoir trouvé la piste de Tinsulanong. Exactement comme prévu.

« Tinsulanong ? répéta Sabon. Merde, ce minable ne sait même pas tenir un flingue.

— Il a pu apprendre en dix ans, riposta Ritiak. Et son motif est sérieux.

— Non, c'est trop facile. Le patron s'est fait pas mal d'ennemis. De tous les candidats possibles, la Crops n'aurait pas choisi Tinsulanong. »

Je retins une grimace. Sabon était plus perspicace et

plus au fait des vieux dossiers que je ne l'avais supposé.

« Tu as mieux à proposer ? » s'emporta Ritiak.

Je lâchai un soupir exaspéré.

« Tinsulanong n'est pas celui que nous cherchons.
À mon avis, le tueur l'a contacté dès son arrivée à
Suthep. Il lui a demandé de lui procurer des armes,
puis l'a éliminé. Ça m'étonnerait qu'on le retrouve en
vie. Et même si c'était le cas, il ne pourrait rien nous
dire.

— Je suis déjà en route, insista Ritiak. Retrouvez-
moi à son domicile, si vous voulez. »

J'entendis Sabon étouffer un juron avant de raccrocher. Je fonçai à la voiture, et lui ordonnai de me
conduire chez Tinsulanong.

Ritiak nous attendait en bas de l'immeuble, les bras
croisés sur la poitrine.

Je déduisis de sa mine déconfite que Tinsulanong
avait suivi mon conseil.

7

« Tu ne le feras pas, tu n'es qu'un lâche. Tu ne m'aimes pas vraiment.

— Je te jure que si !

— Non. Tu l'aurais déjà fait. Tu m'aurais débarras-sée de ce salaud. Ne m'appelle plus jamais, ne pro-nonce plus jamais mon nom. Adieu. »

Le visage de la femme se fige tandis que le prix de la communication s'affiche sur l'écran. Puis il se fond dans celui de Mivèle. Encore et encore...

Je me réveillai dans un marécage de sueur. Je titubai jusqu'à la salle de bains. Le cauchemar noir. Je l'avais senti, qui tentait de se glisser à travers le rêve – encore un de mes nombreux souvenirs, celui d'un hôte que sa maîtresse avait jadis tenté de pousser à tuer son mari. Il avait refusé et elle l'avait laissé tomber. Pourtant, des années après, il était toujours resté amoureux d'elle. J'avais menti à Norodom lorsque j'avais prétendu avoir fait le tour des expériences humaines. Les femmes comme les hommes avaient conservé la faculté de me surprendre dans leurs excès.

Le cauchemar, lui, couvait sous ce souvenir, comme

un lac d'encre sous une croûte de glace. J'ignorais ce qu'il recelait, mais tout mon être me hurlait qu'il me détruirait s'il m'atteignait. Je devais le tenir à distance, c'était un impératif absolu.

Sinon quoi ? me demandai-je en pénétrant dans la douche. *Je deviendrai fou ? Ou est-ce que je le suis déjà, pour qu'une chimère me terrorise ainsi ?*

Je m'étais déjà fait cette réflexion, et elle ne menait à rien. J'avais seulement la certitude catégorique que ce cauchemar, si je lui ouvrais la porte de mon esprit, me balaierait comme un fétu de paille et me disperserait aux quatre vents.

La douche ne m'avait fait aucun bien, sinon amplifier la migraine qui avait percé dès le réveil. J'allumai le médikit. Il parvint à endiguer le mal de tête, mais pas l'angoisse rémanente du cauchemar noir.

Arrête d'y penser. Ça ne fait que le renforcer. Mon incursion dans le corps de Sabon a au moins prouvé que dès que j'aurai quitté Norodom, tout redeviendra comme avant.

En tout cas, je voulais croire que ce serait le cas.

Le lendemain, je m'injectai une autre mémoria. Cela me fit du bien. Mais il me faudrait bientôt recommencer, car cette protection s'érodait. Cette certitude acheva de me convaincre de régler cette affaire au plus vite.

Je compulsai anonymement les plans de la tour Mangraï, prenant soin de laisser derrière moi une trace fantôme. Ce fut Ritiak qui la découvrit et nous informa. Désormais, c'était officiel : un tueur armé se renseignait sur les moyens d'atteindre Dunam. Il se cachait à Suthep, et son identité avait été parfaitement oblitérée. On ne se trouvait pas sur les vieux mondes de la Ceinture, où il était possible de retrouver n'importe qui par son sillage numérique. Ici, les gens pouvaient disparaître facilement. Je disposais des outils logiciels les plus efficaces pour ce genre de tâche.

C'est ce que je dis à Dunam lorsqu'il me convoqua dans son bureau. Ritiak et Sabon étaient là, ainsi que Bakou. Comme à son habitude, la comptable se tenait en retrait, appuyée contre le mur. Toutefois Dunam n'oubliait pas sa présence. C'était sans doute pour elle qu'il nous avait réunis : pour lui prouver qu'il n'était pas qu'un paranoïaque.

« On a établi l'existence d'un assassin, dis-je sans préambule. Il est quelque part à Suthep. »

Dunam cilla.

« Qu'est-ce que vous comptez faire pour le débusquer ?

— Rien du tout, répondis-je. Sinon lui faciliter le passage jusqu'à vous. »

Ritiak commença à protester, mais Dunam le fit taire d'un geste sec.

« De quoi tu parles, Norodom ? »

Je m'humectai les lèvres.

« On n'arrivera pas à identifier l'assassin. Et encore moins à l'abattre. » J'eus un bref coup d'œil en direction des deux hommes de main. « Il est tout simplement trop fort pour nous. »

Cette fois, Dunam pointa un doigt sur moi.

« Norodom, je ne t'ai pas mis sur cette affaire pour que tu tires ce genre de conclusion. D'accord ? Je ne vais pas attendre qu'il me tue.

— Je n'ai pas dit ça. Pourquoi ne pas utiliser les mêmes armes que celles de la Crops ? »

Dunam soupira.

« L'argent ? Non, mettre la tête à prix de l'assassin ne servira à rien. Dans trois jours, des petits caïds me rapporteront la tête tranchée de pauvres types pêchés dans la rue en réclamant la rançon. Et l'autre courra toujours.

— Je ne pensais pas à ça, fis-je en secouant la tête. Rachetez son contrat. Doublez la mise, avec la garantie qu'il pourra quitter Kuiper en paix. »

L'expression de Dunam démontra qu'il ne s'était pas attendu à une telle proposition. Tout aussitôt, il éclata :

« Merde, je ne veux pas marchander pour ma vie, je veux la tête de ce salaud ! Je veux l'exhiber au vu et au su de la Crops. Je croyais que tu me connaissais mieux que ça ! »

J'aperçus Bakou du coin de l'œil. Elle croisait les bras sur sa poitrine plate en souriant.

« Justement, arguai-je. La Crops connaît votre profil. Effacez ce tueur, ils en enverront un autre et vous n'aurez gagné qu'un sursis. Alors qu'en rachetant leur gars, vous les aurez battus sur leur propre terrain. Ils comprendront qu'ils auront intérêt à négocier, avant que votre tête ne leur coûte trop cher. »

Je vis Dunam en proie à l'irrésolution. En fait, ce n'était pas à lui que ma proposition s'adressait, mais à Bakou.

« Non », dit-il enfin.

Ritiak et Sabon se mirent à sourire. C'est alors que Bakou toussota.

« Excusez-moi, monsieur Dunam. Je pense que vos associés ont leur mot à dire dans cette décision.

— C'est ma vie, riposta Dunam. Je gère cette affaire comme je l'entends.

— Et moi, je suis *vraiment* désolée. »

Dunam cligna des yeux. L'espace d'un battement de

cils, je vis ses mains se crisper : cette femme venait de lui opposer une fin de non-recevoir en présence de ses subordonnés. Il lui suffirait de faire un signe discret à Ritiak, et le sang de Bakou irait éclabousser le sol.

Il haussa les épaules. J'ignore si Bakou perçut qu'elle venait d'échapper à la mort.

« Soit, dit-il avec un sourire forcé. Faites étudier la proposition. Mais en attendant que Sivat et les autres représentants des cartels se mettent d'accord, je continuerai à le traquer. Et si je le capture avant que vous n'ayez pris de décision, je le buterai. Entendu, chère madame Bakou ? »

La femme opina d'un infime mouvement du menton.

« Bien, fit Dunam en frappant dans ses mains. Vous pouvez disposer, madame. »

Le dernier regard qu'elle eut avant de passer la porte ne fut pas pour Dunam, mais pour moi.

Dès que le battant se fut refermé, Dunam s'approcha de moi. Ses yeux brillaient d'une étrange lueur.

« J'ignore si tu étais sérieux tout à l'heure en parlant d'acheter l'assassin de la Crops, dit-il. Peu importe après tout. Je veux voir cet homme.

— Et ensuite ? s'enquit Sabon. On s'en débarrasse ?

— Il faut que je l'aie à ma merci. Le liquider ou non n'a aucune espèce d'importance.

— Pourquoi ?

— Pourquoi ? répéta Dunam d'une voix vibrante. Parce qu'il faut que ces enculés de la Crops comprennent un truc : qu'on ne peut pas gouverner ce monde quand on se trouve à l'autre bout de l'univers. » Il eut un geste en direction de la porte par où avait disparu Bakou. « Même ces imbéciles des cartels l'ont pigé. C'est l'unique raison pour laquelle ils prennent le risque de protéger un concurrent. »

Et voilà précisément pourquoi on m'a chargé de te tuer, me dis-je.

Une autre part de moi-même me soufflait qu'à terme, la Crops perdrait la partie, même si elle éliminait aujourd'hui tous les Dunam de la planète. La prochaine génération, au plus tard celle d'après, s'adapterait et combattrait la multimondiale d'une autre façon.

Mais ça n'était pas mon problème.

Je passai les trois jours suivants à faire courir le bruit que Dunam cherchait à rencontrer le tueur à la solde de la Crops. Il offrait trois fois la somme que son assassin devrait toucher, avec en prime l'assurance de quitter Kuiper en vie. L'offre était assortie d'une menace : si Dunam était tué, les cartels s'assureraient que Kuiper serait son tombeau.

Je postai moi-même une réponse audio à partir d'une borne publique.

« J'accepte votre marché. Rendez-vous demain au lac Pradeng, à midi précis. Un restaurant se trouve au centre. Venez accompagné de votre docteur, de madame Bakou et d'un ou deux membres des cartels si vous voulez. Vous avez droit à un garde du corps… disons Sabon : je n'aime pas les neuro-armes. »

Je n'avais pas eu à brouiller ma voix, les services proposés par l'opérateur en échange d'un petit surcoût comportaient une voix synthétique.

La seconde fois que j'écoutais mon message, ce fut dans le bureau de Dunam, en haut de la tour Mangraï. Ritiak se grattait nerveusement le haut du poignet.

« Cette ordure sait tout au sujet de mon bras ! cracha-
t-il. Comment est-ce qu'il a appris que… »

Dunam le réduisit au silence d'un geste. Mais il exul-
tait.

« Je me fous de savoir d'où il tire ses renseignements.
Vous n'avez pas compris, vous autres ? Il accepte ma
proposition.

— C'est un piège, grimaça Sabon. Laissez-moi faire,
patron. On peut monter un guet-apens. Je vais dissémi-
ner des caméras, et…

— Tu ne vas rien faire du tout, imbécile. Tout va
se passer comme il a dit. Nous viendrons à cinq : moi,
Bakou et Sivat, Norodom et toi.

— Mais… Vous ne pouvez pas y aller sans armes,
patron ! »

Je levai la main.

« Ce tueur n'a pas formellement interdit les armes.
Seulement les neuro-armes. »

Dunam réécouta le message. Puis il hocha la tête.

« D'accord. Vous tous, vous porterez des armes.
Même toi, Norodom. Non, ne proteste pas. Moi seul
n'en aurai pas, en marque de bonne volonté. »

Sabon se contenta de lever les yeux au ciel, et
Dunam nous congédia. Au dernier moment, il me rappela.

« Norodom ? Reste un moment, mon vieux. »

Je refermai la porte, puis fis volte-face.

« Vous voulez me parler ? » demandai-je d'une voix
neutre.

Il vint à moi, et m'asséna une bourrade dans le dos.

« C'est marrant, commença-t-il. J'ai toujours cru que
tu n'aurais pas le cran de venir à ce genre de réunion. »

En un éclair, je me souvins de ce que m'avait confié Sabon, avant que je ne lui efface la mémoire.

« Je suis mort de trouille, si c'est ce que vous voulez savoir.

— Tu viens tout de même.

— Pour vous, oui, répondis-je avec une sincérité non feinte. Et un peu aussi pour clouer le bec à Sabon et Ritiak », ajoutai-je en riant.

Il sortit un pistolet d'un tiroir de son bureau et me le tendit. Je m'appliquai à le manipuler avec maladresse.

« Espèce de salaud ! rigola-t-il. Bien sûr que tu viendras. Et bien sûr qu'il ne t'arrivera rien, j'y veillerai. On survivra, tous les deux. Comme toujours. »

Trois véhicules nous déposèrent sur la rive du lac Pradeng. Il était midi moins cinq. Les salutations entre les représentants des cartels se réduisirent à de brèves poignées de main. Dunam tâchait de ne montrer aucun signe de nervosité. Bakou, elle, ne laissait rien paraître. Dunam poussa la petite porte en fer forgé qui ouvrait sur le ponton en bois peint, et nous lui emboîtâmes le pas. L'enseigne du restaurant s'étalait fièrement sur toute la devanture, en lettres d'or : *Bari-Tanom*. C'était la première fois que chacun de nous se rendait dans cet établissement, destiné à la bourgeoisie coloniale de Suthep et des environs : les restaurants de luxe ne s'éloignaient pas autant du centre d'affaires.

La salle était vide. De chaque côté de la porte, des feuilles aromatiques se consumaient dans des cassolettes en cuivre suspendues. Lorsque nous arrivâmes, un serveur s'empressa de nous mener jusqu'à une table dressée, séparée du reste de la salle par trois panneaux ajourés. Des vases de fleurs multicolores ornaient les coins. La vue donnait sur le Pradeng. Le centre de la table était creusé pour former un lac miniature rempli de talassi, cette soupe aux nouilles que j'avais appris à détester. On pouvait se servir directement au moyen de cuillers presque aussi grandes que des louches.

Un mot se trouvait sur un carton, contre le verre de Dunam : *Vous êtes mes invités. Je serai là dans un instant.*

Les deux représentants des cartels s'assirent côte à côte. Sur les assiettes des convives étaient posés des bols en porcelaine dont les motifs représentaient une plante locale. Je me retrouvai face à Sabon. Au moment où je m'asseyais, je fis glisser le pistolet à induction dans ma main. À la seconde de passer à l'action, personne ne serait alerté par un mouvement, même infime, de ma part. Par-dessous la table, je visai le cœur de Sabon. Lui devait mourir en premier, car si j'abattais d'abord Dunam, ses réflexes parleraient et non sa raison. En revanche, je n'avais rien à craindre de Bakou ni de Sivat.

Celui-ci se servit du vin à une carafe, puis attaqua la soupe avec appétit, ne s'interrompant que pour désigner Dunam avec sa cuiller.

« Hmm, délicieux. Qu'est-ce que vous attendez, mon cher Dunam ? Vous ne croyez tout de même pas que votre fameux tueur vous assassinerait par le poison ? »

D'un geste posé, Dunam attrapa sa cuiller et la glissa entre ses lèvres. Son regard restait fixé sur la place vide en face de lui.

« Excellent en effet.

— N'est-ce pas ? minauda Sivat. Nous devrions sortir plus souvent du centre-ville.

— À votre avis, pourquoi votre tueur nous fait attendre ? fit soudain remarquer Bakou.

— Peut-être a-t-il déjà mangé ? suggéra Sivat.

— À moins que cet endroit n'ait été choisi pour le symbole qu'il représente.

— Quoi, un bon restaurant ? gloussa Dunam d'un ton un peu forcé. Il veut nous faire comprendre qu'il ne se laissera pas manger tout cru… Ha ha !

— Le lac Pradeng, insista Bakou. L'endroit d'où est partie une rébellion matée dans le sang. »

Dunam reposa la cuiller à côté de son assiette.

« Ridicule. Le tueur a accepté mon offre. Il s'assure simplement que nous ne lui avons pas tendu de piège. »

Deux rides parallèles barrèrent le front de Bakou.

« C'est vraisemblable. À moins qu'il ne soit déjà… »

Je pressai la détente. Le pistolet n'était pas totalement silencieux, mais l'épaisseur de la table amortit complètement la détonation. Personne ne perçut le bruit, pas même Sabon, qui était déjà mort quand je me relevai, l'arme à la main. Je lus l'incompréhension dans le regard de Dunam. Sans doute crut-il que j'avais repéré un mouvement suspect dans son dos. La balle accélérée pénétra entre ses yeux et ressortit par l'occiput. Je doublai instantanément au cœur. Il bascula en arrière, les bras écartés, tandis que Sabon, lui, s'effondrait en avant, son front faisant éclater son bol à demi rempli de talassi.

Je me rassis doucement. Les coups de feu n'avaient même pas alerté les serveurs.

« Mon contrat est rempli, dis-je en écartant le bol de soupe. Ainsi que vous pouvez le constater. »

Sivat contempla les deux corps affalés.

« Mais comment… Vous n'êtes pas un tueur envoyé par la Crops. Ce n'est pas possible. »

Je n'avais ni le temps ni l'envie de leur expliquer en détail. Je résumai :

« J'ai pris l'apparence de Norodom mais je ne suis pas Norodom. On a fait appel à moi pour supprimer Dunam, mais aussi pour vous délivrer un message. Le voici : les cartels ont fait alliance avec un ennemi de Crops IntraSystem. Dans sa mansuétude, la Compagnie a choisi de ne pas sévir contre vous. Mais sachez que je suis le dernier tueur auquel elle fait appel. En cas de désobéissance, la prochaine mesure de rétorsion ne sera plus ciblée, mais collective. »

Tout le monde savait que ces rétorsions pouvaient aller de la RT jusqu'à l'évacuation totale de la planète.

J'avais éliminé Norodom et remis le message de la Crops. Il ne me restait plus qu'à partir. Je me levai, tout en leur faisant signe de rester assis.

« J'ai commandé un repas pour vous. Continuez de manger, et ne cherchez pas à me retrouver. Je libérerai le vrai Norodom bientôt. N'essayez pas de vous en prendre à lui, c'est bien compris ? »

Sivat hocha précipitamment la tête.

« Puisque vous n'êtes pas Norodom, qui êtes-vous ? »

La question venait de Bakou. Je haussai les épaules, puis traversai la salle sans un regard. Au moment où je franchis la porte, les cris des serveurs s'élevèrent.

De retour à la voiture, je programmai l'autopilote pour revenir à la maison. Je ne pensais pas que Sivat ou les autres représentants des cartels me poursuivraient, car mon message avait été des plus clairs. Mais nul n'était jamais à l'abri d'un acte inconsidéré. En chemin, je rédigeai mon rapport au Bureau exécutif de

Crops IntraSystem. En guise de signature, je fournis le code à vingt et un chiffres leur permettant de transférer le solde qui m'était dû. Je récupérai ma mallette.

Il me restait encore une chose à faire avant de quitter Kuiper : changer de peau afin que personne ne puisse remonter ma trace, puisque j'avais révélé mon identité en tant que tueur.

Je passai le reste de l'après-midi à sélectionner une proie. Mon choix se porta sur un colon de vingt ans fraîchement débarqué, répondant au nom de Trenton Fulerage. Un mètre soixante-dix-sept pour soixante-douze kilos. Le teint pâle, le nez retroussé et les épaules criblés de taches de rousseur. Je consultai son fichier médical dans la base de données que la Crops m'avait fournie. Puis je l'attendis à la sortie d'un bar où il se rendait régulièrement. Il était en compagnie d'une prostituée, qu'il essayait de convaincre de le suivre jusque chez lui. La dame refusa. Il se mit à l'invectiver, mais s'esquiva promptement quand ses cris attirèrent des videurs du bar. Il erra quelque temps avant, enfin, de rentrer chez lui : l'un de ces immeubles à demi insalubres de la périphérie de Suthep, construits jadis à la va-vite par des drones pour loger les immigrants.

J'étais déjà en embuscade sur le palier supérieur lorsque Trenton parvint à son étage. Je me glissai derrière lui pendant qu'il déverrouillait sa porte, puis l'assommai au moyen d'une piqûre dans la nuque. Le jeune homme eut un spasme, avant de s'effondrer dans mes bras. Je le tirai dans l'unique pièce de l'appartement et claquai la porte d'un coup de pied. C'était une véritable porcherie. Je déposai mon fardeau sur une banquette malodorante et défoncée. Je vérifiai son pouls, son taux d'hydratation.

Bien. Tu es en bonne santé.

J'ouvris la mallette et initiai une nouvelle procédure de transfert. Je me sustentai, vidai ma vessie, puis m'appliquai un timbre tranquillisant.

Quand la machine indiqua qu'elle était prête et que je chaussai le casque de transfert, une vague de soulagement m'envahit. Cela se produisait quand je changeais d'hôte après avoir rempli un contrat. Une sensation de légèreté, comme si une partie de la responsabilité des meurtres que je commettais demeurait emprisonnée dans l'ancien corps, dans la main qui avait tenu l'arme.

C'est de la pensée magique, cela n'a rien de réel, me disais-je chaque fois. *Il n'y a qu'un seul coupable, et c'est moi.*

Je n'avais jamais cru en une quelconque divinité capable de m'absoudre ou au contraire de m'envoyer en enfer, même si la plupart de mes hôtes, eux, possédaient cette croyance chevillée au corps. Cependant, ma nature particulière induisait une perception exacerbée de la vie d'autrui.

Je n'assassinais que des assassins. Mais même si c'étaient tous des criminels qui avaient du sang sur les mains, je supprimais des individus. Des êtres pensants, capables de sentiments. Je rayais de l'univers ce qu'ils étaient, leur mémoire, leur devenir. Leur éventuelle rédemption. Je n'avais aucune excuse, parce que je savais plus que quiconque combien la vie était précieuse et fragile.

Mais je le faisais. Parce que c'était une obligation pour moi. Ma survie passait avant celle des autres.

Le passage en Trenton Fulerage s'effectua sans anicroche. Pendant trois jours, je restai dans son appartement afin d'apprivoiser mon nouveau corps. Je transportai Norodom hors de Suthep, puis l'abandon-nai, toujours inconscient, au bord d'une route. Je lui avais restitué sa personnalité, lui amputant un mois de souvenirs. Ainsi je ne risquais rien. Puis j'achetai un billet pour Ast Salvation, une spatiocénose où l'on pou-vait rencontrer les agents des plus puissantes multimon-diales. C'était là-bas que les contrats se signaient, en toute discrétion.

Au bout de trois jours, je sortis me promener un peu. Le prochain départ aurait lieu dans une douzaine d'heu-res. Pendant une semaine, j'allais être enfermé dans un compartiment guère plus grand qu'un placard, aussi comptais-je profiter du peu de temps qu'il me restait au grand air.

Mes pas me conduisirent au lac Pradeng.

C'est là que je reconnus Tinsulanong. L'homme venait dans ma direction, marchant avec nonchalance le long du rivage figé.

Je n'en fus pas surpris. C'était comme si je l'avais prévu. La nouvelle de la mort de Dunam avait circulé, et Tinsulanong était sorti de son trou.

Lorsque j'arrivai à son niveau, je m'arrêtai et pro-nonçai à mi-voix :

« Dunam. »

Il s'immobilisa, et me contempla avec curiosité.

« Vous êtes… »

Je souris.

« Je l'ai tué. Vous vous en doutiez, n'est-ce pas ? »

Il hocha la tête sans répondre.

« Vous réalisez que vous n'aurez plus jamais rien à craindre de lui ? demandai-je.

— Je n'avais rien à craindre, de toute façon.

— Vous êtes sûr ?

— Oui.

— Que vous a fait Dunam pour que vous vous reti-riez sans combattre, il y a des années ? Il vous a menacé, ou bien promis quelque chose ? »

Les dents de Tinsulanong se découvrirent sur un ric-tus.

« C'est pour me demander ça que vous êtes ici ? »

Je secouai la tête.

« De toute façon ça ne vous regarde pas, reprit-il. Vous feriez mieux de partir, maintenant. Qui que vous soyez. »

Je me détournai, comprenant que je n'obtiendrais pas de réponse. Après tout, quelle importance ? Je n'avais pas parasité cet homme. Son passé était le sien.

Je pivotai subitement.

« Je voulais vous demander de faire quelque chose pour moi.

— Quoi donc ?

— Revenez ici avec une carabine ou un pistolet. Tirez sur les bulles de méthane, jusqu'à ce que vous en fassiez exploser une.

— Pourquoi donc ? sourit-il. C'est une sorte de rituel ?

— Juste pour le plaisir. Vous auriez aimé le faire, dans le temps. Vous me l'avez dit. Vous l'oubliez trop souvent, mais vous, vous n'avez qu'une seule vie. »

8

La salle d'attente de l'astroport de Koh-Tap était presque déserte. À mes pieds reposait mon unique bagage : un sac, ainsi que ma mallette. Des siècles de voyage avaient réduit mes effets personnels à presque rien. Du reste, j'utilisais les vêtements et l'argent de mes hôtes.

Une vaste baie vitrée offrait une vue imprenable sur la rampe de lancement qui s'ancrait au pied du maré-cage pour jaillir vers l'espace, tel un toboggan de huit cents mètres de haut. J'inspirai à fond. J'allais quitter ce monde comme j'avais quitté le corps de Norodom, et je devais avouer que c'était sans déplaisir, dans un cas comme dans l'autre. Depuis que j'habitais Trenton Fulerage, la personnalité de Norodom se gommait peu à peu. Je rêverais encore de lui quelque temps avant d'en être totalement débarrassé. Mais au final, il n'en resterait rien.

Une hôtesse me conduisit dans un réduit muni d'un sas, où l'on me décontamina. Le reste de la procédure dura une éternité. On me fit avaler plusieurs pilules et revêtir une combinaison aussi fine qu'une toile d'arai-gnée, avant de me laisser pénétrer dans un habitacle dépouillé. En guise de sièges se trouvaient des bacs de gel anti-g bleuté. Une voix métallique m'ordonna de me coucher dans l'un d'eux. Un masque à oxygène se rabattit sur mon visage, puis la viscosité du gel augmenta. J'étais à présent pris dans un bloc de cire. Mes yeux se fermèrent. L'hôtesse m'avait expliqué que juste avant le lancement, on mélangerait un soporifique léger à l'air.

Je n'eus pas conscience du lancement du projectile, de sa mise en orbite, ni de sa récupération par un module automatique. Ce fut le bruit écœurant du masque à oxygène se décollant de mon visage, puis le choc de la récupération du module par le vaisseau orbiteur, qui me sortirent de ma léthargie. J'étais dans l'espace. L'instant d'après, un courant basse tension rendit au gel sa fluidité et je pus me dégager... du moins, commencer à le faire. L'écoutille s'ouvrit, livrant passage à un membre d'équipage en uniforme strict aux armes de sa Compagnie. La casquette qui retenait ses cheveux arborait, elle, le nom de l'orbiteur : le *Serena*.

« Ne paniquez pas, monsieur, je vais vous aider », dit-il.

Le tranquillisant m'empêcha de lui faire remarquer que je voyageais déjà dans l'espace longtemps avant la naissance de son arrière-grand-mère. J'attrapai la main qu'il me tendait, et m'extirpai de mon sarcophage de gel.

Il me propulsa avec douceur dans la coursive, me demandant de l'attendre quelques instants tandis qu'il scellait le sas au moyen d'un verrou pneumatique. Flottant, je jetai un coup d'œil autour de moi. J'étais dans un orbiteur standard pouvant convoyer fret et passagers. Le corridor paraissait s'achever dix mètres en amont, mais ce n'était en réalité qu'un coude. Toutes les coursives étaient en ligne brisée pour éviter la formation de courants d'air et faciliter la segmentation en cas de dépressurisation.

« Par ici », ajouta l'officier en me précédant.

D'une traction des bras, il se propulsa jusqu'à la paroi la plus proche, et rebondit légèrement avec l'angle réglementaire de cent cinquante degrés. On progressait ainsi, en zigzag, s'aidant d'étriers clipsés dans les parois pour les pieds, et, pour les mains, de buissons – des lanières de plastique nouées autour d'un mousqueton. Je remarquai les traces verdâtres sur les joints et dans les fentes, mais il n'y avait pas lieu de s'en alarmer. Les planétaires, même si leurs ancêtres ont nécessairement voyagé dans des vaisseaux d'ensemencement, pensent que l'intérieur d'un orbiteur était propre car artificiel. Ils se trompent. Rien n'est plus sale, plus moite et infesté qu'un orbiteur. Et ce, en dépit des blattes dermophages et dévoreuses de moisissures, des pnéophytes brassant l'air et des drones d'entretien miniatures. Le *Serena* ne faisait pas exception à la règle. Cependant, ces désagréments me paraissaient insignifiants par rapport au plaisir intime que j'éprouvais chaque fois que je montais dans un orbiteur, cette impression de familiarité rassurante. Le retour dans l'espace était le signe de la fin d'une mission. C'était le seul repère stable dont je disposais. Ce qui se rapprochait le plus d'un foyer.

Je suivis l'officier jusqu'au réfectoire, où un repas était servi. Au-dessus de l'accès, un panneau indiquait le niveau de gravité : 0,15. La salle était déserte. J'étais l'unique passager embarquant de Kuiper Prime, et l'orbiteur ne ferait pas de halte au large des deux autres planètes du système.

Je me harnachai tout seul sur mon siège. L'officier m'apprit que soixante colons avaient débarqué, libérant assez de place pour me loger à mon aise. Je pouvais, pour un supplément de prix modique, occuper l'équivalent de trois cabines. J'acceptai sans marchander, et il me tendit une tablette gris-noir.

« Veuillez apposer votre doigt pour valider la transaction. Là… Merci. Nous franchirons la Porte de Vangk dans vingt et une heures. Je vous laisse ce pad, il est relié au réseau interne du *Serena*. Il répondra à toutes vos questions et vous guidera jusqu'à votre cabine. »

L'officier s'inclina – du moins, c'est ainsi que j'interprétai la modification d'orientation de sa tête – et s'éclipsa.

Je terminai mon repas. Puis j'interrogeai le pad pour récupérer ma mallette. Il me la fallait à portée de main, sinon je ne serais pas tranquille. Je l'avais enregistrée comme bagage d'accompagnement. Le pad m'indiqua la manière de la récupérer. Je vérifiai qu'elle n'avait subi aucun dommage, puis me dirigeai vers les quartiers d'habitation. Le pad m'orientait au moyen de flèches tridi à travers les corridors boudinés. Les quartiers étaient situés à la périphérie de l'orbiteur, à deux cents mètres environ. Ils se logeaient dans un gros cylindre évidé pivotant autour du spin, l'axe central. On y accédait par une rampe qui s'ajustait progressivement à la rotation. Tout en bas de la rampe, je pesais dans les dix kilos.

L'homme d'équipage pouvait être loué pour sa célérité : lorsque j'arrivai à ma cabine, des panneaux avaient été démontés et le volume qui m'était alloué était considérable pour un orbiteur : au moins trente mètres cubes.

La première chose que je fis fut d'allumer le

terminal collé au mur, au-dessus du bureau rabattable, et de réclamer une vue extérieure. Kuiper Prime m'apparut dans toute son ampleur : un monde à dominante bleu-vert, rasé par le soleil à son coucher. Suthep n'était plus visible à cette distance, l'ordinateur indiquait sa position par un point rouge clignotant.

Le soleil disparut, livrant l'hémisphère aux ténèbres. Mon regard s'y perdit quelques instants.

« Montre-moi le *Serena* par différents points de vue », ordonnai-je.

Les images défilèrent. Le vaisseau était un tanker classique, avec sa brochette hétéroclite d'éléments géants agglutinés autour du spin. Le propulseur se dissimulait derrière un tampon antiradiations de quinze mètres d'épaisseur. D'après son aspect général, il avait probablement plus d'un demi-siècle.

« Montre-moi la Porte de Vangk.

— *La Porte de Vangk n'est pas encore visible,* répondit une voix désincarnée.

— Alors, montre-moi l'endroit où elle est censée se trouver. »

Gros plan sur une portion de néant étoilé. Je plissai les yeux pour essayer d'entrevoir le gigantesque artefact spatial permettant de sauter d'un système solaire à l'autre. Ou du moins, un reflet de son mince anneau. Sans succès, bien entendu. L'ordinateur ne se trompait jamais. Les Portes de Vangk constituaient le legs d'une espèce disparue. D'après les livres d'histoire, on avait découvert la première Porte dans le système solaire du Berceau. Elle avait la forme d'un anneau de deux kilomètres et demi de circonférence, pour quelques mètres d'épaisseur seulement. On n'avait pas tardé à se rendre compte qu'elle ouvrait sur des milliers de Portes semblables situées dans d'autres portions de la galaxie, au large de planètes, de champs d'astéroïdes ou, plus rarement, de configurations spatiales étranges. Mais nul n'avait jamais pu percer leur secret : les Portes demeuraient obstinément fermées à toute investigation, et les quelques essais de prélèvements ou d'analyse sur une Porte s'étaient soldés par la fermeture définitive de cette dernière. On ne connaissait que leur âge : cent mille ans, et leur nombre actuel : environ vingt mille. Un chiffre qui augmentait chaque année, à mesure que les drones d'exploration en découvraient de nouvelles. Peut-être les Vangk existaient-ils encore quelque part. Ils n'avaient laissé de leur splendeur passée que ce réseau de Portes, qui étaient autant de dons énigmatiques et solennels… ou peut-être un piège attendant de se refermer. Une chose était sûre : sans les Portes, l'humanité serait encore en train de se débattre dans le Berceau, à le salir de ses propres excréments.

Je m'allongeai sur l'étroite couchette-sarcophage et sombrai dans un sommeil sans rêves. Une annonce du terminal de ma cabine me réveilla.

« Les passagers désirant voir le saut de la Porte de Vangk sont priés de se rendre dans la salle commune du segment Deux. »

J'hésitai, puis renonçai. Je n'avais aucune envie de rencontrer d'autres passagers. Du reste, j'avais assisté à des dizaines de sauts. Bien que magnifique, le spectacle était toujours le même : le vaisseau fonçait à travers l'anneau de la Porte, à la vitesse correspondant au point d'arrivée – c'était l'unique critère des sauts. À l'instant du passage, un cône de ténèbres absolues s'ouvrait à l'intérieur de l'anneau, un trou sans fond occultant les étoiles. Pendant une femtoseconde, le vaisseau cessait d'appartenir à l'espace-temps conventionnel, avant de s'y réintégrer, doté de la même vitesse, par la Porte réceptrice.

Le shunt d'espace-temps ne fut ponctué d'aucun bruit, lumière ou secousse quelconque. Simplement, le fond étoilé changea autour du *Serena*. Nous venions de franchir deux mille parsecs. À présent, la Porte de Vangk était derrière nous et sa taille décroissait régulièrement sur la vue extérieure.

« Vue frontale », ordonnai-je au terminal.

La magnificence du système solaire dans lequel nous venions d'émerger me sauta à la figure. Un soleil jaune occupait le coin supérieur droit. Un filtre diminuait sa luminosité pour ne pas endommager la caméra ou aveugler les spectateurs. L'astéroïde de Salvation avait été tiré d'un anneau de cailloux et de planétésimaux encerclant une naine brune qui formait un disque clair au milieu de l'image. D'autres étoiles proches tapissaient le ciel de leurs majestueuses constellations.

Je ne me donnai pas la peine de lire les indications astronomiques qui s'incrustaient au bas de l'écran, mais demandai de grossir la vue jusqu'à Ast Salvation. Au prix d'une forte pixellisation, l'ordinateur parvint à faire le point sur un gros rocher pas tout à fait sphérique. L'équateur était matérialisé par une profonde tranchée rectiligne. Des extrémités de vaisseaux à l'attache en saillaient. Des points lumineux piquetaient la surface de manière irrégulière. D'après la base de données du *Serena*, Salvation comptait une population de dix mille âmes qui vivaient de son statut de port franc.

Je me rendis dans la salle commune pour déjeuner. Les quelques passagers qui s'y trouvaient étaient pour la plupart des hommes d'affaires et des cadres exécutifs de grandes Compagnies. Ils me gratifièrent d'un regard dépourvu du moindre intérêt, que je ne leur retournai même pas. Certains commentaient avec enthousiasme le passage de la Porte de Vangk. D'autres colportaient les ragots, enjolivant les nouvelles qui provenaient des quatre coins de l'univers. Ici, une planète pénitentiaire avait acquis son indépendance. Là, un système solaire avait été évacué et sa Porte détruite, pour une raison gardée secrète…

Il fallut encore une dizaine d'heures au *Serena* pour s'aligner sur le plan de l'équateur, puis quatre heures supplémentaires pour synchroniser sa vitesse avec la rotation relativement faible de Salvation. Un tube télescopique se déplia de la grande tranchée de l'astéroïde, pour venir s'ajuster à l'un des sas de proue.

«*Pression équilibrée*, indiqua le pad. *Vous devez vous présenter au guichet de débarquement pour une douche désinfectante et le remplacement de votre flore intestinale.*»

Une fois dans le hall de transit, on me remit un nouveau pad. Je me soumis de bonne grâce aux procédures médicales. J'en serais quitte, comme chaque fois, pour deux jours de diarrhée. Nanti des souvenirs de Norodom, j'aurais probablement compris les diverses opérations. Mais je ne les possédais plus, et cela n'avait pas grande importance. La périphérie de Salvation offrait une gravité un peu moindre que dans ma cabine du *Serena*, mais de toute façon, je ne comptais pas m'y attarder. Ma destination était le centre, en impesanteur. En espérant que le corps de mon hôte supporterait le manque de gravité et ne m'obligerait pas à vomir toutes les dix minutes.

Je n'étais pas venu sur Salvation depuis près de

soixante ans. Les choses avaient peu changé : les parfums chimiques qui imprégnaient l'air, avec cette
odeur sous-jacente de ciment poussiéreux, les puits
d'accès éclairés (moins brillamment que dans mes
souvenirs toutefois) convergeant vers le centre, les
comptoirs somptueux, les places ornées de minéraux
semi-précieux, les boutiques de luxe, les temples expo-
sant un fourbi de statuettes et de bols sacrés, de moulins à prières, de rangées de chapelets ondulant dans
l'air pulsé, de cierges aux flammes ramassées en boule
par la microgravité...

Des commerces avaient fermé, d'autres avaient
ouvert, mais aucun signe de déclin n'était visible. Les
affaires marchaient. Cette effervescence reflétait celle
qui animait les multimondiales. Les grandes Compagnies interstellaires n'étaient pas ces monstres froids et
inflexibles dépeints par leurs adversaires de tout poil.
Il s'agissait au contraire de nébuleuses difficiles à cer-
ner, parcourues d'éclairs contradictoires. Leurs règles
n'avaient rien d'incompréhensible ni de supérieur.
Elles ne transcendaient pas les simples individus. Elles
représentaient au contraire le creuset de leurs désirs et
de leur avidité. Un vivier, en ce qui me concernait.

Je visualisai sur mon pad la zone d'habitation des
étrangers, et constatai avec satisfaction que les conapts
donnant sur le puits d'accès F existaient toujours. J'en
louai un pour une semaine, le plus près possible du
centre. J'empruntai un téléphérique, puis un tube à
vents de convection qui me déposa doucement sur une
rampe-filet du puits F.

Conapt 127... Voilà, j'y étais. J'entrai dans le studio
de cinq mètres cubes. Les éléments sanitaires étaient
logés dans des racks amovibles qui avaient manifeste-

ment beaucoup servi, et le bloc-cuisine était réduit à sa plus simple expression. La moisissure avait colonisé la plupart des joints, où s'agrippaient des centaines de gouttelettes tremblotantes. Attaché par une chaîne au lit – visiblement une couchette récupérée sur une épave d'orbiteur –, flottait un gros livre aux pages retenues par un élastique. Un nu-Qurân ou une Bible escopalienne, probablement.

Une piaule miteuse, mais je n'étais pas ici pour le confort. Je m'assis devant le terminal, et la sphère de navigation des téléthèques publiques apparut. Les téléthèques reliaient les mondes entre eux. Ce réseau formait la véritable colonne vertébrale de l'humanité à travers la galaxie. S'extraire de la gravité d'une planète est toujours gourmand en énergie, c'est une constante universelle à laquelle rien ni personne n'échappe, quel que soit le niveau technologique. Le voyage spatial est et demeurera toujours hors de prix. Transitant par faisceau laser, l'information est beaucoup moins chère à transporter que des êtres humains ou des marchandises.

J'entrai mon code d'authentification, puis fis basculer devant moi l'icône de messagerie. Elle était pleine. En premier lieu, j'éliminai tout ce qui n'était pas en mode texte seul. Mon adresse, au nom d'Eldrich Kotok, n'était pas censée circuler hors des Bureaux exécutifs des grandes Compagnies, mais on ne pouvait pas grand-chose contre les pirates, et les filtres laissaient passer des messages frauduleux, des appels provenant de déséquilibrés ou des prêches m'enjoignant de rejoindre telle ou telle croisade insensée.

Finalement, je ne gardai que les messages provenant de Bureaux exécutifs avérés. La moitié d'entre eux voulait me recruter pour leur usage exclusif. L'autre moitié m'offrait un travail. J'écartai d'emblée les Compagnies qui n'avaient pas de comptoir sur Ast Salvation, ainsi que celles qui ne désiraient traiter que par IA interposées… Sans bien savoir pourquoi, j'avais toujours éprouvé des réticences vis-à-vis des IA. Quand bien même je ne partageais pas les préjugés qui les ostracisaient parfois, elles me mettaient mal à l'aise. Peut-être parce que, bien qu'elle n'ait jamais manifesté sa présence, ma mallette comportait forcément une IA pour accomplir le transfert de conscience, et que, de fait, la préservation de mon existence était due à une machine pensante.

Restaient quatre propositions de contrat. L'une avait expiré. Plus que trois…

La première m'envoyait sur Parino, un vieux monde de la Ceinture dont le gouvernement devenait défavorable à la faction écopolitique majoritaire de sa Compagnie. Sur les ordres de celle-ci, je devais éliminer une réformatrice de la faction minoritaire, à l'origine d'un projet de loi octroyant des droits territoriaux aux clans primitivistes des colonies pariniennes. Sans un instant d'hésitation, je supprimai le message.

La deuxième proposition ressemblait à la mission de Kuiper. Je la mis de côté, et lus la troisième. Elle provenait d'une multimondiale nommée Olandmagren. La mission consistait à se débarrasser d'un des dirigeants principaux de Ramanouri : une planète des Confins sous l'emprise d'une secte, le renkuni. Quatre tentatives de renversement des dirigeants avaient déjà échoué, ainsi qu'une RT suivie d'un blocus de quinze ans. De plus, il s'était avéré impossible de recruter des tueurs locaux.

Une planète résistant à l'arsenal répressif des Compagnies, voilà qui méritait le détour. Je cherchai dans les téléthèques de Salvation des renseignements sur Ramanouri. Toute colonie qui acquérait une certaine autonomie avait tendance à engendrer une aristocratie constituée par les descendants des pionniers. Sur Ramanouri, cela avait pris des proportions démesurées. Les premières familles étaient devenues les Fondateurs formant le sommet d'une pyramide de castes inférieures : les Bers, puis les Libres Protecteurs, et enfin les Marchois de vile extraction. Une oligarchie inégalitaire et cloisonnée, dont le but avoué était de traverser les siècles à l'abri de tout changement.

Ces informations corroboraient le message d'Olandmagren, mais cela ne voulait rien dire : la majorité de ce que l'on pouvait consulter sur les téléthèques émanait des Compagnies elles-mêmes.

Néanmoins, je répondis que j'étais prêt à rencontrer un agent de liaison d'Olandmagren.

La réponse me parvint quelques heures plus tard. Le rendez-vous était fixé dès le lendemain, dans tout lieu à ma convenance. Une fiche signalétique de mon contact était jointe. J'y jetai un coup d'œil. Avec son teint artificiellement mat et ses membres grêles, l'homme présentait les caractéristiques physiques des individus nés et ayant grandi dans l'espace.

Je regardai un plan de Salvation, et choisis un endroit agréable où l'on pouvait parler en toute discrétion : la chambre des Vents.

Celle-ci se trouvait dans le noyau. Un vaste espace relié à cinq puits différents. Toutes les parois étaient recouvertes de pnéophytes, une mousse rouge faisant partie du cycle de l'oxygène, dont les circonvolutions saillaient d'hélices végétales. Poussant en rangées serrées, ces hélices tournaient selon un cycle de dix-huit heures. Elles provoquaient un puissant courant d'air qui assurait la ventilation de l'astéroïde creux. Elles n'étaient pas plus grandes que l'avant-bras, mais ensemble, elles dégageaient un bruit d'ouragan si fort que la chambre des Vents n'était ouverte au public que pendant leurs phases de récupération. Et encore ne pouvait-on circuler que sur des passerelles fermement ancrées.

Je quittai le puits F et suivis les indications de mon pad pour me retrouver devant un grand sas aux parois de verre fumé, où je dus m'acquitter d'un droit d'entrée assez élevé. Mais tout, sur Salvation, était payant, et la somme ne semblait pas rebuter les autres visiteurs qui se pressaient. On me remit des bandelettes velcro pour obturer mes manches.

Quand j'entrai, la brise me gifla le visage et je sentis la passerelle secouer ses amarres sous mes pieds. Tout autour, les pnéophytes ondulaient sur les parois comme des algues marines sous l'effet d'un courant invisible. Même au repos, ils généraient autant de vent qu'une turbine. Le spectacle était plutôt impressionnant, et reposant à la fois. Hélas, je n'avais pas le temps de m'y attarder. Plus tard, il faudrait que je pense à enregistrer ces sensations dans une mémoria.

Je repérai mon contact. Un visage ni jeune ni vieux, plus pâle que sur la photo de sa fiche. Il avait dû sauter une ou deux séances d'UV, à moins que ce ne soit les oscillations de la passerelle… Je souris en mon for intérieur. Ce type d'homme, qui décidait de la vie et de la mort de milliers d'individus, n'aimait même pas l'illusion du danger. Il arborait tous les accessoires qui allaient avec le personnage, et qu'il me semblait avoir vu des centaines de fois : costume-cravate adapté à la microgravité, élégant bandeau capillaire, tatouage temporal indiquant le degré de son traitement Kavine, pad en bois précieux sur l'avant-bras (même s'il était certainement équipé d'un implant endoculaire dernier cri).

Il s'avança.

«Monsieur Kotok?»

Il devait parler fort pour que ses paroles ne soient pas emportées par le vent.

«Ilon Leudel?», répondis-je.

C'était le nom qu'indiquait sa fiche. Il hocha la tête.

«De quand date votre problème?»

Un pli apparut entre ses sourcils impeccablement épilés.

«Cela a une importance, monsieur Kotok?

— Sinon, je ne vous le demanderais pas.

— Trois ans.

— En trois ans, vous n'êtes pas parvenu à liquider un homme seul?»

Leudel afficha un air gêné.

«En effet. Le fait est que Ramanouri est un monde… spécial.

— Rassurez-moi. Cette planète est encore sous votre tutelle, n'est-ce pas?»

Il ignora le sarcasme.

«Une hiérarchie pyramidale règle les rapports entre les gens.

— Je ne vois rien d'incompatible avec une élimination.

— C'est pourtant le cas. La société ramanourienne est tellement soudée que l'individu n'existe pas à proprement parler. Il est tout entier déterminé par sa place dans son clan et sa caste. Voilà pourquoi il n'y a jamais de meurtre…

— Jamais de meurtre ? l'interrompis-je. Impossible.

— Tuer quelqu'un, c'est infliger une blessure au corps social tout entier. Ce qui explique pourquoi les conflits sont réglés par le duel. Dites, euh… Vous ne voudriez pas continuer cette conversation dans un endroit moins bruyant ? »

J'acceptai, car les pnéophytes recommençaient à s'agiter et il fallait à présent hurler pour se faire entendre. Près de l'entrée bâillaient des cloches transparentes permettant de regarder le spectacle sans en subir le vacarme. Nous prîmes place sur une banquette râpée munie de harnais.

« Vous avez déjà envoyé des tueurs, n'est-ce pas ? » interrogeai-je.

Leudel ne parvint pas à soutenir mon regard.

« À trois reprises, oui. Mais il est impossible d'infiltrer le clan supérieur ramanourien : les étrangers sont tenus à l'écart.

— Les dirigeants doivent bien être en rapport avec des ambassades étrangères ou des représentants de votre Compagnie. »

L'homme se mordit les lèvres.

« C'est exact. Mais ils se comptent sur les doigts de la main et chacun d'eux a dû vivre au moins quinze ans sur Ramanouri avant d'être accepté en tant que visiteur.

— Je vois. Et qu'en est-il de la pègre locale ?

— Je vous l'ai dit, les liens familiaux définissent l'individu et décident de son destin. Si quelqu'un est convaincu de meurtre – ce qui signifie qu'il a accompli sa vengeance hors du cadre prévu par le rite renkuni –, il n'est pas seulement mis à mort : c'est toute sa famille qui est exécutée, avec de lourdes peines infligées aux membres de son clan et à ses clans subordonnés.

— Allons, tout est une question de prix. Vous êtes certain d'avoir offert suffisamment…

— Là n'est pas la question, coupa Leudel. Notre cible doit être éliminée selon le rite renkuni, c'est-à-dire à l'arme blanche et par un membre de la caste des Fondateurs. Voilà pourquoi l'infiltration est indispensable. S'il n'avait tenu qu'à nous, nous aurions bombardé la capitale ramanourienne et tout serait rentré dans l'ordre. Mais du fait de leur structure sociale et religieuse, cela aurait abouti à mettre la planète entière à feu et à sang… » Il baissa la voix. « Êtes-vous capable d'approcher votre cible en vous faisant passer pour un Fondateur ? »

Le ton de sa voix était différent à présent. J'y discernai comme une excitation mêlée de répulsion. À présent, les pnéophytes avaient transformé la salle en turbine géante, et notre abri vibrait de toutes parts. Mais Leudel ne semblait même pas s'en apercevoir.

« C'est ma spécialité. Toutefois, je ne me ferai pas passer pour l'un d'eux. Je *serai* l'un d'eux.

— Vous… » Leudel toussota. « Vous prenez la place des gens, n'est-ce pas ? C'est *vous* ? »

Je souris, comprenant soudain la raison du malaise qu'il s'efforçait de cacher depuis notre rencontre.

« Cela vous dérange ? »

Je perçus le raidissement de sa nuque. Il venait de réfréner *in extremis* le hochement instinctif de sa tête.

« Oui, admit-il. Je suis très impressionné de vous rencontrer.

— Allons, remettez-vous. Je ne suce pas le sang de mes victimes, vous savez.

— Dans notre milieu, vous êtes une légende.

— Une légende ?

— On vous surnomme l'ange noir des Compagnies. Vous auriez plus de mille ans. C'est vrai ? »

Je décidai de mentir.

« Divisez ce chiffre par deux et vous serez plus proche de la vérité.

— Cinq cents ans, lâcha Leudel dans un souffle. Seigneur. Quelles expériences vous avez dû accumuler ! »

Je haussai les épaules, faisant comprendre à Leudel que je ne désirais plus m'étendre sur le sujet. Nous nous concentrâmes sur des considérations pratiques telles que ma rémunération, ainsi que les moyens à ma disposition. Ceux-ci étaient énormes. Si je l'avais voulu, j'aurais pu avoir un orbiteur affrété pour mon usage personnel, et toute une panoplie technologique dont je n'avais que faire. Je ne demandai aucun soutien logistique. En revanche, la somme que je réclamais était faramineuse. Leudel ouvrit des yeux terrorisés à l'énoncé du chiffre. Il y avait de quoi acheter une petite lune.

Il grimaça en vain un sourire en constatant que je ne plaisantais pas. Autour de nous, le tapis de pnéophyte commençait à se calmer.

« Il m'est impossible d'engager ma Compagnie pour une dépense d'une telle importance, dit-il. Je dois d'abord prévenir mes supérieurs.

— Parfait. Faites-moi savoir à mon adresse habituelle la décision de vos chefs. Si la réponse est oui, nous nous rencontrerons au même endroit. Au fait, vous préciserez que je réclame la moitié d'avance. »

Au cours de la semaine qui s'écoula, les dernières traces de Norodom s'effacèrent de mon esprit. C'était comme un alcool qui, lentement, était évacué du corps.

Je souffris d'un peu de désorientation, sans savoir avec certitude si mes maux devaient être mis sur le compte des changements corporels en série que j'avais dû effectuer récemment, ou bien d'une mauvaise adaptation de mon nouveau corps à l'espace.

Au matin du troisième jour, le cauchemar noir me débusqua.

Il était revenu avec une force insoupçonnée, me laissant pantelant, entouré de gouttelettes de sueur qui adhéraient au cadre de ma couchette telle une impossible rosée. Je dus prendre un relaxant pour calmer les battements de mon cœur. Dans un mouvement de rage, je faillis briser le miroir du bloc sanitaire.

Tu ne me laisseras jamais tranquille, hein ?

J'étalai une poignée de mémorias sur le lit : ce n'était vraiment pas le moment de se faire surprendre par une autre attaque. Je n'avais qu'à lire leur numéro pour savoir ce qu'elles contenaient. La n° 89 était une scène de sexe avec une femme dont j'étais fou amoureux. L'orgasme était si intense qu'il se confondait avec une douleur sourde. C'est pourquoi j'avais conservé cette capsule, car je ne gardais par principe aucune séquence d'accouplement, afin d'éviter le risque d'addiction qu'elles entraînaient. Je ne me souvenais pas d'être tombé dans le piège, mais si j'y avais un jour succombé, la première chose que j'aurais fait ensuite aurait été de m'ôter jusqu'à la moindre parcelle du plaisir que j'en avais retiré.

Dans la mémoria n° 43, j'étais un enfant qui jouait avec une sorte de boule de poils, et qui était brutalement interrompu par sa nourrice. Dans la n° 121, je pêchais un énorme poisson arc-en-ciel dans un lac turquoise, sous un ciel pur. La capsule n° 12 me faisait revivre un deuil mélancolique, et la n° 162, un dîner consommé avec délices. Quant à la n° 76, il s'agissait d'une fête religieuse, au cours de laquelle des prêtres ogounistes mettaient le feu à un arbre vivant, dont la sève contenait un puissant hallucinogène. L'assistance, parmi laquelle se trouvait l'auteur du souvenir, se plaçait sous le vent pour inhaler la fumée.

J'arrêtai mon choix sur la 76. Après m'être injecté ce souvenir apaisant, je remisai la peur du cauchemar au fond de mon esprit. La mission qui se profilait me passionnait. Je savais qu'Olandmagren accepterait ma proposition. Ma rétribution était astronomique à l'échelle individuelle, mais pas pour une société propriétaire de trente systèmes solaires, et dont cent quarante supertankers battaient son pavillon.

En attendant leur réponse, je me rendis au temple kuni de l'astéroïde. Celui-ci faisait face à une mosquée Shan immaculée, à pointes et à croissants d'or. La façade sculptée du temple kuni représentait quant à lui diverses forces élémentaires : la matière et le vide, l'attraction universelle, etc. L'entrée parfaitement circulaire figurait sans doute une Porte de Vangk. Je la franchis et allai directement au comptoir de réception.

Une jeune femme était penchée sur un pad en mode texte seul. De temps à autre, elle tapotait sur le coin inférieur droit de l'écran, sans doute pour tourner la page. À son avant-bras droit était fixé le seytchayas traditionnel rétracté dans son fourreau. Le culte kuni en avait fait le symbole du chef de famille, sans distinction d'âge ou de sexe. Les conflits se réglaient au seytchayas, dans la sphère privée et sous certaines conditions dans la sphère publique.

C'était avec une de ces armes que je devrais éliminer ma cible.

«Je désire parler au supérieur de votre congrégation», déclarai-je sans ambages.

La jeune femme me détailla avec froideur de la tête aux pieds. Puis elle prononça d'une voix dure :

«Vous désirez vous convertir tout de suite, ou c'est pour emporter ?»

Je clignai des yeux.

«Euh… Ce n'est pas le motif de ma visite.»

Les yeux de la jeune femme s'adoucirent, et elle battit rapidement des paupières.

«Excusez-moi. Il nous arrive de recevoir de drôles de visites, et mon rôle ici est de décourager certaines… exaltations.

— Ça vous arrive souvent ?

— Plus que vous ne pourriez le croire. C'est un mal courant chez les passagers qui n'ont pas l'habitude de voyager, à leur arrivée sur Salvation. Le décalage culturel par rapport à leur planète d'origine est parfois assez brutal pour provoquer une crise mystique. Au fait, que désirez-vous exactement ?»

Je lui expliquai que je cherchais des renseignements sur le renkuni.

«Il n'y a pas de temple hors des planètes où le renkuni s'est installé, rétorqua-t-elle.

— Je le sais. Mais le renkuni est une variante de votre religion, non ?

— Le renkuni s'est en effet imposé sur quelques planètes des Confins…

— Comme Ramanouri. Je dois m'y rendre et j'espérais que vous pourriez m'aider à comprendre un peu de quoi il retourne.

— De quoi il retourne ? Que savez-vous au juste de notre Voie, monsieur…

— Trenton Fulerage. Pas grand-chose, avouai-je. Voyons… Votre cellule de base est la famille. Le chef de famille porte le seytchayas, un couteau rétractile attaché au poignet. Vous avez adopté une vision très solidaire et mystique de l'existence, mais pourtant vous n'hésitez pas à tuer pour des motifs que vous considérez justes. »

La jeune femme sourit largement.

« Vous en savez beaucoup plus que vous ne le croyiez, monsieur Fulerage. Nous révérons les esprits domestiques qui sont les intercesseurs entre le mana cosmique et nous. Les renkunis, eux, ne vouent de culte qu'à leurs ancêtres. Et contrairement à nous, les notions de lignage et de caste leur sont essentielles. C'est pourquoi nous parvenons à cohabiter avec d'autres religions, alors que le renkuni est peu tolérant sur ce plan. C'est aussi la raison pour laquelle je vous conseille d'éviter Ramanouri.

— Pourquoi ?

— Les castes ne se mélangent pas. Manquer à l'étiquette peut présenter un risque mortel. Tout le monde s'épie, et malgré les principes d'honnêteté partout proclamés, la corruption règne. Voilà le lieu où vous comptez vous rendre. »

J'éclatai de rire.

« Bah ! Ça ne m'a pas l'air tellement pire que la majorité des mondes où j'ai officié. Merci, mademoiselle. »

Quatre jours après cette conversation, un message arriva dans ma boîte aux lettres. Cette fois, un fichier vid y était joint. Leudel me donnait rendez-vous dans la chambre des Vents à la prochaine période de repos du pnéophyte.

Je le trouvai, plus raide encore que la première fois, accoudé à l'une des passerelles supérieures. Avec un geste empreint d'une certaine cérémonie, il me tendit une clé mémo. Je lui fis signe que je n'avais pas apporté de pad pour la lire. Il me tendit alors le sien, un appareil de luxe liseré de platine.

«Voici le contrat, dit-il, ainsi que les détails de votre mission. Pour une telle avance, mes supérieurs exigent d'ordinaire une empreinte ADN. Votre cas rend cette procédure inutile.

— Vous féliciterez vos employeurs pour leur esprit d'à-propos.»

Je lui rendis le pad après avoir apposé ma signature numérique, codée par cryptage quantique. Au moment où il saisit la tablette, il me dit en forçant un sourire :

«Même si vous reveniez dans un mois, je ne vous reconnaîtrais pas, n'est-ce pas ? Vous seriez dans un autre corps.

— Quand je reviendrai ici, il y a de fortes chances pour que vous soyez mort depuis longtemps, Leudel.»

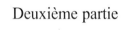

Deuxième partie

9

C'est dans le vaisseau orbiteur *Uruapan*, en consultant mon dossier de mission remis par Leudel, que je découvris le nom de la cible à abattre, ainsi que le motif de son élimination. Motif qui sortait de l'ordinaire.

Ramanouri était un monde clément, bénéficiant de conditions exceptionnelles. Les explorateurs kunis, qui les premiers avaient pénétré dans ce système solaire, avaient découvert des gisements extraordinaires qu'ils avaient commencé à exploiter. Ils avaient tout de suite installé une colonie lourde, développant d'énormes pôles industriels. En à peine une génération, ils étaient devenus immensément riches. Mais pas assez pour résister seuls à la convoitise des multimondiales qui menaçaient de former une coalition pour les envahir. Ils avaient été contraints de s'allier avec l'une d'entre elles : Olandmagren Co. Comme par hasard, c'est à partir de cette période que les colons s'étaient convertis en masse au renkuni.

C'est alors que, soixante ans plus tôt, Narkus II Logur Tusto, un Prime Fondateur charismatique, avait eu un songe. Le mana des Ancêtres lui avait parlé, pour lui enjoindre de montrer à l'univers tout entier que

Ramanouri n'était liée qu'à ses habitants, et non au reste de l'humanité éparpillé à travers la galaxie. Pour ce faire, le mana lui avait soufflé un projet grandiose : graver le symbole du renkuni dans le socle continental afin qu'il soit visible de l'espace. La vision d'un Prime Fondateur ne pouvait être discutée dans la hiérarchie sociale ramanourienne, pas plus qu'elle ne pouvait être mise en doute par une religion où le mysticisme jouait un grand rôle. Surtout quand elle coïncidait avec les aspirations secrètes du peuple.

Dès lors, un quart des ressources de la planète avait été alloué à la concrétisation du Dessein Sacré. Chacun avait conscience qu'il faudrait des siècles pour l'achever, mais aucune voix ne s'était élevée contre.

Les exportations avaient souffert de cette ponction drastique. Olandmagren avait protesté, sans succès. Ses menaces et ses tentatives de négocier s'étaient avérées tout aussi vaines. Le chantier pharaonique avait commencé trente ans auparavant. Cinq ans plus tard, Olandmagren avait envoyé un corps expéditionnaire. Celui-ci s'était fait décimer. Les relations entre les Ramanouriens et la multimondiale s'étaient considérablement durcies, au point que pour éviter une guerre ouverte, Olandmagren avait signé un accord stipulant qu'aucune intervention militaire ne serait plus jamais tentée contre la planète en échange d'un quota minimum d'exportations.

Bien entendu, cela n'avait pas empêché plusieurs tentatives d'assassinat au cours des dernières années.

Ma cible portait le nom de Rudolf VI Fasileg Darien Seigneur-des-Goens Vario Falsthröm... Le reste de ses noms et titres s'allongeait sur plus de trois lignes. Je ne pus m'empêcher de sourire. La colonie avait moins de trois siècles, mais ses habitants se considéraient déjà comme de vieille noblesse. Et cela ne s'arrêtait pas à la caste la plus élevée, les Marchois eux-mêmes avaient droit aux noms à rallonge. Rudolf présidait la chambre du Conseil des Ancêtres, la plus haute instance administrative de la planète.

L'*Uruapan* desservait plusieurs systèmes solaires appartenant à Olandmagren. Laktanokto, le système qui abritait Ramanouri, était le troisième. Par chance, le vaisseau ne s'attarda dans aucun des deux premiers systèmes, des colonies des Confins à biosphère hostile. Quelques tonnes de matériel furent larguées dans des atmosphères tourmentées, des mineurs furent remontés pour être rapatriés. Si Olandmagren ne possédait que des planètes de second ordre comme celles-ci, je comprenais mieux l'importance que revêtait Ramanouri.

Trois semaines après le départ, l'*Uruapan* émergea de la Porte de Laktanokto. Cette fois, j'étais venu à la baie d'observation qui s'ouvrait dans le salon de jeux du module commun, me joignant à la dizaine de passagers qui s'y trouvaient déjà. Le revêtement du pont était constitué de dalles en plastique jaune qui crissaient sous la semelle.

Sans transition, une taie laiteuse fut jetée sur le velours noir de l'espace. Elle nous environnait de toute part. On distinguait, derrière ce fond lumineux, des écharpes de gaz mordorés partant à la dérive dans le vide interstellaire.

« Est-ce que ce n'est pas sublime ? lança à la cantonade l'un des hommes présents derrière moi. Il paraît que Laktanokto traverse une nébuleuse de Hedges depuis dix mille ans, et que d'ici cinquante mille ans…

— Qu'est-ce que ça peut fiche, ce qui se passera

dans cinquante mille ans ? grogna l'un de ses compagnons.

— Espère pas qu'on te donnera une pièce pour jouer
au guide, renchérit un autre.

— Bah, vous n'avez aucune poésie.

— Moi, tout ce que je vois ici, c'est une occasion de
me faire un peu de pognon. »

La plupart des passagers se pressaient déjà vers la
sortie de la salle : Ramanouri se trouvait à quatre jours
de voyage de la Porte de Vangk, inutile donc d'attendre ici. Je profitai de ce délai pour en apprendre le
plus possible sur la planète et ses habitants. La colonisation était récente, de sorte que les espèces importées
n'avaient pas encore fait trop de ravages sur la flore et
la faune indigènes.

La veille de mon embarquement dans une nacelle
d'atterrissage, je fis un curieux rêve. D'abord, je ne
parvins pas à l'identifier. Je nageais au fond de la mer,
juste au-dessus d'un champ d'algues. Puis, je m'aperçus qu'il s'agissait de pnéophytes. Une vague de regrets
me submergea, tandis que je réalisais que je n'avais pas
conservé ce souvenir dans une mémoria.

Je me réveillai le cœur battant.

Je n'aurais su dire pourquoi, mais la certitude s'imposa à moi que le cauchemar noir reviendrait me tarau-
der. Et cela me terrifia. Les périodes de cauchemars ne
survenaient jamais de façon aussi rapprochée.

Saisi d'un doute, je fouillai dans ma mémoire pour
essayer de retrouver ces périodes, en remontant le
temps. Je visualisai les cinq dernières années de manière
précise, avec leur cortège de planètes – Novo Persia,
Saödi, Ramadan, Schadral, Opulence, Ucuetis, Meerl-

Sud –, puis cela devint plus flou. J'allumai mon pad et retranscrivis les chiffres sur une échelle de temps.

La courbe indiquait sans l'ombre d'un doute que la fréquence n'avait cessé d'augmenter.

Comment se fait-il que je ne m'en sois pas rendu compte plus tôt ?

Mentalement, je fis remonter la courbe jusqu'à un demi-siècle en arrière. Là encore, cela semblait se vérifier : à l'époque, le cauchemar ne se manifestait qu'une fois tous les sept ou huit changements d'hôtes. Et avant, encore plus rarement.

Maintenant, vers l'avenir.

Il me sembla qu'un mur noir se dressait devant moi. Des années plus tôt, j'avais estimé qu'il me restait plusieurs décennies, peut-être un siècle. D'après cette courbe, je n'en avais plus que pour quelques années.

Quelques années, mais avant quoi ?

Ramanouri étalait son ventre replet sur la baie d'observation. La moitié du globe était constituée d'océans verdâtres qui baignaient trois continents, ainsi qu'un immense archipel d'îles majestueuses, comme si un titan s'était acharné à réduire un quatrième continent en miettes. Le spectacle était saisissant.

« Les Îles Brisées, indiqua l'un des voyageurs en suivant mon regard. Encore inhabitées, si vous comptez aller prospecter là-bas. »

J'acquiesçai distraitement. La géographie planétaire n'avait plus de secret pour moi. Les Ramanouriens les appelaient Îles Brisées dans l'hémisphère Sud, Îles Éparses dans l'hémisphère Nord. Elles n'étaient pas occupées en effet, sinon par une poignée d'avant-postes scientifiques.

Le plus grand continent, sur la gauche, dessinait la forme d'une feuille de thérouge. C'était là que se trouvaient les quarante millions d'individus formant l'intégralité de la population humaine. Une quinzaine de villes en regroupaient les trois quarts. Elles se répartissaient sur la côte et le long d'un vaste fleuve transversal, la Ramaniskare. Les grands deltas marquant l'embouchure de ses affluents étaient visibles depuis l'espace. Ils devaient leur couleur jaune aux immenses bancs de varech qui représentaient un maillon essentiel de l'écosystème planétaire. Des formations nuageuses enchevêtrées dérivaient au-dessus de vastes landes chiffonnées, de lacs bordés de végétation mauve et de déserts stériles.

Mais bien entendu, le spectacle était ailleurs. Je scrutai le centre du continent dans l'espoir d'apercevoir le symbole du Dessein Sacré. Je finis par repérer comme un coup de burin géant qui aurait entamé la masse rocheuse du plateau. Son tracé géométrique ne laissait aucun doute sur son caractère artificiel, mais il ne semblait pas près d'être achevé, autant qu'en laissait juger l'immense spirale nuageuse qui en dissimulait le motif général.

L'*Uruapan* boucla deux orbites de plus en plus serrées autour de l'équateur, sans me permettre de mieux distinguer ce chantier démentiel. Puis une annonce informa les débarquants de se rendre aux nacelles d'atterrissage.

Nous n'étions que trois. Au vu de leurs vêtements chamarrés et du fourreau doré et incrusté de diamants attaché sur leur avant-bras, mes deux compagnons étaient des marchands ramanouriens de retour au bercail. Je les avais déjà remarqués à cause de leur caractère maladroitement démonstratif : dans la salle commune, ils avaient tendance à parler fort et rire à la moindre plaisanterie.

Nous prîmes place dans une nacelle. Je notai, alors qu'ils se harnachaient sur leur siège, que leur exubérance s'était évaporée. C'était comme s'ils avaient enfilé un masque. Cela, bien mieux que les mises en garde à l'usage des touristes que j'avais lues, révélait la sévérité des mœurs ramanouriennes.

La rentrée dans l'atmosphère, la décélération puis l'atterrissage sur l'astroport de Port-Vangk ne dérogèrent pas à la règle : une succession hachée de chocs et de trépidations, au sein d'un rugissement continu produit par la désintégration progressive du bouclier. *La planète nous avale*, pensai-je stupidement en contemplant les plumes de feu qui s'épanouissaient en corolle sous la capsule, juste avant le choc final sur le béton du tarmac.

Après une ultime secousse, le silence se fit enfin. Puis un « Psssht » de canette qu'on décapsule, tandis que le sas se calait sur la pression extérieure.

Une lueur blafarde baignait le paysage, comme si le ciel était de lait caillé… mais nulle trace de soleil. L'un des marchands derrière moi me poussa légèrement pour dégager le passage.

« C'est la nuit ici, murmura-t-il. La nébuleuse nous éclaire. Vous allez vite vous y faire. »

J'inclinai la tête en guise de merci mais il fit mine de ne pas s'en apercevoir. Un conseil du guide à l'usage des étrangers me revint en tête : *Ne remerciez jamais un autochtone, à moins de vouloir vous en faire un ennemi. Un service n'est jamais destiné au bénéficiaire, mais à*

l'honneur de la caste et du clan de celui qui le rend. En
remerciant, vous vous appropriez son mérite.

La liste des recommandations et des interdits couvrait des pages entières. Je l'avais lue avec soin et apprise par cœur, mais l'observance stricte de tout ce qu'il fallait faire et ne pas faire s'annonçait un jeu difficile, réclamant une attention de tous les instants.

Un véhicule nous attendait sur le tarmac. Après un trajet de vingt minutes sur une piste de ciment rosâtre, il nous déposa dans un grand hall presque vide. Parmi ceux qui nous accueillirent, je reconnus, à leur uniforme rouge pâle et à leur casquette blanche, des Libres Protecteurs : les seules couleurs utilisées par cette caste pour le travail. En principe, seuls les Marchois occupaient des emplois subalternes comme porter des bagages. Mais le contact direct avec des étrangers représentait une responsabilité que la basse caste ne pouvait détenir. Néanmoins, les porteurs nous firent clairement sentir qu'ils n'étaient pas à leur place. Pas plus que les douaniers ou le personnel du terminal, qui nous inspecta à trois reprises.

« Voyageur Trenton Fulerage ? » me lança une Libre en uniforme.

Je hochai la tête. Je n'avais pas jugé bon de changer de nom : en cas de doute, mieux valait que mon identité corresponde vraiment à mon corps. En revanche, Olandmagren m'avait fourni une couverture pour que l'on ne regarde pas de trop près le contenu de ma mallette.

« Raison de votre séjour ? m'interrogea la femme.

— Je viens inspecter la sécurité du système informatique des entreprises filiales d'Olandmagren. »

J'expliquai que ma mallette renfermait un ordinateur contenant tous les codes d'accès dont j'aurais besoin. Une lettre du Comité directeur d'Olandmagren le confirmait. La femme fit la grimace en entendant prononcer le nom d'Olandmagren. Ici, il devait équivaloir à une obscénité. Et travailler pour la multimondiale était probablement moins considéré que trouver sa nourriture dans les poubelles.

« Bienvenue à Devere », acheva la femme en me jetant presque la mallette.

Je hélai un taxi, ou plutôt une *puante*, sorte de calèche propulsée par un hydrocarbure issu d'une plante locale. Sa couleur, ainsi que l'absence d'armoiries, indiquait qu'elle pouvait être louée par n'importe qui, Marchois exceptés. Il était possible d'utiliser les transports et les services dévolus aux castes intermédiaires, mais on recommandait de se contenter des deux castes inférieures, Libres ou Marchois.

Le conducteur du taxi était également un Libre Protecteur, d'un rang moins élevé cependant que les porteurs de l'astroport. À son avant-bras, un fourreau de seytchayas en métal émaillé. Il portait un kilt en feutre violet constellé de lys. Tous les passants que j'aperçus étaient vêtus ainsi. Les kilts étaient plus ou moins longs selon le rang, et tous en feutre. Je me rappelai que les tissus brodés étaient réservés aux Bers et aux Fondateurs.

Mon statut d'étranger – et surtout l'absence de seytchayas – me protégeait des duels, à condition de ne pas me mettre dans une situation déshonorante pour autrui. Auquel cas, c'était la mort à coup sûr. En parcourant certains rapports internes d'Olandmagren, j'avais appris que se voir muté sur Ramanouri représentait une sanction. Je saisissais à présent pourquoi.

« À l'hôtel, comme l'honneur vous sied », ordonnai-je au conducteur avec la formule d'usage. Je n'avais pas besoin de préciser à quel hôtel : il n'y en avait qu'un, dévolu aux étrangers.

La puante était large, confortable avec sa banquette en cuir patiné, et peu malodorante au final. Les bâtiments ressemblaient à des pièces montées, avec leurs parements baroques et leurs lucarnes extravagantes. J'espérais que leur nourriture serait moins lourde que leur architecture. Les demeures avaient le faste de palais mais dégageaient, en dépit des ornements, une paradoxale impression d'ascétisme.

Quelque chose manquait dans ce paysage urbain. Je parvins à mettre le doigt dessus alors que la puante se garait devant l'hôtel : les rues n'avaient pas de lampadaires. Ceux-ci étaient inutiles, dans la nuit illuminée par la nébuleuse de Hedges. Le ciel laiteux, où luisaient des taches plus claires, conférait un clair-obscur qui décolorait les ombres. (Plus tard, j'appris que les Ramanouriens avaient une expression pour cette absence de ténèbres, qui n'était ni aube ni crépuscule : le nahmihr. Mot qui se traduisait littéralement par « sans soleil », et désignait également la pierre calcaire blanchâtre à la base de tous les bâtiments de Ramanouri.)

Je réglai le trajet puis entrai dans l'hôtel, la seule bâtisse dans toute la ville à ne pas arborer d'ornements baroques.

« Bonjour, sieur », fit un réceptionniste à plastron blasonné, en réfrénant à grand-peine un bâillement.

Un garçon, le crâne surmonté d'une casquette grise disproportionnée, s'avança pour me délester de ma mallette. Je lui indiquai par un geste que c'était inutile. Je vérifiai dans ma mémoire si les pourboires étaient permis… Non, ils étaient formellement déconseillés. Je louai une chambre, et en profitai pour changer cinq cents équors contre des koms, la devise locale. (Guide à l'usage des étrangers : *Il est fermement recommandé de payer dans la monnaie ramanourienne.*)

La chambre était spartiate, les murs rose pâle ne trahissaient rien de plus qu'une froide politesse. Un petit mobile en aluminium, aux éléments couverts de pattes de mouche, frémissait sur la table de chevet : le premier signe religieux que je voyais ici. Sur la majorité des planètes kunis, les mobiles à prières avaient la taille de moulins à vent. Celui-ci était posé sur un socle en forme de sablier.

J'attendis le jour pour ressortir acheter un kilt et des affaires de toilette. Le soleil une fois levé, Devere avait repris ses couleurs normales. Je constatai que les commerces n'avaient pas le clinquant que l'on trouvait habituellement dans les capitales.

Au cours de ma première visite, je m'attirai à de nombreuses reprises ces regards désapprobateurs et teintés de mépris qui étaient le lot de tous les étrangers peu au fait de la bienséance. Chaque fois, je tâchais de savoir quel impair j'avais commis. Sans toujours y parvenir, du reste.

Devere se découpait en quartiers organisés en fonction des castes et des sous-castes. Les Bers ne se mêlaient pas aux Libres Protecteurs, lesquels ne se mélangeaient pas aux Marchois de basse extraction. Le quartier des Fondateurs, la noblesse sacrée de Ramanouri, était contigu au centre d'affaires, mais ne se confondait pas avec lui. Les façades des demeures étaient si chargées d'ornements qu'elles évoquaient des coffrets à bijoux. L'un des motifs récurrents était le sablier que j'avais déjà remarqué à l'hôtel : le symbole du renkuni, présumai-je. Par mille détails, les façades reflétaient le statut de leurs propriétaires, de sorte que malgré la profusion de formes, l'aspect d'un quartier conservait une remarquable uniformité. Vu d'en haut, Devere devait ressembler à un patchwork parfaitement délimité.

J'appelai une puante et sortis de l'agglomération pour me rendre sur les rives de la Ramaniskare, le grand fleuve qui coupait le continent en deux.

En m'installant plus confortablement, mes yeux tombèrent sur une rangée d'hologrammes de deux centimètres carrés formant une galerie de portraits, incrustée dans la garniture en cuir en face de moi. Au vu des tenues et des maquillages, il ne s'agissait pas de la famille du chauffeur : toutes les castes, hormis les Marchois, étaient représentées. Ce devait donc être le clan auquel était apparenté le chauffeur, formant une longue chaîne qui remontait jusqu'à un Fondateur. Il n'y avait pas à s'y tromper : seuls les Fondateurs pouvaient arborer un triangle bleu sur chaque pommette, inversés l'un par rapport à l'autre.

« La Ramaniskare est encore loin ? interrogeai-je en me penchant en avant.

— Non, sieur. Encore deux kilomètres. »

La puante passa devant de curieux tapis de mousse verte parfaitement circulaires au centre desquels poussait un grand pin-réglisse. La grande plante ne possédait pas de tronc à proprement parler, mais des rondelles pelucheuses poussant l'une sur l'autre, d'où rayonnaient des tiges ligneuses chargées de feuilles en papillotes –

comme si elles avaient été victimes d'un incendie qui les avait racornies. Au pied des pins-réglisses, les disques de mousse herbeuse se chevauchaient pour former des boursouflures en arc de cercle. J'avais négligé l'étude de la biosphère indigène, et la cité ne possédait pas de parc. Tout ce que je savais, c'était que les plantes n'étaient pas toxiques pour l'homme, ce qui leur avait permis de ne pas être anéanties. Les trois principales espèces étaient les pins-réglisses, les fabliers, dont le tronc avait l'air d'avoir été peinturluré de bandes rouges et bleues, et les arbres à musc. Les fruits macérés de ce dernier produisaient le carburant des véhicules.

« Ce sont bien des pins-réglisses, n'est-ce pas ? » demandai-je au chauffeur.

L'homme répondit avec une politesse aigre.

« Oui, sieur. »

Je ne me laissai pas décourager.

« Ils ne peuvent pousser qu'au milieu de ces disques de verdure ?

— Euh… » Il hésita. « Pas exactement, sieur. Les varmes – ces disques verts – sont la partie émergée de leurs racines. Toute la végétation d'ici pousse sur ces tapis. »

Je hochai la tête, satisfait. Nous arrivions sur les bords de la Ramaniskare, ou du moins aux falaises abruptes qui encadraient le lit du fleuve. Mais bien avant d'arriver en haut de la côte où s'était engagée la puante, je perçus un grondement, qui se communiquait autant par l'air que par le sol. Y avait-il des chutes dans les parages ? Je fermai la bouche avant de formuler la question, comme la puante débouchait sur une terrasse dénudée et que la réponse s'imposait d'évidence. Un nuage d'eau pulvérisée s'élevait tels les résidus d'un geyser à près de deux cents mètres au-dessus de nous.

Dans l'habitacle, l'humidité monta soudain en flèche et je me mis à renifler. Des relents piquants, frais et un peu aigres, envahirent mes narines. On était pourtant loin de la côte océanique. L'eau de la Ramaniskare devait donc être salée. Je descendis de voiture, courus au bord de l'abîme battu par le vent. Les bourrasques tièdes ébouriffaient mes cheveux.

« Putevangk ! »

J'avais déjà vu des chutes, mais jamais d'aussi majestueuses. Au fond du canyon, le dénivelé devait avoisiner les quatre cents mètres. Des pics saillaient de l'escarpement, tailladant le flux monstrueux. Quant à sa largeur, je ne parvins pas à l'appréhender en totalité. Sans doute plus de six cents mètres. Le pied des chutes se noyait dans une brume perpétuelle, colorée d'arcs-en-ciel multiples.

En aval, la Ramaniskare ne retrouvait sa tranquillité qu'après deux ou trois kilomètres de rapides. Le débit semblait phénoménal. Je me tournai pour obtenir une estimation du chauffeur, mais celui-ci s'était avancé juste derrière moi.

Par réflexe, mes doigts jaillirent, emprisonnant le poignet de l'homme qui se tendait dans ma direction.

Au même instant, je m'aperçus de mon erreur. Le chauffeur pointait l'index vers quelque chose en contre-bas. Je relâchai son bras avec un geste d'excuse.

« Regardez, sieur ! » cria-t-il, sans se rendre compte que j'avais failli le tuer.

Il désignait une nuée multicolore qui venait d'apparaître au bas des chutes, se détachant de l'écume qui nappait les rives d'une mousse sale.

« Une éclosion de poissons-nénuphars, dit-il. C'est assez rare, vous savez. Ceux qui en voient pour la première fois ont droit à un vœu.

— Un vœu ?

— Vous ne savez pas ce que c'est, là d'où vous venez ? » s'enquit-il, aussi interloqué que moi.

Je réfléchis en fronçant les sourcils. Un vœu ? À quoi bon ? Je pouvais réaliser la plupart des souhaits des mortels.

Je finis par sourire au chauffeur, qui dut croire que j'avais trouvé mon vœu. Je n'avais aucun désir de le contredire.

« Rentrons », dis-je soudain.

À présent que j'avais fait connaissance avec Ramanouri, il était temps pour moi de commencer la chasse de mon hôte.

10

Rencontrer et isoler mon prochain hôte ne fut pas une partie de plaisir. Les bases de données d'Olandmagren s'étaient avérées incomplètes et peu fiables, et la marge de manœuvre dont je disposais pour le découvrir par moi-même était très mince. Finalement, j'eus recours à mon contact d'Olandmagren sur place. Je lui ordonnai de préparer une réception au siège ramanourien de la multimondiale, lequel faisait fonction d'ambassade. Tous les Fondateurs devaient être conviés. Mon contact me précisa que depuis la chute de la productivité planétaire due à la vision de Narkus II Logur Tusto, les relations protocolaires s'étaient réduites au strict minimum.

«Beaucoup de Fondateurs se feront excuser», me prévint-il.

Effectivement, moins d'un quart d'entre eux accepta l'invitation. Mais cela me suffisait pour le choix d'une proie.

La réception avait lieu sur le toit du comptoir Olandmagren. L'édifice avait la forme d'un arc de triomphe, qui dominait tous les autres buildings de la capitale. Tous les cadres supérieurs en poste à Devere étaient là, en costumes de cérémonie à brandebourgs et guêtres serrées par des lacets en fil d'or tressé. Le chef du proto-cole qui les pilotait était lui-même natif de Ramanouri. Le soleil s'était couché sous l'horizon comme un incendie qui s'éteint, et le ciel à présent évoquait un bol de porcelaine retourné. Les filets de gaz de la nébuleuse évoquaient les grands coups de pinceau d'une pâle aquarelle.

La réception avait coûté une véritable fortune. Des dizaines de serveurs de castes intermédiaires navi-guaient entre les invités, portant des amuse-bouche, des cornets d'olives et des pâtés de krill d'Apsuh. Les élé-ments de décoration n'avaient rien à envier au luxe des façades des palais de Fondateurs, avec de faux lustres holographiques, des miroirs, des tableaux nano-copiés, des colonnes à moulures… Les quatre points cardinaux étaient ponctués de mobiles à prières en bronze et iri-dium, dont chaque élément portait le nom d'un invité et sa place à la table du banquet.

Au centre du toit, une majestueuse fontaine avait été installée, dont un pan reproduisait en miniature les chutes de la Ramaniskare. Des poissons-nénuphars multicolores s'ébattaient dans des cages semi-immergées.

Je circulais parmi l'assemblée avec l'étrange impres-sion d'être un fantôme tant les regards glissaient sur moi : c'était le sort des visiteurs d'outre-monde et des hors castes en général. En revanche, cela me permettait d'observer en toute quiétude. Au cours de la semaine précédant la réception, j'avais mémorisé les tableaux d'armoiries et de signes qui déterminaient les apparte-nances claniques. C'était l'opportunité de mettre mon savoir en pratique.

Des serviteurs apportèrent des quartiers de viande

fumante : des jarrets de porçon grillé, une espèce commune sur beaucoup de planètes mais qui ne s'était jamais acclimatée à Ramanouri. On l'avait importé, ce qui laissait deviner un prix exorbitant au kilo. Mais la chair en était trop grasse à mon goût. Le potage de spores aux herbes qui accompagnait la viande était quant à lui délicieux.

L'atmosphère était si guindée qu'on aurait pu se croire dans un conseil d'état-major. Les femmes, hormis celles qui arboraient le seytchayas du chef de clan, avaient le haut du visage dissimulé sous une voilette de tulle. En théorie, une femme avait autant le droit qu'un homme de porter le seytchayas du chef de famille. Bien entendu, il y avait loin de la théorie à la pratique, et d'après ce que je voyais, à peine un chef sur quatre était de sexe féminin… si tant est que l'échantillon que j'avais sous les yeux fût représentatif.

Je pris deux verres de vin de chivre et me dirigeai vers l'une d'elles, avant de me souvenir d'une recommandation du chef du protocole d'Olandmagren, qui avait réuni tous les cadres de la Compagnie : « *N'offrez jamais un verre d'alcool à une femme, même non mariée. Ce serait considéré comme une invite déplacée, donc un grave manque de respect. La sanction en tel cas est toujours la même : le nez tranché sur-le-champ.* »

Je pivotai de trente degrés et me dirigeai vers trois cadres exécutifs qui avaient réussi à coincer un Fondateur dans l'angle ouest de la terrasse. Malgré ses traits ascétiques, ce dernier avait l'air un peu plus décontracté que les autres. Sa cotte de cérémonie bleu et or arborait des boutons en noyaux de fablie, des épaulettes brodées en une imbrication de triangles dorés, et un collier d'où pendaient des médailles. Une vraie quincaillerie ambulante, mais le dignitaire la portait avec un naturel qui, paradoxalement, en ôtait le caractère ridicule.

« … Mais l'altérition sur Ramanouri a été très inférieure à la moyenne des planètes colonisées, disait-il, de sorte que la plupart des familles des pionniers existent toujours… ce qui explique sans doute la profusion des noms que je porte. »

Rires un rien forcés de ses trois interlocuteurs. Sans doute ne savaient-ils pas ce que recouvrait le terme d'« altérition », le taux de mortalité sur les planètes nouvellement colonisées. Lorsque je m'approchai, le Fondateur ne fit aucun mouvement dans ma direction, ainsi que l'étiquette le lui interdisait. Mais son regard s'attarda sur moi un dixième de seconde de plus que nécessaire. Je proposai l'un des verres que je tenais. À ma grande surprise, il le prit. Je reconnus alors, au revers de sa cotte, les armoiries de son clan. C'était un Donar Liuz, un Prime Fondateur.

Je réprimai l'excitation qui montait en moi. Si je parvenais à en faire mon hôte, je pourrais approcher ma cible.

« Obred IV Donar Liuz », se présenta-t-il avec un claquement de talons. Il ajouta avec un sourire : « Je vous ferai grâce d'attributs qui paraîtraient incongrus à un visiteur tout juste débarqué. N'est-ce pas, sieur…

— Trenton Fulerage », dis-je en évitant de lui tendre la main (chose impensable entre personnes de castes différentes).

« De quel monde êtes-vous originaire, sieur Trenton Fulerage ? »

J'hésitai une microseconde. Autant y aller bille en tête, puisque je devais retenir son attention.

« Je viens du Berceau, comme nous tous. »

L'un des trois cadres de la Compagnie pinça les lèvres en signe de désapprobation devant une telle manifestation de grossièreté. Il portait au cou un pendentif, une griffe, ou une dent, d'un prédateur quelconque abattu sur une planète quelconque.

Obred se contenta de sourire.

« Du Berceau, bien sûr. C'est la réponse de ceux qui aiment voyager. Nous, les Ramanouriens, restons attachés à notre système solaire. Mais cette considération est bien loin de vos préoccupations purement économiques.

— Le Seigneur Obred nous expliquait, intervint sans nuance l'un des cadres de la Compagnie, que quand un Ramanourien meurt, il devient un Ancêtre, un nom dans la lignée. Et ce, des Primes Fondateurs jusqu'aux plus humbles des Marchois. Si les actions du défunt ont été remarquables, elles resteront dans la mémoire du clan. Cela les incite à être meilleurs... n'est-ce pas ? »

Je fis comme si je n'avais pas remarqué l'interruption.

« J'ai beaucoup voyagé en effet, seigneur Obred IV Donar Liuz. Dans les mondes où je me suis rendu, les peuples ont trouvé différentes voies pour traverser l'éternité. Sur Zéphyr Kvar, les dépouilles sont conservées dans de somptueuses nécropoles sculptées dans la neige carbonique des calottes polaires ; les hommes résident au pôle Nord, les femmes au pôle Sud, et la force qui les unit est censée maintenir la cohésion du monde. L'un des nombreux cultes d'Espedo consiste pour ses adeptes à retranscrire leur vie dans une barrette mémo. Cette barrette est stockée dans une vaste banque de données de téléthèque. Au décès de quelqu'un, une

IA est activée, qui assure la perpétuation des souvenirs du défunt.

« Je pourrais citer des dizaines d'exemples. Mais la voie renkunie pour garder tendu le fil de la continuité de la vie est l'une des plus poétiques qu'il m'ait été donné de voir.

— Ha ! intervint l'un des trois cadres sur le ton de la dérision. Vous parlez comme si vous aviez cent ans, Fulerage. »

Obred le fit taire d'un geste agacé de la main. Puis il me détailla avec attention.

« Auriez-vous cent ans, sieur Trenton Fulerage ? »

Je souris.

« Pour moi, l'âge ne compte pas. »

Il eut un hochement imperceptible de la tête, comme si ma réponse le satisfaisait.

Les trois autres interlocuteurs souriaient jaune. Ils s'étaient donné beaucoup de mal pour accaparer un Fondateur, et voilà qu'ils se faisaient souffler la vedette par un inconnu fraîchement débarqué. Celui qui portait la griffe en pendentif se hasarda :

« Pour ma part, je ne pourrais jamais devenir kuni. Le seytchayas, vous comprenez. Je ne pourrais même pas me faire poser une montre oculaire, car mon organisme ne supporte pas les implants neuraux… À propos, cela arrive peut-être à certains d'entre vous ? »

Obred sourcilla.

« Ce n'est pas un sujet dont on parle volontiers. » Il eut un geste d'apaisement, voyant son interlocuteur changer de couleur. « Mais nous ne sommes pas entre Renkunis. En effet, le seytchayas est assimilé à une neuro-arme. Un circuit neural le relie à son porteur. Et certains d'entre nous souffrent de la même intolérance aux greffes que vous-même. Dans ce cas, il existe toujours le recours d'utiliser le seytchayas de façon purement mécanique. »

Pour illustrer son propos, sa main droite se ferma en un poing, et la lame de son seytchayas sortit lentement de son fourreau, langue de métal de vingt centimètres qui eut pour effet immédiat de réduire au silence les trois cadres.

« Vous voyez, reprit-il, le jaillissement de la lame s'effectue en appuyant sur ce bouton, situé au creux du coude. Le système est conçu pour que seul le porteur du seytchayas puisse le faire. »

Pendant qu'il parlait, je notai les inflexions de sa voix, ses tics langagiers, ses mimiques. Son masque social ne semblait comporter aucune faille, l'homme possédait une parfaite maîtrise de soi. Sans même m'en apercevoir, j'avais déjà commencé le travail d'espionnage de mon futur hôte en prévision de son remplacement.

« Puisque ce sujet vous intéresse, conclut-il, je vous enjoins d'assister à la fête des Seytchayas qui aura lieu d'ici un mois. Vous serez mes invités… Et vous aussi, ajouta-t-il en se tournant vers moi.

— Seigneur Obred, fis-je en m'inclinant, ce sera pour moi un honneur de vous avoir comme hôte. »

Je mis deux semaines à monter mon guet-apens. C'était le temps dont je disposais avant le passage d'un orbiteur qui me permettrait de me débarrasser de Trenton Fulerage, une fois le transfert effectué. Je n'aurais pas le droit de rater mon coup : le vaisseau suivant n'était pas prévu avant six mois.

Obred était marié à Lavnia V anDonar Liuz, avec

laquelle il avait eu quatre enfants. Il n'était pas possible de connaître ses relations conjugales actuelles, il me faudrait ses souvenirs pour cela. Il avait l'habitude de se rendre chaque semaine dans l'un des nombreux clubs conservateurs où se rencontraient les Fondateurs. On y mangeait, on discutait de protocole et de potins dans les thermes du sous-sol. Beaucoup de lois ramanouriennes étaient élaborées, beaucoup de mariages arrangés dans de tels clubs. Nul ne pouvait y pénétrer, car ils étaient strictement interdits aux castes inférieures. Mais la barrière entre les castes était si étanche qu'il ne serait venu à l'esprit d'aucun Ber, et encore moins à celui d'un Libre Protecteur, de s'introduire dans un tel lieu, aussi la sécurité était-elle réduite au minimum.

Je me procurai un plan du club : offices, cuisines, salles d'immersion holo, fumoirs dont l'éclairage reproduisait celui du Berceau, salon de coiffure et de massage… Le bâtiment était une vraie passoire, garnie de niches où l'on pouvait s'isoler pendant des heures sans être dérangé. Un endroit idéal pour un transfert… Si ce n'était le problème de Trenton Fulerage, une fois que je lui aurais rendu sa personnalité. Je ne pouvais pas l'abandonner là, ni le supprimer. Transporter le corps encore inconscient soulevait une autre difficulté : celle d'exposer Obred à la suspicion, s'il était surpris en train d'évacuer le corps d'un inconnu.

C'était tout de même réalisable, et à vrai dire, je n'avais pas de temps à perdre en précautions inutiles. Obred arrivait en voiture. Il était souvent l'un des derniers à partir du club. Je choisirais une alcôve près de la sortie, puis j'attendrais d'être le dernier. Il n'y avait qu'un portier de nuit. À condition de garer la voiture à quelques mètres de la sortie, le risque valait la peine d'être pris.

Je venais de dîner au restaurant de l'hôtel et je remontais dans ma chambre. L'opération avait lieu le lendemain, je devais donc être dispos. J'allais fouler la moquette de l'étage lorsque le premier souvenir me percuta sans prévenir.

Les branches me fouettent le visage. Sous la lune verte, la forêt de circas paraît sinistre. Pourtant, les arbres-serpents sont mes amis, ils ne me feront pas de mal. Pas comme lui... Très vite, mes épaules sont couvertes de traces. Mais je continue de courir. La douleur est supportable. Je ne reviendrai jamais en arrière. Ce matin, j'ai versé le poison qu'il utilise contre les circas dans son bol. J'espérais que le café camouflerait le goût, mais ça n'a pas marché, il a tout recraché. Et puis il s'est retourné vers moi en rigolant : « Tu tiens bien de ta salope de mère. Onze ans, et déjà le vice dans le sang ! Pour ça, tu vas payer. Viens là, que je te fasse ta fête ! » Je me suis enfui, et depuis, je cours dans la forêt. Maintenant, la nuit courte est tombée. Dans deux heures, le soleil se lèvera et après ce sera la nuit longue. Il faut que je tienne jusqu'à la nuit longue... Ensuite, il renoncera à me chercher. Je le sais. Il ira retrouver maman à l'usine et lui dira que j'ai encore disparu. C'est mieux s'il le lui dit. Maman aura un peu de peine, mais elle s'en remettra.

« Ça ne va pas, sieur ? » demanda un employé de l'hôtel.

Sous mes fesses, le contact froid des marches. Je

relevai la tête. Penché sur moi, l'homme me regardait avec une anxiété non feinte. Je clignai des yeux afin de hâter la dissipation de ce souvenir.

« Ce n'est rien, marmonnai-je. J'ai vécu longtemps en impesanteur et ma pression sanguine a parfois des hauts et des bas.

— Nous avons une infirmerie au rez-de-chaussée…

— Tout ce dont j'ai besoin est dans ma chambre. Aidez-moi seulement à l'atteindre. »

Je marmonnai un remerciement quand l'employé me laissa devant ma porte. Mon haleine ne sentait pas l'alcool, mais il savait que je venais d'outre-monde et que l'univers offrait une variété infinie de drogues. Sitôt entré, je fonçai vers la mallette pour m'implanter une mémoria. Un souvenir fort, pour endiguer ce déferlement sauvage. Et surtout, le cauchemar noir qui se cachait derrière.

Je saisis une capsule au hasard.

« Je vais y arriver, marmonnai-je en déroulant le fil du casque. Je vais… »

« Je ne vais pas te laisser dans cet état. Tu ne mérites pas de crever comme ça, tu sais ? »

Un trou relie nos deux cellules, celle de Wang et la mienne. La moitié du temps (ou plus ?), ma cellule est plongée dans le noir absolu. Il n'y a pas de fenêtre et l'unique ampoule s'allume à intervalles irréguliers. Impossible de savoir ce qui se passe à l'extérieur. Tout ce qu'on entend se réduit à des rumeurs : les ouragans magnétiques de Joviduo auraient commencé à ravager la planète, la colonie serait en cours d'évacuation… Mais je n'y crois pas. Pendant des mois, nous n'avons cessé de répandre cette information, mais elle a toujours été combattue par ceux qui ont installé la colonie ici. C'était une erreur, mais une erreur trop coûteuse pour qu'on puisse la remettre en question après tant d'années. De scientifiques, nous sommes devenus des terroristes, des traîtres au service d'une multimondiale concurrente. Je sais, moi, que c'est la vérité. Un jour, peut-être demain, ou peut-être dans dix ans, la croûte terrestre craquera, et il sera trop tard pour abandonner les lieux. La géante gazeuse qui nous sert de soleil aura fini par broyer cette lune trop proche. En attendant, Wang, moi et les autres, sommes torturés tous les matins pour nous faire avouer pour qui nous travaillons.

« On ne mérite pas de crever ? répète Wang par le trou du mur, après une sorte de rire rauque. Bien sûr que si, on le mérite.

— On ne pouvait pas savoir...

— Je ne parle pas de Joviduo ! On a cru que notre sacro-saint statut d'experts nous protégerait, et on a fait confiance à ces ordures. Aujourd'hui, on paye notre naïveté. »

Je renonce à argumenter. Wang est au bout du rouleau. Peu de temps après, ses paroles deviennent incohérentes, puis il se tait.

« Wang ? Wang ? Continue de parler. Il ne faut pas que tu abandonnes. On a besoin de toi... »

Rien n'y fait. Trois heures plus tard, je perçois un ultime gémissement. Je crois qu'il a crié le nom de son épouse. Naude aussi a été arrêtée. Elle se trouve dans la prison pour femmes de la colonie, et je n'ose imaginer ce qu'elle endure, car tous les geôliers sont des hommes à la réputation de soudards. Je me rassois sur ma paillasse. Wang a cessé d'exister. Wang, qui n'a jamais été intéressé que par ses instruments de mesure *et a toujours méprisé la politique. Quelque chose en moi se transforme. Mes poings se crispent, comme pour broyer cette injustice. Il est impossible que Wang soit mort en vain ! Alors, je me jure de survivre, afin que justice soit faite.*

Il est tard, mon petit bout d'homme bâille à s'en décrocher la mâchoire. Je tire la couverture sous son menton, et j'ouvre la bouche pour ordonner au domo d'éteindre. Ses yeux se rouvrent :

« Non, raconte-moi encore !

— Demain. On dort maintenant.

— Mais tu l'as tué, le méchant monstre ?

— Cela fait trois soirs que je tue le même monstre. Je connais d'autres histoires, tu sais. »

Je pose un baiser sur son front. Et soudain, un coup de boutoir frappe mon cœur. L'espace d'un instant, à la seconde précise où j'ai dit au domo d'éteindre le plafonnier, j'ai été incapable de me représenter le visage de mon fils, de me rappeler son prénom.

Le nom de la femme qui se tient devant moi est écrit sur sa blouse : Docteur Herne. D'autres blouses blanches circulent à la périphérie de mon regard. Nous sommes dans un laboratoire au plafond bas, qui semble s'étendre à perte de vue. La doctoresse me fait signe de la suivre dans un étrange labyrinthe, dont les parois sont constituées de cuves amniotiques dans lesquelles flottent des centaines de corps inanimés. Nos pas s'étouffent dans le silence aseptisé.

« Ce n'est pas la procédure habituelle, cher monsieur Snaut. Normalement, les clients n'ont pas le droit

de voir nos... produits avant livraison. Bien que la plupart nous le demandent.

— C'est que vos clients ne vous ont pas donné un dessous-de-table suffisant.

— Hum... Cuve 484 A. Nous y voilà. »

Herne active une console holographique devant la cuve, qui paraît s'illuminer. Le corps qui flotte dans le bain amniotique, au milieu d'un entrelacs de tubes et de câbles, est tourné de trois quarts. Je m'approche. Sa poitrine se soulève à peine. Il est pâle et maigre, comme victime de malnutrition. Une cicatrice oblique zèbre son flanc.

« C'est moi... C'est vraiment moi ? »

La tape que me donne la doctoresse sur l'épaule est presque douloureuse.

« Une banque d'organes, cher monsieur. De simples pièces détachées, comme le stipule votre contrat d'assurance clonage. Son cerveau n'a pas été développé. Il reste en deçà de la conscience.

— Mais il pourrait s'éveiller ?

— S'éveiller ? » Le ton de Herne trahit son agacement. « Un poisson a plus de conscience que cet être, je vous l'ai dit. Non, il ne se réveillera pas. Ne vous laissez pas impressionner par les rumeurs... »

Je ne l'écoute plus. J'approche de la cuve. De l'index replié, je cogne contre la vitre tout en fixant ses paupières translucides. Comme si elles pouvaient s'ouvrir et me retourner mon regard. Et me hurler, peut-être, qu'il est en train de faire un cauchemar.

La colonne de véhicules s'étend jusqu'à l'horizon désolé. Je remonte péniblement la piste poussiéreuse jusqu'au véhicule familial, un drone agricole hâtivement reconverti en maison roulante. Sur les bas-côtés, des cristatus bourgeonnants suintent un lait empoisonné. J'ai quinze ans. Cela fait un mois que nous remontons cette piste qui traverse le désert de Gemme, mais j'ai l'impression que cela dure depuis toujours. Au bout des bras, deux bidons d'eau puisée au camion-citerne. Il m'a fallu attendre une heure dans la queue, en plein soleil, avant de pouvoir tendre mon bon aux deux Protecteurs. Le militaire a jeté un coup d'œil sur le rectangle en carton plastifié, puis l'a poinçonné. Alors, j'ai pu remplir au robinet mes bidons en aluminium cabossé. Nous sommes plus de soixante mille, cinq cités qui se sont réunies pour traverser le grand désert blanc. Il me reste encore cinq cents mètres à parcourir lorsque trois gamins se détachent de la colonne et passent derrière moi. Aucun n'a plus de douze ans, mais je me méfie : j'ai tout de suite vu qu'ils comptaient me bousculer pour me voler mes bidons ou récupérer une partie de leur eau. Je les pose avec précaution, et je sors le couteau en plastique transparent à poignée moulée qui ne me quitte jamais. Il fait toujours son petit effet.

« Foutez le camp, les cloportes, ou je vous ouvre le bide !

— Sois sympa, on veut pas grand-chose ! répond le plus âgé, qui a presque ma taille. Seulement une gourde. On crève de soif. Ma mère est malade, et...

— Fallait pas troquer vos bons contre de la dope. Puisque vous êtes trop cons pour survivre, vous méritez de crever ! »

Je fais passer mon couteau d'une main à l'autre. Les trois gamins m'insultent copieusement, mais aucun n'ose s'approcher à portée. Ils savent que je n'hésiterai *pas à m'en servir. Et il n'y a pas de caillou à proximité pour pouvoir me lapider. J'attends tout de même qu'ils aient tourné les talons pour saisir mes bidons. Je reprends la route, et je laisse mon esprit vagabonder. L'océan n'est plus qu'à deux mois de voyage, d'après ce qu'on raconte. C'est là qu'on pourra ériger une nouvelle cité. Une cité libre, où les maisons et les champs de chivre et de betterave à éthanol seront à nous. Voilà pourquoi des sacrifices sont nécessaires. Parmi les trois gamins qui ont essayé de me braquer, le plus grand aura des chances de voir l'océan... si une tempête de sable ne ravage pas à nouveau le convoi. C'est le prix à payer. Moi, je survivrai. Je survivrai.*

J'approche de la vitre où flotte mon clone. La console luit doucement, nous éclairant par en dessous.

« Une banque d'organes, cher monsieur, fait le docteur Herne. De simples pièces de rechange, comme le stipule votre contrat d'assurance clonage. Son cerveau reste en deçà de la conscience.

— Mais il pourrait s'éveiller ?

— Un poisson a plus de conscience que cet être, je vous l'ai dit. Non, il ne se réveillera pas. Ne vous laissez pas impressionner par les rumeurs... »

La répétition d'un souvenir était le signe que la crise se terminait. Ou plutôt, que je pouvais désormais reprendre le contrôle sur moi-même. Il était temps : rarement autant de souvenirs s'étaient enchaînés sans discontinuer. Et cette fois, un effort terrible s'avéra nécessaire. Lorsque je revins à moi, j'étais assis sur mon lit, la mallette ouverte à mes côtés. La capsule de mémoria reposait au creux de ma paume. Des points noirs dansaient devant mes yeux. Je pensai avoir uriné sous moi, avant de m'apercevoir que ce n'était que ma transpiration. Plusieurs heures s'étaient donc écoulées.

D'un geste mécanique, je rembobinai le casque de transfert. L'injection de souvenir était inutile maintenant. Je pris une douche tiède, effectuai une série de mouvements afin de décontracter mes muscles crispés depuis trop longtemps, puis me forçai à avaler quelque chose. Une cendre d'émotions refroidies saupoudrait mon cerveau de gris.

Peu à peu, l'univers reprenait forme.

Je ne devais pas me laisser aller. D'ici quelques heures, j'aurais quitté ce corps et en habiterais un nouveau.

Ça ne te guérira pas, et tu le sais. Au contraire. Ça se rapproche.

Je farfouillai dans la salle de bains. Il y avait bien une trousse d'urgence. Je brisai les scellés et m'appliquai trois timbres sédatifs au creux du coude. Les timbres devinrent rouges et se décollèrent tout seuls, comme des pétales. Quelques minutes plus tard, je sombrai dans une torpeur indifférente.

Lorsque je revins à la conscience, il était midi. Je sautai du lit en jurant entre mes dents. Je n'avais que quelques heures pour mettre mon plan à exécution.

Je descendis manger au restaurant de l'hôtel, dans la section réservée aux Marchois et aux hors-castes. Ensuite, j'achetai un billet au nom de Trenton Fulerage : il devrait quitter Ramanouri sitôt que je lui aurais restitué sa personnalité. Je perdis une bonne partie de l'après-midi – et pas mal d'argent – en formalités administratives. Puis je rédigeai un message pour Trenton

Fulerage, que je glissai dans ma veste. Je réglai encore quelques menus détails. Enfin, je me rendis au club.

Le soleil disparaissait derrière l'horizon, laissant la nébuleuse de Hedges répandre son lait dans la nuit. Le nahmihr occultait lunes et constellations. À la place se distinguaient les Taches des Ancêtres, formes plus claires sur le fond opalin. J'avais lu dans mon guide touristique que les Marchois les plus déshérités pouvaient ajouter à leur nom ceux des Ancêtres célestes.

La bâtisse se dressait au cœur du quartier noble. Deux ailes disproportionnées encadraient le corps de bâtiment central à la façade rococo, surchargée de symboles abscons. Obred s'y trouvait déjà depuis une heure, à boire de l'arak de chivre récolté à grands frais dans le sud du continent. Consommer les produits rares était une constante chez toutes les classes dirigeantes, d'un bout à l'autre de la galaxie.

J'attendis encore trois heures, puis garai la puante que j'avais louée au niveau de l'aile ouest. Comme je l'avais espéré, il n'y avait personne dans la rue. Je pris ma mallette, et entrai par une porte réservée au personnel. Là, je me dissimulai dans une alcôve du couloir menant à la sortie.

Le réduit était garni d'écorce de fablier odoriférante. Au sol, une sorte de tapis de joncs tressés. Un petit bar, un canapé et un évier à ablutions formaient le mobilier. Il ne me restait plus qu'à guetter, par la porte entrouverte. Le personnel circulait dans le couloir, portant des serviettes ou des plats. C'étaient les cadets de familles nobles. Étant mineurs, ils ne portaient pas de seytchayas, ce qui les autorisait à servir autrui. Ils étaient revêtus de tuniques longues où étaient brodées leurs armoiries.

Si l'on me surprenait ici, ma peau ne vaudrait pas cher. Les membres du club défilèrent devant ma porte sans s'arrêter. Ils s'en allaient, en général deux par deux. Si Obred sortait avec un compagnon, mon plan tomberait à l'eau.

Je pris mon mal en patience. Enfin, j'aperçus Obred qui s'avançait dans le couloir. Il était seul, et habillé pour partir : une cotte bleu pâle et un chapeau haut de forme noir liseré de rouge. Lorsqu'il passa à ma portée, je bondis de ma cachette. Il eut à peine le temps de lever un bras que je lui avais asséné un coup à l'occiput. Étourdi, il chancela. Je l'attrapai sans façon par le col et l'entraînai dans l'alcôve. Là, je bloquai la porte puis entravai Obred au moyen de deux lanières en plastique. La mallette était déjà ouverte, la machine initialisée. Je devais procéder au transfert immédiatement. J'appliquai le casque sur son crâne, et lançai le scan. À peine celui-ci achevé, je chaussai à mon tour le casque, puis sauvegardai mes souvenirs les plus récents.

Un autre timbre sédatif, afin que Trenton soit inconscient lorsqu'il aurait recouvré son corps. Enfin, mes doigts voletèrent sur la console d'interface.

Le transfert pouvait commencer.

11

Le noir et le silence. Pour une raison inconnue, le transfert n'a pas eu lieu et je reste prisonnier des entrailles de la machine. Impossible de bouger, de crier, de respirer même. Je n'ai plus de corps. Mon esprit sera condamné à errer à jamais dans ces limbes où rien n'existe hormis ma conscience. Je suis seul... Non. Une lueur vient d'apparaître. Elle se rapproche. Curieusement, cela ne me rassure pas. Ce n'est pas le salut. Bien au contraire. La lueur s'approche, s'approche jusqu'à me toucher. Ne regarde pas !

Je fis pivoter ma tête afin de ne plus être sous la lumière de la lampe sous laquelle j'avais placé Obred. Une boule dure et froide contractait ma gorge. J'étais baigné de sueur. Que s'était-il encore passé, bon sang ? Le cauchemar noir s'était manifesté pendant le transfert. J'avais senti son souffle glacé, jamais il n'avait été aussi près. Était-il dû à la peur irrationnelle d'être bloqué à l'intérieur de la machine ? Ou un aperçu de la réalité, ce que je vivais *en ce moment* n'étant qu'une illusion générée par la machine ? Je m'étais déjà posé cette question... pour conclure que si c'était le cas, je n'aurais de toute façon jamais la possibilité de connaître la vérité.

J'achevai de retirer mes liens, puis je restai assis plusieurs minutes, laissant mon esprit s'accoutumer à ma nouvelle chair. Mon occiput m'élançait, là où j'avais donné le coup qui avait assommé Obred. J'avais à présent quarante-trois ans, une calvitie naissante et une mâchoire inférieure douloureuse due à une dent mal soignée. En me dépliant, les articulations de mes genoux m'élancèrent brutalement. L'homme avait une faiblesse à ce niveau-là.

Encore choqué par l'expérience que je venais de vivre, je lançai machinalement une capture des souvenirs d'Obred afin de pouvoir m'administrer les mémorias le plus vite possible. Et cette fois, il m'en fallait le maximum.

En remuant le bras gauche, je sentis un poids inhabituel. Le seytchayas, me souvins-je. J'ignorais qu'il était si lourd.

Je regardai l'horloge. Bientôt quatre heures que nous étions là. C'était encore le nahmihr, mais l'aube pointerait dans trois heures. J'avais donc découché. Cependant, je ne m'inquiétais pas : la surveillance que j'avais menée au cours des deux dernières semaines m'avait prouvé que cela arrivait parfois à Obred. J'ignorais encore si sa femme et lui faisaient chambre à part. Sans doute était-ce le cas. Ses souvenirs me le diraient. Mais il était trop tard pour que je charge ses mémorias ici.

Je plaçai la mallette contre ma poitrine pour qu'on ne la voie pas. Puis je fis passer le bras de Fulerage par-dessus mon épaule, et le soulevai. Ses pieds traînaient par terre, mais de loin, on pouvait penser que je raccompagnai un ami ivre. Personne ne s'interposa entre nous et la sortie. Je conduisis la voiture jusqu'à une rue déserte et procédai à l'implantation des mémorias.

Je fermai les yeux, mais je n'avais pas besoin d'être inconscient. Les premières images commencèrent à surgir avant même que le transfert ne soit terminé.

Des images de jeunesse fugitives. Une pension tenue par des précepteurs renkunis. La douleur des coups de règle sur les doigts, quand je me trompais dans la récitation de mes cent vingt-trois noms. Une punition au fouet, pour avoir participé contre mon gré à un bizutage qui avait mal tourné. L'interminable série de déclarations d'allégeance envers les clans supérieurs, lors de la cérémonie de remise du seytchayas. Mon mariage, arrangé par la famille pour le bien du clan… La colère qui grandissait, année après année. Une colère démesurée, camouflée sous le masque des convenances.

Je me frottai les yeux pour refouler les images et les impressions tourbillonnantes. Ce que j'avais entrevu ne me plaisait guère. Sous ses dehors policés, Obred était un volcan animé d'une violence souterraine inouïe. Jamais il n'avait éprouvé le plaisir de l'amour ou l'amitié vraie. Chacun de ses actes était dominé par la crainte d'enfreindre l'étiquette et de porter préjudice à son clan.

Je sortis quelques minutes de la voiture. Tout en marchant sur le trottoir, j'effectuai un rapide exercice de respiration pour reprendre le contrôle sur moi-même. Par la fenêtre se profilait le corps affalé de Trenton Fulerage. Je revins à la voiture et ordonnai à l'autopilote de nous déposer à nouveau devant le club, où se trouvait la puante que j'avais louée. Y loger Fulerage ne me prit que quelques instants. Je posai la lettre que j'avais imprimée à son intention sur la banquette à côté de lui, ainsi que le billet pour quitter Ramanouri. La procédure habituelle, qui avait fait ses preuves.

La drogue était conçue pour agir pendant encore deux heures. Ensuite, Fulerage se réveillerait. J'ordonnai à la puante :

« À l'astroport. Tu t'arrêteras sur le parking. La sortie de ton client Trenton Fulerage mettra fin au contrat de location ZGH-23744 que nous avons passé.

— *Ordre validé.* »

La puante démarra. Je la regardai disparaître au coin de la rue.

Je revins à ma voiture. Ce n'était pas une puante, elle ne fonctionnait pas aux hydrocarbures aromatiques d'arbre à musc.

« À la maison, dis-je à l'autopilote.

— *Ordre validé, votre Seigneurie.* »

Les grilles en fer forgé du palais des Donar Liuz s'ouvrirent, pour se refermer aussitôt derrière le véhicule électrique. Un haut mur doublé d'une haie de fabliers séparait la grande propriété de la principale avenue de Devere. Un parterre de graviers crissa sous les pneus de la voiture. La portière s'ouvrit devant un escalier en pierre taillée menant au parvis du palais. Un serviteur en livrée se précipita.

Un premier souvenir d'Obred émergea. *Ne pas mettre pied à terre avant que le servant de faction ait déposé un petit tapis bleu sur lequel figure le symbole du Maître.*

« Votre Grandeur, fit le serviteur avec une courbette, maîtresse Lavnia est de sortie, en compagnie des petits maîtres Voban et Elda. »

Deux de mes enfants. Les deux autres étaient en pension.

«Fort bien, rétorquai-je. Ai-je des rendez-vous aujourd'hui?»

Le serviteur me considéra avec surprise.

«Je vais m'en informer, avec votre permission.

— Si c'est le cas, qu'on les décommande tous. Je ne me sens pas bien.

— Votre Grandeur veut-elle que je convoque le médecin?

— Je m'en occuperai si besoin est. Qu'on évite de me déranger, c'est tout.»

Je devais coller au caractère ombrageux d'Obred tel qu'il m'apparaissait dans les souvenirs qui s'éveillaient en moi, car le serviteur salua sans broncher. Il s'en fut par une petite porte latérale: la porte principale n'était pas autorisée aux serviteurs. Je saisis ma mallette, grimpai les marches et me retrouvai dans un vaste hall éclatant de luxe. Les plafonds voûtés étaient richement stuqués, les murs recouverts de lambris et creusés de niches abritant de splendides statues. Au centre se dressait la fontaine aux ablutions matinales. J'y trempai la main pour me purifier symboliquement des contacts étrangers que j'avais pu faire à l'extérieur. L'eau était glacée.

Une impression de déjà-vu m'indiqua que l'imprégnation mémorielle se poursuivait.

Au milieu du hall, je reconnus l'escalier d'honneur qui se séparait en deux pour desservir les ailes attenantes. Il était fait de douze sortes de marbres, provenant de douze carrières réparties sur tout le continent. Ces carrières appartenaient toutes à la branche Liuz du clan. Je souris à cette évocation: les informations relatives à la famille de mon hôte s'étaient imprimées en moi avec facilité. De même que la culture renkunie, dont Obred avait été abreuvé depuis son plus jeune âge. Ainsi le symbole même du renkuni : sa signification réelle n'avait rien à voir avec ce que j'avais pris pour un sablier. Il s'agissait en fait de deux pyramides jointes par leur sommet. La pyramide du bas représentait la loi sociale, avec sa hiérarchie de clans dont le sommet était occupé par Rudolf VI Fasileg Darien. La pyramide supérieure représentait l'ordre naturel. Les deux se répondaient en miroir. Une féodalité théocratique dans toute sa splendeur, le chef suprême reflétant non seulement la cohésion du groupe, mais aussi celle du monde.

Machinalement, et bien qu'il n'y eût personne pour me voir, je rajustai ma cotte.

Mes pas me menèrent presque malgré moi à mon bureau, situé au premier étage du bâtiment principal. Des portraits des ancêtres en tenue d'apparat garnissaient le mur au-dessus de l'escalier. J'aurais pu les nommer un par un.

Le bureau avait la taille d'une salle de réception. Les souvenirs de mon hôte m'apprirent qu'on l'avait d'ailleurs utilisé à cet effet plus d'une fois. Des écrans tapissaient les murs, mais aussi des bibliothèques de vrais livres en papier plastifié. Et, sur des tables ou juchées sur des colonnes, des œuvres d'art (toutes achetées par le grand-père d'Obred, d'après mes souvenirs) : ici, un encensoir en platine ciselé par des moines-enfants, sur une planète des Confins. Là, une lampe dont les alvéoles empilés étaient destinés à recevoir les œufs luminescents d'un insecte exotique. Un tableau, qui représentait un navire de plaisance appareillant d'un port fluvial, tiré par des sortes de papillons géants. À côté, une femme nue, sculptée dans la carapace d'une tortue au moyen d'une moisissure génétiquement modifiée pour ronger la chitine, et lui donner l'aspect de granit rose qu'elle avait actuellement. La moisissure invisible continuait de la ronger, et d'ici un siècle il n'en resterait plus rien.

Je m'approchai de mon bureau, un bloc de nahmihr veiné d'argent recouvert d'un plateau d'un noir vitreux. Au mur, en arrière-plan, étaient accrochés les holo-grammes de différents sites d'exploitation : des usines, des raffineries, des gisements de métaux lourds, un satellite météo. Tout cela, et bien d'autres choses, appartenait à ma famille. Moi, je n'en étais que le déposi-taire.

Je posai la mallette sur le bureau. Ce faisant, je croi-sai mon regard dans un miroir mural, encadré à la manière d'un tableau de prix. Les yeux noirs, profon-dément nichés dans leurs orbites, faillirent me faire sursauter. C'était la première fois que je me voyais ainsi, de l'intérieur. Un long visage maigre, des joues creuses presque dépourvues de pommettes. J'étirai mes lèvres fines avec difficulté. Avec un résultat pitoyable-ment artificiel : cela faisait des années qu'Obred n'avait pas souri, ses muscles faciaux en avaient perdu l'usage.

Je lançai d'une voix claire :

« Ouverture du coffre. »

Un clavier s'afficha dans le plateau tactile du bureau. Je tapai un code, puis prononçai un autre code à haute voix. Je sus que le bureau me scannait discrètement. Une portion se déplaça, révélant une cavité tapissée d'un feuilletage de métal. Il y avait un pad de luxe scellé, un pistolet à aiguilles à crosse de nacre, un livre-papier, et une poignée de barrettes mémos. La mallette y tenait juste.

Le coffre-fort une fois refermé, je me dirigeai vers la grande fenêtre située sur le mur opposé. Celle-ci ouvrait sur l'arrière de la propriété. J'y jetai un coup d'œil, et étouffai une exclamation de surprise malgré l'impression de déjà-vu.

En contrebas s'étendait un patio. Les deux ailes formaient les murs latéraux, qui se rejoignaient au bout du jardin par un mur en fer à cheval. Au centre se dressait un majestueux mobile à prières en bronze massif. Il devait être purement décoratif, car trop lourd pour bouger dans ce jardin intérieur à l'abri du vent. Je n'eus pas besoin de faire appel aux souvenirs de mon hôte pour savoir que la végétation du patio n'était pas indigène. Une partie provenait du monde d'origine des Donar Liuz. L'autre, d'acquisitions faites auprès d'orbiteurs en transit. Par tradition, on maintenait la flore importée dans les limites de ces patios afin de ne pas contaminer la nature... du moins en théorie. L'expérience prouvait qu'aucune biosphère au sein de laquelle s'était installée l'humanité n'était restée inviolée.

Je revins au bureau. Comme je m'asseyais dans le fauteuil en cuir, une infofenêtre s'ouvrit juste devant moi, et la voix d'un journaliste s'éleva.

« Le site K vient d'être ouvert sur le front de taille ouest. Il n'est pas irréaliste de prédire que d'ici un an, le Dessein Sacré... »

« Stop », ordonnai-je au bureau.

L'image se figea, avant de s'enfoncer dans la masse noire de la console. Un bâillement me prit à l'improviste. Je m'avisai que je n'avais pas dormi depuis près d'une journée. Un petit somme ne me ferait pas de mal. J'ordonnai au bureau de me réveiller dans deux heures. Puis au fauteuil de se renverser. Je sombrai presque immédiatement dans le sommeil.

« Voban…, marmottai-je. Ton maintien laisse à désirer, ces temps-ci… »

Des cris d'enfants me tirèrent de l'assoupissement. Les rêves qui me poursuivaient s'évaporèrent comme des gouttes d'eau sur une plaque brûlante. En un instant, ils avaient disparu.

Je me relevai, grimaçant sous la brève douleur qui cisailla mes genoux. Les cris gagnèrent en intensité alors que je m'approchais de la fenêtre. Dans le patio, deux enfants jouaient avec une femme. Deux de mes enfants, Voban et Elda. Onze et sept ans. Les deux autres, plus âgés… *sont en pension*, me rappelai-je en fronçant les sourcils sous l'effort de remémoration. La femme avec eux était Silmir, leur gouvernante. Un flash m'apprit que j'avais eu une liaison passagère avec elle, cinq ans auparavant. Ni elle ni moi n'en avions souffert, du moins selon le point de vue d'Obred.

J'allais me détourner de la fenêtre lorsque ma fille m'aperçut et agita un bras.

« Papa ! Papa ! »

Surpris, je lui répondis par un petit geste de la main. Elle rétracta alors brusquement son bras, comme si elle s'était brûlée.

Les convenances obligent à ne pas encourager les débordements d'émotion enfantine, me souvins-je alors. L'une des règles sacro-saintes du renkuni. Je reculai de deux pas, complètement réveillé à présent.

Une faute mineure. Mais une faute tout de même. Je devrais me surveiller de plus près.

Je revins à mon bureau, ébranlé par ce qui venait de se passer. L'espace d'un instant, quelque chose avait remué en moi. La fillette n'était rien pour moi. Pourtant…

Je secouai la tête pour chasser ces idées parasites de mon crâne. Ce n'était pas à moi de régler les problèmes de mon hôte. Une règle aussi sacrée pour moi que celles du renkuni pour ces gens.

Mais cette pensée ne m'ôta pas le vague malaise qui hantait la lisière de ma conscience.

Lorsque je ressortis de mon bureau, le soleil était passé sous l'aile ouest, qui fermait le patio sur la gauche. Silmir avait emmené les enfants se laver aux bains situés en sous-sol : les douches soniques étaient proscrites par le renkuni. Les serviteurs que je croisai s'inclinèrent sur mon passage, me proposant des rafraîchissements.

« Pas maintenant. Où est dame Lavnia ? » demandai-je à l'un d'eux.

Il voulut aller s'en enquérir, mais je l'arrêtai.

« Dites-lui seulement que je suis dans le patio, et qu'elle peut m'y rejoindre, s'il lui agrée. »

Les souvenirs d'Obred me permirent de me rendre au patio. Ce qui n'était pas très difficile, du reste : le palais avait été conçu pour que tous les couloirs intérieurs y convergent.

Je débouchai sous les ombrages.

En lieu et place de l'habituel pin-réglisse trônait une plante aux branches tombantes qui me rappelait quelque chose. Peut-être un arbre provenant du Berceau… Aucune réminiscence d'Obred ne surgit à mon esprit. Ce qui ne voulait pas dire que je ne possé-dai pas l'information : je pouvais, comme n'importe qui, avoir un trou de mémoire. Je me déplaçai au milieu de champignons à miel qui parurent se dégonfler sur mon passage, comme s'ils craignaient que je leur marche dessus par mégarde. J'arrivai sous l'espèce de saule, où se dressaient une petite table et des chaises de jardin.

Je levai les yeux vers le rectangle de ciel délimité par les murs du patio, et rayé par les branches du saule. Le soleil était presque couché. Un sentiment venu du tréfonds de la mémoire d'Obred m'envahit. Ce qui n'avait été que des coups de pinceau plus clairs sur la toile crémeuse du nahmihr portait chacun, à présent, le nom d'un Ancêtre renkuni. Ici, la Tache d'Envla. À sa gauche, le Signe de Baldr. Plus bas, le Groupe de Bielon... Toute la généalogie ramanourienne se trou-vait représentée. Le ciel me jugeait. C'était terrifiant... et, paradoxalement, réconfortant.

En m'emparant de la totalité des souvenirs d'Obred, j'avais non seulement assimilé ses connaissances, mais également son appréhension du monde, de l'infiniment petit à l'infiniment grand. L'homme pensait, comme tous ceux de sa planète, que les colonies sous l'autorité des multimondiales ne servaient qu'à nourrir le Berceau et les vieux mondes de la Ceinture, peuplés de pour-ceaux sans âme. Sur ce dernier point d'ailleurs, il se trompait, ignorant que la plupart des habitants de ces mondes n'avaient jamais profité, et ne profiteraient jamais, de cette manne. Le renkuni renforçait ce racisme inconscient, en assimilant l'univers au-delà de la Porte de Laktanokto au chaos. Obred ne souscrivait pas à l'idéologie religieuse, mais en restait néanmoins prisonnier. Si seulement…

«Pardonnez mon audace, mais vous me paraissez bien pensif», fit une voix dans mon dos.

Je me retournai.

Lavnia se tenait devant moi.

12

Dame Lavnia VanDonar Liuz.

J'avais toujours répugné à utiliser comme hôtes des hommes mariés. D'abord, à cause du risque accru de se faire repérer : le moindre changement était très vite détecté par la partenaire. Et puis, s'immiscer dans l'intimité d'un couple était gourmand en attention, et j'étais déjà assez préoccupé par le moyen de remplir mon contrat.

Mais ici, sur Ramanouri, je n'avais pas le choix.

Lavnia se tenait à cinq pas de moi, comme l'exigeait la bienséance entre époux, ses yeux bleu clair tournés vers le sol. Sa chevelure rousse était tirée en arrière, en un chignon compliqué, fixé par des broches figurant les armoiries de notre lignage. Elle ne portait pas de maquillage, les courbes harmonieuses de son visage n'en avaient du reste aucun besoin. Même si trois décennies de soumission avaient fini par modeler l'expression même de ses traits, elle n'en conservait pas moins une étincelle troublante.

« À quoi pensez-vous, mon époux ?

— Je me félicitais de la bonne fortune qui me vaut de vous avoir à mes côtés. »

Je fis un pas vers elle, mais elle recula.

« Qu'y a-t-il ? »

Elle cligna des paupières lorsque je pris ses mains entre les miennes. Elle n'opposa aucune résistance. C'était comme de tenir deux morceaux de bois. Je les lâchai, tandis que quelque chose remontait du tréfonds de la mémoire d'Obred.

« Veuillez me pardonner. Je vais… Je vais superviser le repas, ajouta-t-elle, ses grands yeux clairs emplis de gêne. Si vous n'y voyez pas d'inconvénient.

— Faites, acquiesçai-je, je vous en prie. »

Comme je la regardais partir, un souvenir se fraya un chemin pour éclater à la surface de ma conscience, telle une bulle de pestilence. Le souvenir de la première fois où Obred avait battu sa femme.

J'essayai de refouler ces images, mais n'y parvins qu'en partie. Je me vis, découvrant par hasard la bouteille d'arak de chivre sous le lit de Lavnia. L'afflux incontrôlé de colère, telle une vague incandescente, masquant le sentiment de trahison. *Je me rue hors de sa chambre, la bouteille à la main. Lavnia vient en sens inverse, de sorte qu'elle manque me rentrer dedans. Son menton se met à trembler lorsque je brandis la bouteille sous son nez. Puis je la projette contre la porte. Elle n'explose pas, se contentant de rebondir et de rouler hors de ma vue. Cela me met dans une rage folle. Je lève la main, l'abats sur Lavnia en une gifle qui l'envoie, chancelante, vers le lit. Le sang rugit à mes oreilles. Et pourtant, tout paraît clair dans mon esprit : subitement, j'ai trouvé un responsable. Elle, qui m'enchaîne à cette vie.*

Une autre gifle.

« Obred… » *hoquette-t-elle, échevelée.*

Un coup de poing sur les seins la fait se recroque-
viller au bas du lit. Je ne la bats pas vraiment, me dis-
je au même moment. Je ne la mutile pas, dans quelques
jours il ne restera plus rien. Elle lève un bras au-
dessus de sa tête pour se protéger...

Ce geste m'expulsa de l'état second dans lequel je
me trouvais.

Ce fut à mon tour de chanceler sous le réalisme de la
scène. Je m'appuyai contre la table du patio. Un regain
de honte cuisait mes tempes, comme si j'avais réellement commis cela. *Moi.*

En remontant dans les souvenirs d'Obred, j'aurais
trouvé sans surprise une enfance dominée par un père
qui le battait comme plâtre. Mais je n'en avais aucune
envie. Les trois quarts de mes hôtes étaient des hommes
violents, c'est pourquoi j'avais très vite appris à éviter
ces réminiscences. Elles ne s'imposaient que quand
j'étais en position de faiblesse.

Aussitôt, la terreur resurgit. Le cauchemar noir
n'avait pas battu en retraite, en dépit de mon récent
changement d'hôte. Aucun répit ne m'était plus
accordé.

Un instant, je songeai à filer de Ramanouri. J'avais
assez d'argent pour tenir plusieurs années sans contrat.
Si je le voulais, je pourrais occuper un corps pendant
presque toute sa durée biologique. Celui d'Obred, par
exemple. Mais à quoi bon, si le cauchemar noir ne me
laissait pas en paix ?

Pourquoi suis-je incapable de l'affronter ? Et pour-
quoi est-ce que je ne peux pas trouver la moindre
réponse le concernant ?

Un serviteur vint m'informer que le repas était servi
dans la salle de réception. Deux représentants du clan

Lenburg y assisteraient, afin de me présenter leurs hommages. Je pestai en mon for intérieur : j'aurais préféré ne pas avoir à me surveiller d'aussi près dès le premier soir. Mais il n'était pas question d'ajourner cette confrontation. Cela faisait partie des risques du métier.

J'entrai dans la grande salle à manger, qui occupait tout le rez-de-chaussée de l'aile ouest. Au moins trente personnes s'y trouvaient, assises autour d'une monumentale table en pin-réglisse ciré, somptueusement dressée. Soutenus par un champ MHD, les plats lévitaient au-dessus de la table. Tout le monde fit silence lorsque le domo m'annonça. Puis, les six hommes les plus âgés de l'attablée se levèrent de concert.

« Que les Ancêtres parlent par votre bouche », prononçai-je avec cérémonie.

Les mots étaient venus tout naturellement à mes lèvres. L'imprégnation mémorielle avait réussi au-delà de mes espérances. Finalement, cela n'était pas si étonnant : la répétition des rites et des formules toutes faites renforçait la mémorisation à long terme.

J'échangeai des banalités, répétant presque mot pour mot ce qu'Obred avait déjà dit une semaine plus tôt à ses précédents invités. Je n'avais plus aucune crainte d'être découvert à présent : tous ces codes formaient une carapace d'hypocrisie qui permettait de passer inaperçu pourvu qu'on s'y conforme. Paradoxalement, j'étais plus en sécurité sur Ramanouri que sur la plupart des mondes plus libéraux.

Les enfants n'avaient pas le droit d'assister au repas des adultes. Je pris place à côté de Lavnia, qui se tenait à ma droite. Elle avait revêtu une longue robe noire fermée par une agrafe en nacre fossile. Sa chevelure était contenue dans une résille argentée. Ses armoiries n'apparaissaient qu'en filigrane sur un collier d'or martelé. Elle ébaucha un sourire, qu'elle réfréna aussitôt lorsqu'elle s'aperçut que je m'apprêtais à le lui rendre.

Jorel II Lenburg cligna de son œil rouge dans ma direction – celui-ci avait cette teinte depuis l'implantation ratée d'une montre oculaire. Jorel prétendait voir parfaitement, de sorte qu'il avait refusé toute opération chirurgicale pour corriger cet accident.

« Votre Seigneurie, dit-il, Parou prétend que nous devrions emprunter les techniques de terraformation yuwehsi pour que le Dessein Sacré avance plus rapidement. Ne pensez-vous pas au contraire que…

— Vous savez que je n'y entends rien, mon cher Jorel, le coupai-je.

— Avec votre permission, vous vous sous-estimez. Vous avez sûrement une opinion sur le sujet.

— Avec votre permission, prêtez-moi celle que vous voudrez. »

Son visage ne laissa rien paraître, cependant je devinai son désappointement. Sa place dans le rang renkuni était en dessous de la mienne, et ma réponse équivalait à un soufflet. Mais les Primes Fondateurs ne devaient pas avoir ce genre de considération. Jorel toussota avant de détourner les yeux.

« La tranchée du Dessein Sacré passera à travers les gisements du clan Utguir d'ici six ans, disait Parou Lenburg. Nous devons tenir compte de…

— Et puis quoi encore ? intervint Jorel. La règle est claire sur le chapitre du devoir. Pas de dérogation, pas de compromis. La tranchée du Symbole sera droite comme un coup de seytchayas, a dit Narkus II Logur Tusto.

— Certains Utguir murmurent que ce trait de seyt-chayas leur tranchera la gorge. »

Les hommes se tournèrent vers moi, et je compris qu'ils me laissaient le dernier mot. Obred était réputé pour son interprétation stricte des règles.

« Le seytchayas est l'instrument de la justice, prononçai-je. Les Utguir n'ont donc rien à craindre. En revanche, remettre en cause le tracé du Symbole revient à nier le fondement de la justice renkunie. »

D'un geste instinctif, je brandis mon bras droit à angle droit. Je fermai le poing, et la lame du seytchayas jaillit dans un chuintement huilé. C'était la première fois que je le faisais. Non seulement j'en étais capable, mais je ressentis un étrange sentiment d'abandon à l'instant où la lame sortit de son fourreau. Ce sentiment puissant n'avait rien de sexuel. Il émanait non pas de mes viscères, mais au contraire des sphères les plus élevées de mon esprit. À cet instant précis, le geste émanait non pas seulement de moi, mais de la communauté tout entière.

Les autres invités, un instant surpris, brandirent à leur tour leur seytchayas en criant en chœur :

« Que prenne vie la vision de Narkus ! »

Le repas se prolongea tard dans la nuit. Des plats chargés d'un assortiment de gâteaux et de dragées vinrent flotter devant nous, tels des navires précieux à la dérive. Lavnia se tenait toujours à mes côtés, bavardant alternativement avec les invités qui l'entouraient, prenant garde à ne pas accorder plus d'attention à l'un qu'à l'autre.

Les invités prirent enfin congé, et j'accompagnai Lavnia au premier étage. Je fis appel à mes souvenirs. Nous avions chacun notre chambre, mais il m'arrivait souvent de dormir avec elle. Sans nécessairement faire l'amour. La dernière fois… Je renonçai à chercher.

« Bonne nuit », dis-je en l'embrassant brièvement.

Pas assez brièvement cependant pour ne pas m'apercevoir combien ses lèvres étaient chaudes et douces.

Était-ce moi qui pensais ainsi, ou bien les souvenirs d'Obred qui tentaient de s'imposer ?

Quand j'investissais un hôte, je n'incorporais pas ses fantasmes. D'une manière générale, je considérais le sexe comme potentiellement dangereux, aussi évitais-je les contacts trop intimes. Mais j'étais tout de même soumis aux flux hormonaux des corps que j'habitais, et à la libido qui imprégnait la trame des souvenirs de mes hôtes. Plusieurs fois, j'avais investi des homosexuels, et j'avais alors ressenti du désir pour des hommes. Toutes ces pulsions ne survivaient pas au changement d'hôte, mais cela n'ôtait en rien leur influence sur ma psyché. Comme en ce moment.

Pourtant cette fois, contrairement à mon habitude, je n'essayai pas d'y résister. Lavnia m'attirait comme aucune femme ne l'avait jamais fait, d'aussi loin que remontaient mes propres souvenirs. Je l'enlaçai et l'embrassai de nouveau, plus étroitement. Alors qu'elle venait d'entrouvrir la bouche, elle se raidit soudain. Je me reculai, interloqué.

« Madame, je suis désolé si je vous ai froissée…

— Pas ici, souffla-t-elle en masquant sa bouche de sa main, comme pour m'en interdire l'accès.

— Pardon ?

— Pas à la vue des domestiques. » Et, d'un ton plus doux : « Suivez-moi. »

Je compris qu'elle ne désirait pas être vue dans une position inconfortable par les serviteurs. Une bouffée de colère induite par les souvenirs d'Obred gonfla ma poitrine.

Et je compris la raison pour laquelle Obred avait frappé Lavnia dans le passé : pour la punir de sa propre soumission. En elle, c'était lui-même qu'il voyait, car les rapports conjugaux et familiaux n'étaient en rien différents des relations féodales du renkuni.

Elle me prit la main et m'entraîna. Un instant, je songeai à me dégager et lui souhaiter bonne nuit. La colère que j'avais ressentie avait atténué en partie le désir que j'éprouvais. Mais pas assez pour renoncer.

« Suis-moi », répéta-t-elle.

La porte de sa chambre s'ouvrit devant nous. Sitôt qu'elle se fut refermée, Lavnia porta les mains à sa résille. Il y eut un déclic et celle-ci se recroquevilla en une boule argentée, libérant un flot de cheveux roux qui déferla sur ses épaules.

« Tu es si belle... »

Je fus surpris par le ton rauque de ma voix. Mes doigts trouvèrent d'eux-mêmes les points d'attache de sa robe, qui glissa le long de ses hanches. Lavnia m'attira vers le lit.

Alors même que nous nous étreignions, une part de moi-même ne pouvait s'empêcher de rationaliser ce qui était en train de se produire.

Le cauchemar noir est tout près, maintenant. Il est tapi juste sous la surface de ma conscience, et continue de ronger les piliers qui la soutiennent. Obred pourrait être mon ultime hôte. Je ne peux plus me le cacher. Il est temps d'en tirer les conséquences, et de vivre enfin comme un homme.

Vivre comme un homme ? Cela avait-il un sens quelconque, quand aucun de mes hôtes n'avait la même réponse à cette question ? *Ne suis-je qu'un nom dans ma lignée*, se tourmentait Obred chaque jour de sa vie, *un ensemble de contraintes en action ?* Il n'avait jamais su répondre à sa question. Être un homme, pour Obred, c'était être enfermé dans une prison, mais avec la conscience déchirante qu'au-dehors de ces barreaux de règles, il n'y avait que le néant.

Quant à moi, j'étais à l'exact opposé d'Obred. Pour les Ramanouriens, je n'étais personne. Peut-être est-ce pour cette raison que cette mission m'avait attiré : parce que ses membres étaient tout le contraire de moi. Peut-être avais-je espéré des réponses. Mais ici non plus, je n'avais rien trouvé.

Et puis, à quoi bon chercher ? En optant pour l'immortalité, j'avais choisi de ne plus vivre comme un homme. Était-ce cela, le sens de mon cauchemar : le rappel douloureux du destin auquel j'avais délibérément renoncé ?

« Que dites-vous, mon époux ? »

Nous gisions en travers du lit, allongés côte à côte. Sa jambe pâle et douce chevauchait la mienne. Ma respiration redevenait régulière. Je m'aperçus que j'avais marmonné ma dernière réflexion.

« Rien, je n'ai rien dit.

— Vous le pensez toujours ?

— Mhm ?

— Pensez-vous ce que vous m'avez dit dans le patio ? »

Je me félicite de vous avoir à mes côtés. Je fus tenté de répondre que je ne me rappelais plus ce à quoi elle faisait allusion. Mais il s'était passé quelque chose qui me rendait le mensonge, en cet instant précis, insupportable.

«Ce que je pense, c'est que je ne me suis jamais vraiment donné la peine de vous connaître.

— Les circonstances… » commença-t-elle.

Elle s'interrompit, craignant sans doute de briser cet accès de sincérité par des paroles conventionnelles.

«Moi non plus, je ne vous connais guère, lâcha-t-elle.

— Que pensez-vous de moi ? »

Un long moment, elle demeura silencieuse.

«Vous êtes si seul, dit-elle enfin. Et pourtant, vous ne vous laissez pas approcher.

— Mais c'est notre lot à tous, n'est-ce pas ?

— Je crois que la plupart des gens se satisfont de ce que leur offre le destin. Ces gens sont ordinairement vertueux, ainsi que nous l'enseigne le renkuni. Mais il y en a que l'ordinaire étouffe. Ce peut être une bénédiction, ou une malédiction. »

J'opinai dans le vide. Une malédiction, pour nous deux. Comment aurais-je pu la rendre heureuse, alors que je ne supportais pas le régime dans lequel nous vivions, sans avoir le courage de me dresser contre lui ? en le défendant au contraire ?

J'entendis remuer à côté de moi. Puis le drap se souleva, tandis que Lavnia se glissait dessous. J'hésitai à m'endormir à ses côtés. Il y avait si longtemps que je… qu'Obred ne l'avait pas fait.

Finalement, je me levai et regagnai ma chambre.

13

La semaine qui précéda la fête des Seytchayas me tint occupé du matin au soir. On m'avertit que des dissensions avaient éclaté dans une mine familiale, à l'ouest du continent. La hiérarchie féodale rendait inconcevable l'idée même d'une grève, aussi les ouvriers avaient-ils trouvé d'autres voies pour se faire entendre. Le droit renkuni autorisant deux jours d'inactivité en cas de duel, les ouvriers ne cessaient de se provoquer. Je n'avais pas de temps à perdre avec ces vétilles, mais je ne pouvais me dérober sans perdre la face.

Un avion suborbital arborant les couleurs des Donar Liuz me déposa à l'aéroport de la mine. Celui-ci n'était en réalité qu'une piste à tombereaux abandonnée, terminée par une tour de contrôle automatique montée sur un pylône. La mine était située dans une vaste fosse à ciel ouvert, au cœur d'un désert aride de rocaille violacée. Seules quelques plantes grasses orangées, rondes et molles comme des coussins, croissaient dans les anfractuosités. Un contremaître vint m'accueillir. Il s'agissait d'un simple Marchois. Ici, il n'y avait pas de Ber, encore moins de Libre Protecteur. Obred avait visité les lieux quinze ans plus tôt, mais je demandai à faire le tour des installations. Les ouvriers logeaient dans une bourgade de baraquements préfabriqués surmontée d'une éolienne. Quelques fabliers nains et tordus dépérissaient au bord des rues. De grandes créatures bleues à six pattes se prélassaient au pied des terrils et jusque sur les trottoirs de la ville, dénotant un caractère placide. Leur anatomie évoquait un lézard aux pattes épaisses et au corps surmonté d'une carapace ovale, mais le contremaître qui me servait de guide m'informa qu'elles étaient parfaitement inoffensives et servaient même à tirer des charges. Les ouvriers s'amusaient aussi à les faire courir en ligne et parier sur le vainqueur.

« On a bien essayé de les faire se combattre, ajouta-t-il en riant, mais rien à faire !

— Conduisez-moi à la mine », ordonnai-je.

Le camion qui m'y mena roulait sur une couche de caillasse broyée qui recouvrait uniformément le paysage. Tout en conduisant, mon guide fredonnait la symphonie la plus connue de Zemön, la quatrième ou la cinquième, je ne savais plus. Je ne pus m'empêcher de sourire. Même les sociétés les plus fermées ne pouvaient lutter contre la dissémination de la culture. De part et d'autre de la piste fumaient des mares chaudes, d'un ocre sombre. Suivant mon regard, mon guide m'expliqua qu'elles étaient si chargées en soufre qu'elles brûlaient comme de l'acide. En dessous se trouvaient les fronts de taille.

« On arrive, Fondateur », annonça-t-il.

Les grévistes m'attendaient à l'entrée de la mine, massés devant les trois bouches principales menant aux cages d'ascenseurs. Les portillons de sécurité étaient abaissés. D'énormes véhicules chenillés stationnaient au pied d'une pyramide de barils rongés de rouille, et les gros générateurs alimentant les pompes foulantes étaient arrêtés. Des lézards-tortues erraient aux alentours en faisant osciller leur crâne bosselé. Personne ne s'était donné la peine de retirer leurs harnais de charge, aussi crasseux qu'eux-mêmes. J'avais rencontré cela tout au long de mes existences : l'assujettissement par les colons des formes de vie autochtones pour la production industrielle ou agricole. L'essence du genre humain à l'œuvre.

Je rencontrai les meneurs. Ils avaient conservé leurs tenues de travail d'un jaune sale, leurs casques fluorescents et leurs bottes épaisses. Leur peau était incrustée d'une poussière noire et grasse. Leurs yeux étaient d'un violet profond, mais je ne pus déterminer si cela résultait de l'exposition à une roche particulière. Dans une ancienne mission, j'avais infiltré un groupe de mineurs à la peau rendue génétiquement phosphorescente. Mais pas de ça ici : le renkuni considérait toute altération du génome comme immorale, de sorte qu'il n'y avait pas un seul post-humain sur toute la planète. Même la génothérapie était proscrite.

Aucun garde ni vigile n'assurait ma sécurité, toutefois je ne me sentais aucunement en péril. Personne n'aurait songé à me porter un coup, même si j'avais annoncé que je fermais le site sur-le-champ. Le renkuni me protégeait plus efficacement qu'une armée.

« On est considérés comme des ouvriers de deuxième zone parce qu'on ne travaille pas sur le chantier du Dessein Sacré, commença le chef des grévistes. Pourtant, c'est nous qui faisons tourner la boutique. »

Je cédai à ses revendications, ne marchandant que sur l'accessoire. Nous scellâmes l'accord en soufflant ensemble sur le mobile à prières renkuni qui trônait dans le hall du bâtiment administratif, à la sortie des installations, en l'honneur des mineurs morts à la tâche.

Au cours du voyage de retour, la vision du travail colossal que représentait le Dessein Sacré s'imposa à moi. Je regardai par un hublot au moment où le suborbital survolait le chantier religieux.

L'avion volait à quarante kilomètres d'altitude, là où le ciel n'était plus qu'une mince couche d'un bleu électrique se dégradant vers le noir. Même à une telle hauteur, la tranchée du Symbole était parfaitement visible. Elle surgissait du nord-ouest et se dirigeait vers le sud-est. Sa seule courbure était celle-là même qui affectait la surface du globe.

« Vangkdieux… »

À vue de nez, le Symbole mesurait vingt kilomètres de largeur. Il traversait de vastes plaines verdoyantes, puis une zone de plissements. Et, à l'extrême bord de ma vision, une chaîne de montagnes. Le rapport d'échelle était si saisissant qu'il m'arracha un nouveau cri de surprise : trois sommets avaient été rasés pour faire place à la tranchée. Les bords de celle-ci étaient aussi nets que si un titan céleste avait donné un coup de pioche. Il était impossible de confondre cet ouvrage avec un canyon issu du travail des éléments. Même à cette altitude, le soleil couchant illuminait les différentes strates des montagnes éventrées. La profondeur de la tranchée n'excédait pas huit cents mètres, mais les rayons du soleil échouaient à parvenir jusqu'au fond, de sorte qu'on avait l'impression qu'elle s'enfonçait dans les entrailles de la terre.

Quelles ressources avait-il fallu pour arriver à ce résultat ? Je savais, par un souvenir d'Obred, que les ingénieurs du Dessein Sacré avaient acheté et fait venir à grands frais des satellites utilisés d'ordinaire au dépeçage de gros astéroïdes. Ces énormes satellites recelaient dans leurs flancs leur propre générateur à fusion, qui leur permettait de projeter des rayons de particules à haute énergie capables de pulvériser la roche jusqu'au noyau métallique des astéroïdes. Mais j'ignorais comment les ingénieurs avaient pu empêcher les débris d'aller contaminer l'atmosphère. Ceux-ci s'entassaient à l'ouest de la tranchée, formant un haut plateau de plus de vingt kilomètres carrés.

Je me pris à douter que l'élimination de Rudolf VI Fasileg puisse entraver en quoi que ce soit la marche des événements.

Je me renfonçai dans mon fauteuil, alors qu'une voix synthétique m'avertissait que le suborbital entamait sa descente parabolique. Mon emploi du temps serait chargé jusqu'à la fête des Seytchayas, à laquelle j'étais tenu de participer. Je me rendais compte que je n'aurais jamais le temps d'élaborer un plan pour assassiner Rudolf durant les festivités. La prochaine session à la chambre du Conseil des Ancêtres avait lieu dans deux mois. Ce serait la seconde opportunité de rencontrer Rudolf et de le tuer. Deux mois… Le visage de Lavnia se superposa à la réalité. Deux mois avec Lavnia, à vivre comme un homme.

Ce fut la veille de la fête des Seytchayas que survint l'attaque.

J'avais été nerveux toute la soirée. Avant le repas, la petite Elda m'avait supplié d'assister à la cérémonie dans la foule, mais l'étiquette s'y opposait en raison du trop jeune âge de la fillette.

« Je regrette, mais c'est hors de question, dis-je d'un

ton sans réplique. Tu suivras la fête sur ton écran. Tu connais très bien la raison de mon refus. Pourquoi insistes-tu ?

— C'est Voban, pleurnicha la fillette. Il a dit que tu avais changé, que tu permettrais peut-être… »

Les enfants m'avaient toujours mis mal à l'aise. Ce n'était pas tant à cause de leur soi-disant clairvoyance, que du fait que je ne gardais aucun souvenir de ma propre jeunesse. Les siècles avaient fini par l'ensevelir. Lorsque j'essayais de me la remémorer, je ne parvenais à extraire que des fragments d'autres vies. Il y avait longtemps, du reste, que j'y avais renoncé.

Je me tournai vers Voban, qui se tenait debout comme au garde-à-vous, le regard atone.

« Voban ? »

Le garçon tressaillit, mais ne dit rien.

« Pourquoi est-ce que tu prétends que j'ai changé ? »

Il secoua la tête d'un air buté.

« Je sollicite votre pardon…

— Je ne veux pas d'excuse, je veux une explication. J'ai changé… en bien ou en mal, à ton avis ? »

Ses pupilles perdirent leur fixité. Je l'avais déconcertancé.

« Euh… Votre Seigneurie…

— Parle librement, sans formule. Qu'est-ce qui te fait dire que j'ai changé ? »

Il haussa les épaules en signe de déni.

« J'ai dit ça comme ça. »

Je chargeai ma voix de toute la sévérité dont j'étais capable.

« Bien. Je n'ai pas changé. Tu sais ce que c'est qu'honorer une promesse, pas vrai ? »

Voban se raidit.

« Oui, Votre Seigneurie.

— Eh bien, fais-moi la promesse de ne plus penser à ça à dater d'aujourd'hui. Je compte sur ton sens de l'honneur.

— Oui, Votre Seigneurie. J'en fais le serment.

— Ce serment, tu le renouvelleras lors de tes prochaines ablutions à la fontaine de purification. C'est entendu ?

— Oui, Votre Seigneurie. »

Je me permis un mince sourire.

« Bien. Je suis certain que tu le tiendras. Bonne nuit, les enfants. »

Je gagnai la salle à manger où m'attendait Lavnia. J'avais demandé à limiter au maximum les invités, mais c'était la fête des Seytchayas, et il était impossible à un Prime Fondateur de se soustraire complètement à ses obligations. Dès que je le pus sans manquer à l'étiquette, je montai dans mon bureau.

Une fois que j'eus fermé la porte à clé, j'opérai quelques mouvements de relaxation. Quand j'estimai être assez détendu, je m'assis à mon bureau et réfléchis à un plan.

D'après Leudel, il me suffisait de tuer Rudolf en combat singulier. Mais je disposais des connaissances d'Obred et je savais que ce serait loin d'être aussi facile. Il m'était impossible de lancer un : « Rudolf, je vous provoque ! » et de lui planter aussitôt mon seytchayas dans la poitrine. Si la chambre du Conseil ne possédait pas de systèmes automatiques anti-agressions, les gardes qui en faisaient office ne me laisseraient pas faire. Pour attaquer légalement le plus illustre des Primes Fondateurs, il fallait un motif qui ait l'aval des membres de la chambre du Conseil, à l'unanimité.

Aucun motif public, quelque chose du genre : « Pour le bien de Ramanouri », ne pouvait être invoqué. Quant à un motif privé, il faudrait une conspiration de grande envergure pour en monter un. Ou plusieurs années.

Plus ma réflexion progressait, moins l'hypothèse d'un duel en bonne et due forme ne me semblait réalisable. Les agents d'Olandmagren s'étaient trompés du tout au tout. Mais il y avait peut-être moyen d'éliminer Rudolf sans verser d'autre sang, à commencer par celui de ma famille. Un accident, par exemple.

Tout en réfléchissant, j'avais activé la console du bureau et demandé les départs de l'astroport. Je cherchai machinalement le nom de Trenton Fulerage.

> Absent.

Un instant de flottement. Puis l'information me fit revenir à la réalité.

Un imbécile. Je suis un imbécile. Trenton n'a pas utilisé son billet, il n'est pas parti de Ramanouri. Il est quelque part, sans doute à Devere même. Putevangk, pourquoi n'a-t-il pas obéi ?

Je devais le neutraliser. Comme si je n'avais que cela à faire... Je fis une rapide recherche dans les différents instituts pour indigents. Sur Ramanouri, Trenton était un hors-caste, et un non-résident illégal. Non seulement il ne pouvait trouver du travail, mais il risquait également sa vie à chaque instant car si quelqu'un s'avisait de le tuer, celui-ci n'encourrait aucune sanction juridique. Bon sang... Très vite, je me heurtai aux limitations ramanouriennes : ce qui touchait aux hors-castes était rarement répertorié. Aucun Trenton Fulerage n'avait été enregistré nulle part, il avait purement et simplement disparu de la circulation.

Ce n'est qu'un vagabond amnésique, qui s'est

réveillé sur une autre planète. Il a sans doute été tué à la sortie d'un bar.

Je cherchai sa trace dans les archives de la morgue. Là aussi, chou blanc. Peut-être son corps avait-il été jeté dans la Ramaniskare, je ne le saurais probablement jamais. Quelle décision devais-je prendre, maintenant ? Je pouvais donner l'ordre à Leudel de demander des comptes aux autorités de Devere au sujet de la disparition de leur employé. Mais ce serait laisser une trace de mon passage.

« Tant pis », grommelai-je.

Je me relevai en bâillant. Ce soir, je n'arriverais à rien. D'ailleurs, les souvenirs d'Obred concernant la fête des Seytchayas me rendaient quelque peu nerveux. Il s'agissait d'une succession de rituels à accomplir de la manière la plus rigoureuse possible. L'imprégnation mnésique avait réussi, mais je devrais tout de même réviser mes…

Le tout-terrain colonial est arrivé au pied du lac de sang bleuâtre. Le soleil rouge se reflète à sa surface, déclinant toutes les nuances de violet. L'atmosphère devrait être saturée des miasmes des corps pourrissants. Mais au contraire, l'odeur de décomposition est douce, un peu sucrée. Les gigantesques herbivores gisent par millions dans la vallée où nous les avons rabattus. Une forêt de ventres bedonnants et de pattes dressées. Quelques-uns, couchés sur le flanc, continuent de braire vers le ciel, mais leur agonie sera brève. Dans quelques minutes, le sang finira de se répandre dans leur système respiratoire et ils le pisseront par les narines.

« Que Dieu nous pardonne, murmuré-je. Qu'avons-nous fait ?

— Bordel ! Ce qu'il fallait, voyons. »

Pratt, assis au volant du véhicule, me flanque un coup de coude dans le mollet.

« Ressaisis-toi, mon vieux. Ces saloperies bouffaient nos récoltes, et le cours du chivre a encore diminué de trois pour cent cette année. On doit produire davantage pour rembourser nos dettes. Ces bêtes bouffaient nos plants de chivre, elles faisaient baisser le rendement. »

J'opine mécaniquement du chef.

« En plus, continue-t-il, on a obtenu qu'il n'y ait pas d'enregistrement vidéo de tout ça. Et quand bien même, qui est-ce que ça intéresserait ? »

Baissant les yeux, j'aperçois un herbivore qui remue à quelques pas, sous une pile de cadavres. Des ruisseaux de sang s'écoulent des buissons chiffonnés qui lui font office d'oreilles, mais il a encore la force de tendre sa longue tête vers un lactafonge pour le brouter. Arrête ! ai-je envie de lui crier. La crainte de me rendre ridicule face à Pratt l'emporte. Et il est trop tard pour lui de toute façon. Ses mâchoires externes s'ouvrent dans un ultime spasme, et il expire dans un flot de sang. Sans avoir compris que les lactafonges sont empoisonnées. Les champignons à lait qui les nourrissaient, nous avons pulvérisé dessus une substance concoctée par nos experts agronomes. Totalement inoffensive pour nous ou le bétail que nous avons acclimaté. C'est un succès total. Ce troupeau était le dernier de la planète, et aujourd'hui, nous l'avons éradiqué. Je contemple l'océan de cadavres. Nos champs ne seront plus pillés. Nous paierons nos dettes, si les cours des céréales ne s'effondrent pas en bourse d'ici l'an prochain.

« Avance », dis-je à Pratt. Les roues soulèvent une gerbe de sang qui éclabousse le cadavre.

« Eh ! lance Pratt, sous le coup d'une inspiration. Ces montagnes de bidoche, ça m'a donné une idée : si on se faisait un rodéo dessus, avec le tout-terrain ? »

Une main caressait doucement mes cheveux.

« Du calme. Là, du calme. »

Je clignai des yeux pour en chasser les larmes. J'avais pleuré, comme chaque fois que ce souvenir survenait pendant une crise. C'était l'un des pires qui m'avaient été donnés de vivre. Il avait au moins deux siècles, pourtant il n'avait rien perdu de sa force maléfique. Celui qui l'avait vécu était devenu fou. Il s'était persuadé d'être en communication télépathique avec la nature indigène. Une maladie mentale issue d'un complexe de culpabilité collective. Cette pathologie touchait un petit pourcentage des colons vivant sur des planètes terraformées où avaient été perpétrés des écocides particulièrement atroces. J'en avais fait mon hôte après qu'il avait été déclaré guéri. Mais le souvenir fondateur de sa folie était resté ancré en lui, si profondément qu'il m'avait contaminé.

« Du calme », répéta la voix de Lavnia, au-dessus de moi.

Je me redressai brusquement sur mon séant, obligeant la jeune femme à écarter sa main. Nous étions toujours dans le bureau, et j'étais allongé sur le sol. Elle m'avait installé du mieux qu'elle pouvait, et glissé un coussin sous la tête. À mes côtés se trouvait la mallette entrouverte. Lavnia n'y avait pas touché. Pas plus que les capsules cylindriques qui jonchaient toujours le sol. Je me rappelai vaguement avoir titubé vers le bureau et avoir sorti la mallette pour m'injecter une mémoria. La crise m'avait terrassé avant que j'aie pu insérer la capsule.

« Je vais vous expliquer… »

Elle m'interrompit en posant un doigt sur les lèvres.

« Nous pouvons nous tutoyer. Les conventions ne s'appliquent pas aux hors-castes.

— Qu'est-ce qui vous permet de…

— Tu n'es pas Obred. Tu n'es même pas de Ramanouri. Tu peux donc me tutoyer », coupa-t-elle sur un ton que toute douceur avait déserté.

Je déglutis, réalisant qu'elle m'avait percé à jour. Qu'il ne servait à rien de nier. Mon rôle sur Ramanouri s'achevait ici. Un fiasco total.

« J'ignore par quel moyen tu as usurpé l'identité de mon mari, reprit-elle. Grâce à la machine bizarre qui se trouve dans cette mallette, je suppose. Ce boîtier jaune, et ce casque bizarre. Ton esprit dans son corps. Au fait, quel est ton nom, étranger ? »

Je haussai les épaules.

« C'est important ?

— Pour moi, oui.

— À vrai dire, je l'ignore. J'en ai eu tellement, depuis que je voyage de corps en corps. »

Elle me dévisagea en secouant la tête.

« Impossible ! Vivre sans nom ? C'est impossible.

— L'espace est vaste, ma dame, répondis-je avec un sourire. Peux-tu admettre que j'aie voyagé dans un monde où porter un nom est interdit, sous peine de mort ? »

Elle secoua à nouveau la tête.

« C'est pourtant le cas. Le monde lui-même ne portait pas de nom, seulement un numéro dans une nomenclature. Et cependant, crois-moi, il ne m'a pas paru plus exotique qu'ici. »

Lorsque Lavnia rouvrit la bouche, je m'attendais à ce qu'elle me pose les sempiternelles questions : depuis quand j'avais investi le corps d'Obred, ce que je comptais faire avec.

Il n'en fut rien.

« Tu fais toujours cela, avec les femmes de tes hôtes ? »

Je comprenais sans peine ce que recouvrait ce *cela*.

« Je choisis des célibataires en priorité, avouai-je sans détour. Mais ici, il n'y en a pas : tout homme a l'obligation de se marier, les enfants ne peuvent être abandonnés, les veufs doivent se remarier dans l'année.

— Pourquoi as-tu choisi Obred ? C'était… à cause de moi ? »

Je fis non de la tête.

« Je ne te connaissais pas. Ma mission exigeait d'investir un Prime Fondateur. Mais je ne regrette pas mon choix. » Un sourire plissa mes lèvres. « Enfin si, tout de même : je me suis laissé aller, au détriment de ma mission. » Soudain, je lui demandai : « Les enfants sont couchés ? »

Surprise, elle acquiesça. Alors, je lui racontai tout. Pendant une heure, je parlai sans discontinuer. Je lui dis quel genre de voyageur j'étais, en restant toutefois flou sur la nature de mes activités. À la fin, je me tus et un long silence s'établit. Lavnia n'exprimait pas l'horreur ou la pitié que j'avais si souvent déchiffrées sur le visage de mes interlocuteurs. À la place, elle saisit l'une des capsules de gel sur le sol, la n° 32, et la fit tourner devant ses yeux.

«Une mémoria, expliquai-je. C'est grâce à elles que je...

— J'avais compris. »

Elle avança la main pour me caresser la joue.

« Tu penses réellement être immortel, n'est-ce pas ? »

Ce serait trop long de lui expliquer, aussi me contentai-je de hocher la tête.

« Tu te trompes, étranger. Tu n'es pas immortel. Mais les mémoires que tu as sauvegardées, elles, le sont. Elles continueront de l'être tant que tu les feras vivre dans ton esprit. Tu es leur gardien. »

Je secouai la tête.

« Ce n'est pas ainsi que je les envisage.

— C'est pourtant la vérité. »

Peut-être. Peut-être avait-elle raison. Toutes ces mémoires, au fond, constituaient mon seul passé tangible. Je tendis la main, paume ouverte, et elle y déposa la capsule avec délicatesse. Cinq grammes, le poids d'un souvenir. Je refermai mes doigts dessus, et la replaçai dans le compartiment de rangement.

Elle me sourit.

« Qu'est-ce que tu comptes faire à présent ? »

Je soupirai.

« Si tu me dénonces tout de suite, je m'enfuirai et j'investirai un nouvel hôte. Cela ne me prendra que quelques heures. Je m'en sortirai, de toute façon. Si tu me laisses quelques jours, je pourrai préparer mon départ, de sorte que personne ne saura rien. Aucun scandale n'éclaboussera ton nom. Comme tu le vois, la seconde solution est préférable pour tous les deux. »

Un sourire hésitant apparut sur les lèvres de Lavnia.

« Si j'ai bien compris, tu peux manipuler les souvenirs de tes hôtes.

— Rien d'aussi compliqué. Je peux seulement leur enlever une partie de leur mémoire. »

Sa poitrine se gonfla, comme si elle avalait une goulée d'air avant de plonger en eau profonde.

« Alors, nous pouvons nous entendre. Je ne veux rien savoir de ta mission. Mais je te laisserai l'accomplir, en échange d'une faveur. »

Sa voix était devenue plus ferme, alors qu'elle réalisait qu'elle tenait mon sort entre ses mains. Il semblait donc que ma perte n'était pas encore consommée. Je hochai la tête en silence.

« Puisque tu as volé les souvenirs de mon mari, reprit-elle, tu sais ce qu'il m'a fait. » Sans attendre mon acquiescement, elle poursuivit : « Je veux que tu t'engages à ôter le souvenir des violences à mon égard, quand tu rendras Obred à son corps. Peux-tu le faire ? »

Je gardai le silence une seconde. Oui, c'était possible, bien que je sache que cela ne servirait pas à grand-chose. Obred n'avait tiré aucune jouissance perverse à rendre sa femme malheureuse. Ce n'était pas un monstre, seulement un lâche qui reportait sur sa femme l'humiliation qu'il croyait endurer. Je ne pourrais jamais supprimer la cause de son mal, à moins d'effacer toute sa mémoire. D'une manière ou d'une autre, les symptômes réapparaîtraient. Mais je ne pouvais me permettre de dire cela à Lavnia.

« Je le ferai. » Puis, après une brève hésitation : « Pourquoi ne l'as-tu pas dénoncé ? La loi renkunie protège les femmes battues.

— Si tu crois cela, c'est que tu ne comprends rien au renkuni. Faire éclater publiquement le déshonneur de mon mari reviendrait à le tuer de la façon la plus ignominieuse. »

Je réprimai un élan de sympathie. Elle dut le sentir, car elle ajouta aussitôt :

« La vie nous apprend à endurer en silence. Nous avons un dicton pour cela : les Ancêtres sourient aux hypocrites. » Elle conclut, avec un sourire acerbe : « Voilà pourquoi je saurai jouer mon rôle. »

14

La fête des Seytchayas se déroula sans anicroche. La chaussée des rues était recouverte d'une couche blanche de fleurs de fablier, et des banderoles en soie pavoisaient les balcons, transformant la ville tout entière en un carnaval étrangement calme et solennel. Je ne pus néanmoins profiter ni de la parade ni des fanfares bers et marchoises, car, faisant partie de la procession des Fondateurs, je me trouvais en tête du cortège en compagnie des principaux Primes. Parmi eux, le président du Conseil des Ancêtres : Rudolf VI Fasileg Darien Seigneur-des-Goens.

Ma cible.

L'homme passa à quelques pas de moi, sans me voir. Il était grand, massif. Son kilt de cérémonie ne parvenait pas à cacher son embonpoint. Sa barbiche grise parfaitement coupée et ses petits yeux noirs rapprochés, mais surtout la cicatrice qui balafrait sa joue, lui donnaient l'air d'un chevalier retraité de longue date. Je contins une grimace de déception. En cet instant, parmi la foule, j'aurais pu le piquer avec l'extrémité de mon seytchayas enduit d'un poison à effet retard. Rudolf serait mort d'une crise cardiaque une semaine plus tard. Et personne n'aurait pu remonter jusqu'à moi.

Je devrais attendre notre prochaine rencontre.

Nous remontâmes l'avenue principale de Devere jusqu'à la chambre du Conseil des Ancêtres, un bâtiment tout en nahmihr dont la nudité tranchait avec les décorations baroques des palais qui l'entouraient. Sur les marches du parvis, nous nous arrêtâmes tandis que les gardes entamaient une Danse des seytchayas compliquée. J'avais l'esprit ailleurs, mais la beauté de ce ballet d'étincelles tourbillonnantes finit par me subjuguer. Les figures s'enchaînaient avec une synchronicité éblouissante. Les lames tintaient l'une contre l'autre à chaque parade, frôlaient des visages et des membres sans que jamais ne perle une seule goutte de sang.

Pourtant, la Danse n'avait pas pour but d'exalter la virtuosité. Elle montrait avant tout le contrôle du seytchayan, le porteur de seytchayas, sur ses propres émotions. S'il était en état de fureur, si le corps était contracté, la neuro-arme refusait de jaillir. L'intérieur et l'extérieur ne devaient faire qu'un et le coup final se détacher tel un fruit mûr.

Les gardes de la chambre du Conseil constituaient l'élite des seytchayans de Ramanouri. C'étaient pour l'essentiel des Fondateurs. Obred s'entraînait trois fois par semaine. Mais face à l'un d'eux, il n'aurait aucune chance. Et moi, encore moins.

À l'intérieur de l'enceinte, le décor était à peine moins dépouillé que la façade. Par contraste, ce dénuement paraissait plus factice que toutes les ornementations qui agrémentaient la moindre cabane. Les souvenirs d'Obred m'en fournirent la raison : ce manque d'opulence renvoyait à la pauvreté des premiers colons.

Rudolf nous précéda jusqu'à la chambre du Conseil.

Les fenêtres se réduisaient à quelques meurtrières, de

sorte que les lumières s'allumèrent lorsque deux gardes ouvrirent les battants. L'intérieur était cette fois plus conforme aux coutumes ramanouriennes : des sièges gainés de cuir d'outre-monde, une monumentale table en fer à cheval, des écrans holo encastrés dans de riches sculptures, des robots domestiques plaqués d'or fin. Au mur, un râtelier plein de seytchayas ayant appartenu aux pionniers, aux premiers temps de la colonisation. Un globe de Ramanouri en plâtre peint trônait au milieu de la salle, sur un socle en nahmihr.

Rudolf alla s'agenouiller devant le globe.

« Ô Narkus II Logur Tusto, déclara-t-il en se relevant, je mets mon seytchayas au service de ta mémoire. Que tous les Fondateurs du Conseil me prêtent leur force pour donner vie à la volonté des Ancêtres. »

Un à un, les Primes Fondateurs présents répétèrent le serment en face du globe. Quand ce fut mon tour, je le scrutai tout en prononçant le rituel.

La maquette avait appartenu à Narkus II. C'était sur elle que le visionnaire avait tracé, au sortir de son songe, le symbole du renkuni. Le motif s'étendait sur environ la moitié du continent. Les deux triangles gravés au seytchayas du Symbole, inversés et réunis par le sommet, ne mesuraient pas plus de quinze centimètres de haut. Mais à l'échelle du globe, cela représentait trois mille kilomètres de haut sur deux mille cinq cents de large. J'essayai de retrouver quelle portion du dessin j'avais survolée, dans l'avion suborbital qui m'avait transporté quelques jours plus tôt. Une cordillère portant la légende *Cornes d'or* était scindée par la tranchée géante. Ce devait être elle.

Il y avait quelque chose de fascinant d'imaginer qu'une simple esquisse, réalisée en à peine cinq secondes, conditionnait le labeur de générations d'hommes à venir, et l'engloutissement de ressources énormes. Toute la folie humaine condensée dans un seul dessin. On rasait des montagnes, comblait des lacs et des vallées, coupait des fleuves, nivelait des collines… pour suivre le désir d'un illuminé mort depuis des décennies.

Je ne savais qu'en penser. Une partie de moi-même était amusée et un peu dégoûtée par ce que je considérais comme un gigantesque gâchis. Mais une autre, peut-être influencée par les mémorias d'Obred, était remplie d'admiration. Cet homme n'avait eu qu'une vie. Mais il avait acquis sa part d'immortalité. Qui se souviendrait de moi dans un siècle ? Ou seulement dans dix ans ?

« … Pour donner vie à la volonté des Ancêtres », terminai-je en me relevant.

Après l'accolade cérémonielle, nous sortîmes de la salle. Les réjouissances pouvaient continuer. Je regardai s'éloigner Rudolf, entouré de gardes et de conseillers, avec un sentiment amer. Tant pis. J'avais raté une occasion. La prochaine serait la bonne.

J'ignorais que je le voyais pour la dernière fois.

Les semaines s'écoulèrent en un rêve étrange. Un rêve lacéré de cauchemars, car la fréquence de mes crises de souvenirs augmentait de façon exponentielle. L'injection des mémorias était devenue presque inefficace. Ce n'était pas une surprise pour moi. J'avais calculé que l'augmentation des crises irait s'amplifiant. Mais je n'avais pas prévu qu'elles deviendraient si violentes. Je n'avais qu'une crainte, que l'une d'elles se déclenche en présence de Voban ou d'Elda.

Malgré cela, je tâchai de passer un peu de temps auprès des enfants. Elda ne se rendait compte de rien, du moins le supposais-je. Concernant Voban, c'était une autre histoire. Je n'osai le sonder à mon sujet, de peur de donner plus de substance à ses doutes.

Lavnia me soutenait, et parfois même me secondait dans mes fonctions. Nous parvenions à vivre une vie apparemment normale. Je n'avais pas tenté de recoucher avec elle, et elle, de son côté, demeurait distante. J'avais d'abord pensé qu'elle me considérerait comme un parasite, uniquement préoccupé de mon immortalité. Mais elle éprouvait au contraire une sorte de pitié sincère. Pour elle, j'étais surtout une âme errante, qui voyageait sans repos entre les mondes. Une fois, elle m'avait demandé combien de mondes j'avais visités. J'avais levé les yeux vers le ciel laiteux, comme pour les dénombrer parmi les étoiles visibles.

« Plus de deux cents, je pense, avais-je dit. Mais je serais incapable de te donner un chiffre exact.

— Plus de deux cents ?

— Cela peut paraître beaucoup, mais... »

Son rire cristallin avait retenti.

« Oh non, au contraire. Deux cents, cela ne représente qu'une planète sur cent, parmi toutes celles occupées par les hommes. Ton immortalité n'est qu'une goutte d'eau, finalement. »

Lavnia ne me tenait pas rigueur de l'avoir trompée la première fois, et je lui en étais reconnaissant. C'était notre secret, voilà tout. À l'instant où je quitterais le corps d'Obred, l'étreinte qui nous avait brièvement unis cesserait à jamais d'exister.

Un soir, elle me dit :

« Pouvoir quitter le monde où l'on est, sans entraves

ni remords… Il aurait voulu pouvoir le faire, je le sais. Je crois… je crois qu'il se meurt, ici. »

Des larmes brillaient au coin de ses yeux, et il me fallut une seconde avant de réaliser qu'elle parlait d'Obred. Je tendis la main, et enveloppai sa joue de ma paume.

Nous étions dans mon bureau. Nous venions de saluer les enfants qui allaient se mettre au lit. Elda avait protesté : Voban avait la liberté de se coucher tout seul, alors qu'elle restait sous les ordres de Silmir. Mais Lavnia s'était montrée intransigeante.

« Obred n'a jamais eu la force de partir, répondis-je.

— C'est à cause de moi qu'il…

— Non ! Toi, il t'aime. Cette force n'est pas en lui, c'est tout. Ce qui le détruit, c'est tout cela. »

Je levai la tête, embrassant du regard les murs autour de nous, et par extension, la ville tout entière, et au-delà, les barrières invisibles du renkuni. La jeune femme eut un geste imperceptible du menton. Puis elle m'adressa un sourire.

« Que feras-tu, une fois que tu auras quitté Ramanouri ?

— Quand j'aurai quitté Ramanouri, je chercherai une autre mission. Ça ne manque pas, dans l'univers. »

Elle recula légèrement.

« Oui, je suppose que ton *talent* doit intéresser des tas de gens. Mais es-tu obligé de faire cela ?

— Faire quoi ?

— Tes missions. »

Je haussai les épaules.

« Il y a longtemps que je ne me pose plus la question.

— Peut-être devrais-tu te la poser à nouveau.

— Pourquoi ? »

Je remarquai qu'elle se tenait les mains, les doigts entrecroisés. Un signe de nervosité que j'avais déjà noté chez elle.

« Tes crises se rapprochent, dit-elle enfin. Ce n'est plus qu'une question de mois, peut-être de semaines.

— Ce n'est pas une maladie, protestai-je. Seulement un problème de transfert. Une mémoria sauvage, peut-être, que ma machine ne parvient pas à éradiquer. Rien ne prouve que je pourrais en mourir.

— Tu en mourras. »

Un frisson me parcourut l'échine. *Il est tard*, me dis-je. *Elle laisse parler ses émotions. Mais elle ne détient aucune vérité sur mon état.*

« Tu en mourras, répéta-t-elle.

— Comment peux-tu être aussi affirmative ? fis-je en riant.

— Je l'ai pressenti. Ce cauchemar noir, c'est la mort qui te guette. Tu as voulu lui échapper. Depuis elle te poursuit, et elle est sur le point de te rattraper. »

Je secouai la tête. Sa conviction emphatique m'amusait, mais je n'avais pas envie de la faire marcher.

« Je suis désolé. Je ne crois pas à ce genre de choses, Lavnia.

— Peut-être ferais-tu bien d'y croire. Cela la chasse-rait.

— Cela chasserait qui ?

— La mort, qui se terre en toi. »

J'ouvris la bouche pour réitérer ma remarque. À ce moment, je sentis un souvenir qui se frayait un chemin à travers mon esprit. Un souvenir antique, de quatre ou cinq siècles, peut-être plus. Très ancien en tout cas. Dans ce souvenir, le langage même avait vieilli. S'apercevant de mon changement d'expression, Lavnia se pencha en avant, comme si elle essayait de percevoir la mort sous les traits de mon visage.

« Que vois-tu ? » chuchota-t-elle.

Le souvenir remontait par bribes, chargé d'émotions étranges que je ne parvins pas à identifier. Ce n'était pas une mémoria, j'avais réellement vécu cette scène. J'étais dans une salle d'hôpital rose pâle. Sur quelle planète, en quel temps ? Impossible de le savoir : le souvenir s'était à ce point élimé qu'il n'existait plus rien en dehors de cette chambre, avec ce lit, et cette vieille femme couchée dessus. Elle agonisait.

Je l'avais bien connue. Peut-être avais-je vécu avec elle pendant plusieurs années. La moitié de sa vie. Je déglutis, lorsque cette certitude s'imposa à moi. Oui, j'avais vécu trente ans avec cette femme dont le nom ne me disait plus rien. Comment avais-je pu l'oublier ? La réponse était évidente : rien de plus facile, avec la mallette. J'avais *choisi* de l'oublier. J'avais choisi même de ne pas conserver de mémoria de son existence.

Le visage de la vieille femme était une tache brouillée, sans particularité. Il s'en dégageait une aura de sérénité que je trouvai paradoxalement poignante.

« *Hâte-toi*, me souffla-t-elle. *La fin arrive, je le sens.* »

Le souvenir de sa voix s'était effacé, de sorte qu'elle parlait avec ma propre voix. Je me vis en train d'installer sur ses tempes le casque de transfert. Je lançai l'enregistrement. Puis je saisis ses mains, maigres et tordues comme des branches sèches. Et pourtant si belles. Je répétai doucement son nom jusqu'à ce que ses mains deviennent inertes entre les miennes. Elle était morte.

Alors, j'arrêtai l'enregistrement. Je plaçai le casque sur mon crâne dégarni, et insérai la capsule mémoria.

Lavnia tendit la main vers moi. Elle essuya les larmes qui coulaient sur mes joues.

« Qu'est-ce que tu as vu ? » demanda-t-elle doucement.

Je secouai la tête. Ce que j'avais ressenti n'était rien d'autre que ce qu'avait enregistré la machine : les souffrances sourdant de cette carcasse à l'agonie, la réalité qui fuyait, l'ultime rayon de lumière traversant des yeux qui ne voyaient déjà plus, puis un vague tunnel lumineux accompagné d'un sentiment de libération, tandis que le cerveau sécrétait dans un ultime spasme chimique une dose massive d'endorphines. Aucune illumination, aucune élévation. Mais la sérénité de savoir que j'étais là, à ses côtés, au moment de passer dans le néant.

« J'ai vécu sa mort, dis-je d'une voix sans force. Je sais ce que c'est.

— C'est pour cette raison que tu as effacé ta mémoire sur toute cette période ?

— Non. J'ai aimé cette femme. Voilà ce que j'ai voulu effacer. Pas de lien durable, c'est la rançon de l'immortalité. L'espace d'une vie humaine, j'ai contrevenu à cette règle. Je savais qu'il n'en résulterait que du chagrin, mais je l'ai fait tout de même. Alors, ensuite, j'ai tout effacé. Je devais me préserver.

— Te préserver, ou te punir ? »

Je regardai Lavnia. Une boule m'obstruait la gorge, étouffant toute parole. L'éternité était trop longue pour être affrontée en solitaire, voilà ce que j'avais voulu effacer. Je coassai :

« Je l'ai aimée, et je ne sais même plus son nom. »

Elle prit mon visage entre ses mains, et ce fut la caresse la plus douce qu'elle m'ait faite.

« Moi non plus, je ne sais pas ton nom. Quelle importance cela fait-il ? »

Un bruit de tonnerre retentit dans la pièce. Lavnia sursauta violemment.

« Lâchez-le, mère ! »

Voban repoussa la porte qu'il avait ouverte à la volée et qui se rabattait sur lui.

« Voban ! lâcha Lavnia, stupéfaite. Qu'est-ce qui te prend ? »

Le garçon tremblait, ses poings blanchis par la rage.

« Je sais qui est cet homme... cette *chose*, rectifia-t-il sur un ton haineux. Je sais tout sur lui ! »

Ébranlé par ce que je venais de vivre, je restai sans réaction. Lavnia, elle, ne se laissa pas démonter. Elle fit mine de s'emporter :

« Comment oses-tu nous espionner ?

— Je ne voulais pas. Mais une fois, j'allais me coucher quand il a laissé la porte entrouverte. J'ai surpris une de ses crises. Il parlait une langue que je ne comprenais pas. Et puis, j'ai vu sa mallette avec la machine à l'intérieur. J'ai su que mon père était possédé par un esprit malin. » Il jeta un regard désespéré à Lavnia. « Mère, comment est-il possible que vous...

— Tu oublies qui tu es, fils ! Me juger, c'est offenser les Ancêtres. Risquerais-tu un tel blasphème ? Le plus grand seytchayan ne se hasarderait jamais à juger sa mère. Incline-toi devant moi, *tout de suite* ! »

Le garçon oscilla, tiraillé entre des sentiments contraires. J'avais mal pour lui, mais Lavnia n'avait pas le choix. Les yeux étincelants, Voban mit un genou à terre. Toutefois, la haine n'avait pas quitté son regard.

Je me levai. D'un geste, Lavnia me fit comprendre qu'il valait mieux que je ne m'approche pas de lui.

« Je regrette ce qui arrive, dis-je d'un ton apaisant. Tu as raison, Voban, j'ai emprunté le corps de ton père. Mais cet emprunt n'est que momentané. Bientôt, je te le rendrai. Il n'aura pas de souvenirs de ce qui s'est passé. Et tout redeviendra comme avant. »

Voban secoua la tête d'un air buté.

« Menteur, cracha-t-il, comme tous les hors-castes ! Si on t'a envoyé ici, c'est pour commettre un crime contre le renkuni ! Ceux du dehors ne veulent pas que le Dessein Sacré s'accomplisse. »

Il se tourna vers Lavnia et frappa sa poitrine avec son poing, comme pour la faire résonner.

« Je vous honore, mère. C'est pourquoi j'ai agi ainsi.

— Par les Ancêtres ! De quoi parles-tu ?

— Il a abusé de votre confiance, mère. Il ne peut pas en être autrement. Vous n'auriez jamais accepté de devenir sa complice de votre plein gré. »

Il met d'abord sa mère à l'abri des conséquences de ses actes, me dis-je, admiratif malgré moi de l'intelligence dont faisait preuve ce garçon si jeune.

« Réponds-moi, ordonna Lavnia. Qu'est-ce que tu as fait ?

— J'ai dit à la police tout ce que j'ai découvert.

— La police ne croit pas aux affabulations d'un enfant.

— J'ai dit aussi qu'il était arrivé sur Ramanouri sous l'identité d'un homme nommé Fulerage.

— Comment connais-tu ce nom ?

— Il l'a prononcé plusieurs fois pendant sa crise. J'ai fait une recherche sur le réseau, et j'ai découvert de qui il s'agissait. Il a été en contact avec père. »

Lavnia me jeta un coup d'œil rapide. Je répondis par un clignement de paupières. Voban avait une preuve à l'appui de ses déclarations, puisque Trenton était toujours sur Ramanouri. Je devais fuir sur-le-champ. Ma mission était bel et bien terminée.

« Puisque tu as tout révélé, la police cerne le bâtiment, n'est-ce pas ? » interrogeai-je.

Voban resta interdit, avant de secouer la tête.

« J'ai envoyé le message il y a cinq minutes. »

Juste avant de faire irruption dans la pièce. Une garantie pour le cas où j'aurais décidé de les éliminer, Lavnia et lui.

« Je ne tue pas les enfants, tu sais », lui dis-je d'un ton égal.

Voban rougit violemment.

« Mais tu ne pouvais pas le savoir, ajoutai-je. C'est peut-être mieux ainsi. Après tout, je n'aurais peut-être pas accompli ma mission. D'habitude, je ne tue que des assassins, et ton père… vaut mieux que ça. Mais sache que ma mission aurait en effet compromis le Dessein Sacré, au moins pour un temps. Tu es donc un héros, Voban. »

Je m'accroupis et refermai ma mallette. Je n'avais que cela à emporter, ainsi que le pistolet à aiguilles en nacre dans le coffre-fort. Quand je relevai les yeux, Voban était toujours là.

« Tu retrouveras ton père demain, exactement tel qu'il a toujours été. À présent, veux-tu nous laisser quelques instants ? »

Le garçon hésita. Un regard de Lavnia le décida, et il tourna les talons. Je le regardai partir.

« Un courageux petit homme. Avec lui, Olandmagren a du souci à se faire.

« — Olandmagren ? Ce sont eux qui t'ont envoyé ?

— Bah, ça n'a plus d'importance de le cacher, et rien ne pourra être prouvé de toute façon. La mission est un échec. Cela arrive parfois. »

Je n'avais que trop tardé. J'allai prendre le pistolet à aiguilles dans le coffre, puis enfilai un manteau. Lavnia me regardait faire sans réagir.

Je franchis la porte du bureau et commençai à descendre les marches qui menaient au hall d'entrée. Sur une impulsion, je me retournai. Depuis le seuil, Lavnia me contemplait, les bras ballants.

« Notre accord tient toujours, bien entendu », dis-je.

Arrivé à l'entrée, un serviteur m'ouvrit la porte. Au dernier moment, je me retins de le remercier, ce qui m'arracha un sourire involontaire : les us et coutumes ramanouriens se détachaient déjà de mon esprit, comme les pétales d'une fleur fanée.

Un bruit de pas précipités me rattrapa alors que je montais en voiture. C'était Lavnia. Elle se pencha à la portière.

« Fais-moi une promesse, me souffla-t-elle à l'oreille.

— Une promesse ?

— Promets de ne pas m'oublier. »

Je la contemplai, comme pour graver ses traits dans ma mémoire. Puis je prononçai, avec toute la conviction dont j'étais capable :

« Bien sûr, Lavnia. Je ne t'oublierai pas. »

15

Je kidnappai un Marchois qui se rendait dans le quar tier commerçant pour travailler. Je m'arrêtai dans un coin désert sur la rive de la Ramaniskare pour me transférer en lui, tandis que la mallette restituait son identité à Obred IV Donar Liuz. Auparavant, je lui avais ôté le souvenir des cinq fois où il avait frappé Lavnia. C'était tout ce que je pouvais faire pour elle... pour tous les deux.

Le Marchois s'appelait Othon III Galiria. Mais peu importait son nom, car ce n'était qu'un corps de transit. Tout comme mon hôte suivant, un modeste Ber employé au comptoir d'Olandmagren. Ces deux mues successives étaient amplement suffisantes pour brouiller les pistes.

L'accès aux dossiers de la Compagnie me permit de savoir quels cadres dirigeants étaient sur le point de partir. Je me transférai dans l'un d'eux, qui portait le nom de Gaenor Flutenert.

Ces changements rapprochés de corps m'éprouvèrent au niveau du recalage sensoriel. Pendant vingt-quatre heures, je subis des attaques de désorientation qui me laissèrent avec un mal de tête tenace. J'avais effectué les procédures de transfert avec la minutie habituelle. Mais pour la première fois peut-être, j'éprouvais quelque chose de nouveau vis-à-vis de la machine. Une sensation désagréable, proche de la répugnance, au contact du casque sur mon crâne. Être immortel, cela signifiait d'abord être lié pour l'éternité à la mallette.

Mon extraction de Ramanouri eut lieu trois jours plus tard, avant même qu'une enquête sur un complot contre Rudolf VI Fasileg n'ait été rendue publique – si jamais elle eut lieu.

Le hasard m'avait fait rencontrer Gaenor Flutenert dans un passé récent. C'était l'un des trois cadres qui avaient discuté avec Obred au cours de la soirée au sommet de l'arc Olandmagren. Je le reconnus immédiatement à sa griffe tordue, montée en pendentif.

Flutenert avait trente-huit ans. Il était doté d'un physique avantageux, qu'il cultivait par des séances quotidiennes de gymnastique. Lorsque je pris possession de lui, dans sa chambre d'hôtel, je m'injectai quelques-uns de ses souvenirs. Ceux-ci me donnèrent un aperçu de son indigence d'esprit. Flutenert était un pur produit de multimondiale, tout entier dévolu à son travail. Là où Obred s'était soumis à contrecœur à la hiérarchie renkunie, Flutenert s'était fondu avec délice dans celle d'Olandmagren. Il avait abandonné son prénom d'origine, Abinanda, pour prendre celui de Gaenor, et s'était éclairci la peau. Patiemment et sans génie, il comptait bien gravir les échelons de la réussite. Il enviait ses supérieurs et manifestait avec une discrétion étudiée son mépris envers ses subordonnés. J'avais déjà investi ce type d'individu. Il aurait fait un excellent geôlier de dictature, se réfugiant derrière l'autorité pour excuser ses séances de torture, de la même manière que Flutenert justifiait son recours aux très jeunes prostituées locales. Cela allait de soi : elles appartenaient au système, tout comme lui.

Je ne savais pas d'où lui venait sa griffe. Cette connaissance gisait dans les mémorias que je ne m'étais pas injectées. Mais à vrai dire, je n'avais aucune envie de le savoir. Je me contentai de l'ôter de mon cou.

La conséquence la plus immédiate de mon échec fut le remboursement de l'avance que m'avait faite Olandmagren. Je conservais dix pour cent de la somme, ce qui était tout de même considérable : de quoi voyager plusieurs fois entre les étoiles. Retourner sur Ast Salvation ne m'enchantait pas outre mesure. D'une part, je n'avais pas la moindre envie d'y croiser Leudel, même si ce dernier ne pouvait me reconnaître sous mes nouveaux traits. D'autre part, ce que m'avait dit Lavnia me revenait sans cesse à l'esprit.

N'y pense pas, me répétait une part de mon esprit, impérieuse. *C'est cela qui te détruit.*

Mais j'avais assez fui. Quelque chose me rongeait de l'intérieur. Ce n'était pas la hantise de ma propre mort, j'en étais en tout cas persuadé. Alors, quoi ? En plusieurs siècles d'existence, je ne m'étais jamais posé la question avec le désir vrai d'y répondre. À présent, je devais l'affronter. Ou, peut-être, disparaître.

Pourquoi cette impulsion de fuir absolument cette marée de ténèbres qui essayait de remonter à ma conscience ?

Je pris ma tête à deux mains. Au moment même où je me faisais ces réflexions, la voix en moi m'ordonnait de ne rien faire. *Tu survivras, comme tu as toujours survécu ! Ne te laisse pas amadouer par ce chant des sirènes.* Je sentis ma résolution s'effriter, comme chaque fois. Mais aujourd'hui, c'était différent. J'approchais du terme de mes incarnations.

Je devais l'affronter.

La nuit suivante, le cauchemar se manifesta, provoquant une longue crise qui me laissa le cœur au bord des lèvres, et les extrémités envahies par un bataillon de fourmis. Sur la fin, les souvenirs s'étaient réduits à une succession d'images incompréhensibles, d'émotions incontrôlées. Une terrible migraine martelait la face antérieure de mon crâne. J'avais espéré, sans vraiment y croire, que le cauchemar noir soit la conséquence de cette femme que j'avais aimée jadis et que je m'étais efforcé d'oublier. Mais elle n'était qu'un des souvenirs refoulés que le cauchemar poussait devant lui, comme une vague de fond faisant remonter des débris des profondeurs. La bête qui lacérait le patchwork de ma mémoire comme pour le mettre en pièces, rugissait tout au fond de mon cerveau. Mais j'étais incapable de comprendre ce qu'elle hurlait.

Je me levai de ma couchette en mousse qui avait manifestement subi un nombre conséquent de lavages. La lueur rouge de la veilleuse au-dessus de la porte suffisait à éclairer les recoins de ma cabine. La ventilation emplissait l'air d'un ronron rassurant. L'orbiteur géant qui m'avait extrait de Ramanouri portait le nom de *Kenji Kawaï*. Il n'avait pas la forme classique des cargos à spin, avec leur axe central le long duquel s'agglutinaient des containers et des modules d'habitation. Il évoquait plutôt une concaténation d'éléments assemblés sans aucun souci de cohérence. Cela dit, l'ensemble fonctionnait, on ne lui en demandait pas davantage.

Le *Kenji Kawaï* transportait neuf mille ouvriers vers

une obscure exploitation minière des Confins. Du bétail humain pour la Compagnie qui les y envoyait, et traité comme tel : ils partageaient d'immenses dortoirs en gravité nulle, leurs sacs de couchage accrochés le long de tringles comme des carcasses de porçons pendues dans une chambre froide. Ils prenaient leur nourriture à des distributeurs de PPb, et avalaient un sirop de calcium assimilable afin de combattre les effets de l'impesanteur. Aucun cependant ne songeait à se plaindre. Ils louaient plutôt leur Compagnie de l'opportunité qu'elle leur offrait de faire fortune, même s'ils savaient qu'un homme sur quatre ne reviendrait pas à l'expiration de leur contrat. Mais pour ceux qui retourneraient au pays, dans sept ans, c'était l'assurance d'un mariage avantageux.

Quelques-uns, plus curieux que les autres, m'apostrophèrent sur l'unique pont-promenade mis à la disposition des passagers. Mes réponses évasives suffirent à les décourager. Je craignais en outre qu'une crise ne me surprenne au beau milieu d'une conversation, et que la rumeur d'une maladie ne se propage. À bord d'un vaisseau hermétiquement clos pendant des semaines, la peur d'être contaminé pouvait conduire à des actes de violence, voire à des meurtres. On rapportait des histoires de malades expulsés dans l'espace, d'infirmeries dépressurisées sans autre forme de procès.

Les haut-parleurs diffusaient des informations en continu dans les corridors, éternelle litanie de petits succès et de grandes catastrophes. Je croisais plusieurs hommes vêtus différemment de la majorité des ouvriers. Ceux-là occupaient un dortoir à part. J'appris, en écoutant distraitement une conversation entre passagers dans l'un des réfectoires, qu'ils étaient au nombre de huit cents. Ils venaient d'une colonie au nom peu engageant de Stribog, une planète en proie à des troubles de population. Ils appartenaient à l'une des deux ethnies qui s'étaient partagé les territoires cultivables, jusqu'à ce que l'une d'elles se mette en devoir d'exterminer l'autre. Elle y avait presque réussi. Il ne restait plus qu'une petite enclave de survivants, d'où provenaient les huit cents jeunes gens. En s'engageant dans cette campagne d'exploitation dans les Confins, ils rapporteraient assez d'argent pour revenir chercher leurs compagnes et leurs enfants. Si du moins il restait quelqu'un à aller chercher.

Je cessai de m'intéresser à cette histoire. J'avais des soucis plus immédiats, à commencer par mes retours de mémoire. Je louai également un faisceau de communication au capitaine de l'orbiteur. Grâce à quoi j'établis une connexion sécurisée avec ma messagerie.

Aucune proposition ne retint mon attention. Les deux contrats qui auraient pu m'intéresser avaient été annulés récemment, sans doute à la suite de mon échec sur Ramanouri. Dans ce milieu, les nouvelles circulaient à la vitesse de la lumière.

Ma cabine jouxtait le pont-promenade. Celui-ci était en réalité un entrepôt semi-circulaire percé d'ouvertures menant aux différents ponts de service. Le seul aménagement de confort constituait en une baie vitrée ouvrant sur l'espace. Sur la gauche se discernaient une enfilade de modules géants, ainsi qu'un éventail métallique derrière lequel se trouvait une batterie de moteurs auxiliaires. On pouvait venir siroter un bulbe de thérouge amer, qui avait toujours un arrière-goût de brûlé. Pour le moment, tout ce qu'il y avait à contempler se limitait à un fond étoilé, ce qui n'était pas si mal. Le

Kenji Kawaï avait quitté l'orbite ramanourienne voici dix jours, pour émerger dans un système solaire qui se trouvait encore à quatre jours. Là, l'orbiteur géant ferait le tour de la planète agricole en récupérant la cargaison au passage, puis repartirait en direction de la Porte de Vangk en profitant de l'effet de fronde. Sa destination suivante serait un chantier spationaval où il livrerait son fret, un complexe orbital de modules d'habitation greffés à des armatures titanesques, des usines et des centrales solaires déployant leurs ailes arachnéennes sur des centaines d'hectares. Le bond suivant amènerait le *Kenji Kawaï* au point de destination des ouvriers, une lune orbitant aux limites de la chromosphère d'une étoile en expansion : un enfer surchauffé, où des usines mobiles devaient anticiper les jets de gaz et les geysers de métaux liquides fusant de vallées en fusion.

Je revenais du pont-promenade lorsque je sentis un début de crise. Je me hâtai, utilisant les encoches dans les parois afin d'aller plus vite. Enfin, j'arrivai devant ma porte. Une vieille serrure à ADN la fermait. Les bords de ma vision se tordaient à mesure que ma conscience lâchait prise. *Plus vite !* De l'autre côté de la coursive, l'un des passagers progressait dans ma direction.

Avant que j'aie pu apposer mon pouce sur la plaque sensible, je me recroquevillai sous la morsure brutale d'un souvenir.

Je repris et reperdis conscience trois fois d'affilée avant de revenir réellement à moi. La crise était terminée. J'étais allongé sur ma couchette. Quand je levai les yeux, quelqu'un se trouvait assis sur un tabouret, les bras croisés. L'homme n'avait pas plus de vingt-cinq ans. Ses cheveux étaient bouclés, ses yeux légèrement ovales et sa peau cuivrée. Son expression juvénile renforçait encore cette aura de jeunesse, qui n'était démentie que par des yeux sans âge. Je compris aussitôt qu'il faisait partie des Stribogiens en exil.

Je me grattai la tête d'un air gêné.

«Merci, dis-je. Une crise d'épilepsie m'a surpris alors que je rentrais…

— J'ai un frère épileptique, et ça ne ressemblait pas du tout à ce à quoi j'ai déjà assisté.

— Il existe de nombreuses formes d'épilepsie, rétorquai-je. Mais merci tout de même.»

Il me tendit la main.

«Je m'appelle Tomas Mavrine.»

Je la lui serrai.

«Obr… Gaenor Flutenert. Puis-je vous demander un service?»

Le jeune homme sourit largement.

«Oui, bien sûr, je n'en parlerai pas autour de moi.

— Oh. Eh bien, merci.»

Nous parlâmes encore quelques minutes avant qu'il prenne congé. Je le retrouvai trois jours avant l'arrivée en orbite de la planète agricole. Seul à une table du réfectoire, il sirotait une boisson mousseuse dans un gros biberon en plastique. En me voyant, il m'invita à m'asseoir.

«Vous saviez qu'ils arrivent à faire de la bière à partir du pnéophyte, sur ce rafiot? dit-il en faisant tourner doucement le liquide dans le biberon. Il paraît qu'ils en cultivent en serres hydroponiques qui occupent un demi-pont. Bon, on a l'impression de boire de la levure et c'est à moitié éventé, mais de toute manière, je ne m'attendais pas à déguster de la bière de veism… Ça vous dit ? »

Je ris de bon cœur.

« Ma foi, vous en faites une telle publicité que je crois que je vais me laisser tenter. »

Nous discutâmes longtemps (en effet, la bière était ignoble à souhait), et très vite, nous nous tutoyâmes. Il me rapporta la tragédie qui frappait les siens. Stribog, son monde natal, abritait deux ethnies, les Darousins et les Naskaris. Les premiers occupaient Stribog depuis deux siècles, les seconds depuis cent soixante ans. Les deux peuples avaient coexisté, les Darousins occupant la majorité des postes à responsabilité. Puis, lentement, les choses avaient dégénéré, les rapports s'étaient tendus. Jusqu'à la rupture, où six cent mille Naskaris avaient péri dans un génocide perpétré par les Darousins en l'espace d'une semaine. Aujourd'hui, il ne restait plus qu'une poignée de Naskaris, sommés de quitter Stribog avant dix ans.

« C'est de notre faute, dit Mavrine comme pour s'excuser. Nous n'avons pas vu venir ce qui allait nous arriver, alors que c'était évident. Les germes de la peur étaient semés depuis longtemps. Ce maudit colonel n'a eu qu'à moissonner. » Ses yeux pâles étincelèrent de pure haine. « Mais non, sa responsabilité est claire. C'est lui qui a commandité les assassinats de nos dirigeants pacifistes, lui qui a armé les milices et mené la politique de terreur… Le massacre de mes frères lui revient.

— Comment s'appelle-t-il ? » interrogeai-je à brûle-pourpoint.

Il me regarda sans comprendre.

« Batraz, colonel Batraz, répondit-il en crachant

presque ce nom. On aurait peut-être fini par s'affronter, nous et les Darousins. On ne s'aimait pas beaucoup de toute manière. Mais il n'y aurait pas eu ces massacres inutiles.

— Stribog appartient aux colons ?

— Non, bien entendu. La planète appartient à la Belford-Fabriki.

— Elle n'est jamais intervenue pour vous ?

— Les taxes continuent d'être versées, alors ça ne la concerne pas. Affaires intérieures, comme elle dit, même si elle a payé la moitié de notre voyage vers les Confins. »

J'attendis vingt-quatre heures avant de faire ma proposition à Mavrine. Je l'entraînai dans ma cabine, et lui dis :

« Je peux te venger de Batraz, si tu le souhaites. »

Mavrine me toisa avec méfiance. Puis il renifla.

« Tu comptes me vendre les services de mercenaires ? Il est trop tard, le génocide est accompli. Et je n'aurais pas d'argent pour les payer de toute façon. Je croyais que tu avais compris.

— Oui, c'est pourquoi il ne s'agit pas de ça.

— Alors, de quoi veux-tu parler ? »

Je le regardai en face.

« Écoute-moi bien, Tomas, car je ne répéterai pas ce que je vais te dire. De plus, mes révélations ne devront jamais sortir d'ici. C'est d'accord ?

— Pas avant de savoir ce que tu as à me proposer.

— Te débarrasser du colonel Batraz.

— Je t'ai dit que nous n'avons pas les moyens de…

— Je ne veux pas d'argent. »

Les yeux en amande du jeune homme s'agrandirent.

« Tu le ferais sans rien demander en échange ?

— Pas pour rien. J'aurai besoin de tes souvenirs. »

Une succession complexe d'émotions traversa le visage de Mavrine.

« Je ne comprends pas ce que tu veux vraiment, dit-il en secouant la tête. D'abord, tuer Batraz est impossible. Sa milice le rend intouchable, et il a tous les Darousins derrière lui. Et même si tu y parvenais, les premiers à pâtir de sa mort seraient les Naskaris parqués dans les camps.

— Pas si je t'explique comment je compte procéder. Mais pour cela, tu dois m'écouter jusqu'au bout, et ça va prendre un certain temps. »

Le jeune homme s'installa et croisa les bras sur sa poitrine.

« Je t'écoute. »

Mon récit fut plus bref que celui que j'avais fait à Lavnia. Cette fois, je me cantonnai aux lignes essentielles. Le regard de Mavrine changea, se fermant à mesure qu'il comprenait ce que j'étais.

« Tu es... un parasite, alors ? fit-il.

— Un parasite ?

— Comme un virus, qui s'introduit dans une cellule, et la transforme de l'intérieur pour qu'elle fasse ce qu'il veut.

— Il y a un peu de ça. Sauf que moi, je ne tue pas mon hôte quand j'en ai fini avec lui. Je lui rends son identité, moins quelques souvenirs.

— À supposer que tu dises la vérité, qu'est-ce que cela a à faire avec moi ? »

J'ouvris la bouche, et m'aperçus qu'elle était sèche. Ce que j'allais dire scellerait mon propre destin. Je déglutis longuement, puis :

« J'arrive au terme de mes existences. Il semble que

la copie de moi-même dans tant de corps différents ait fini par m'altérer. Peut-être s'agit-il d'un processus déclenché dès le début par la mallette elle-même, ou quelque chose que je portais en moi… Peu importe. Le fait est que ça ne peut plus continuer comme ça. J'ai décidé de me fixer dans un corps une bonne fois pour toutes. »

Je poursuivis, ignorant la lueur de compréhension qui pointait dans son regard.

« Ton colonel fera l'affaire. Quelqu'un qui a organisé un génocide ne manquera pas à beaucoup de monde. Lui, je n'aurai aucun scrupule à l'éliminer. »

Un vague sourire commençait à incurver les lèvres du jeune homme.

« Tu vas pomper mes souvenirs pour tout connaître de Stribog ? demanda-t-il soudain.

— C'est exact. Connaître Stribog comme si j'y étais né. Tu as des amis là-bas, je suppose. Cela me sera utile de les connaître. »

Mavrine hésitait toujours.

« Pourquoi fais-tu ça ? dit-il enfin. Tu pourrais prendre n'importe qui pour finir tes jours dans un corps. L'homme que tu habites, par exemple. »

Je haussai les épaules.

« Je n'ai jamais fait preuve d'une morale à toute épreuve au cours de mes nombreuses vies. Mais disons que je ne veux pas finir sur un simple vol. Et pour une cause que j'aurai choisie, pour une fois. »

J'avais improvisé cette réponse. Je me rendis compte avec surprise qu'elle sonnait juste à mes propres oreilles.

Mavrine ferma brièvement les yeux. Je le vis rassembler son courage pour déclarer :

« J'accepte, à une condition… »

Je fronçai les sourcils, mais il poursuivit :

« D'après ce que tu m'as dit de cette machine, il doit être possible d'échanger nos esprits, n'est-ce pas ?

— Exact.

— Alors, faisons-le. Prends mon corps en échange du tien.

— Non. C'est trop risqué.

— Comme tu le dis, j'ai des amis sur place. Dans mon corps, tu auras plus de chances de te faire aider.

— Ton corps risque de m'apporter plus d'ennuis que d'avantages.

— Pour toi, cela ne changera pas grand-chose, non ? Tu n'auras qu'à quitter mon corps quand tu te sentiras en danger. Pour moi, cela change beaucoup de choses.

— Quoi donc ? »

Il détourna le regard avant de répondre :

« Là où je vais, les conditions de travail sont si dures qu'un homme sur quatre ne rentrera jamais… à supposer qu'on autorise les survivants à le faire. Je ne reverrai jamais ma patrie. En te confiant mon corps, je serai sûr qu'il reposera sur Stribog.

— Si je dis oui, tu réalises les conséquences de l'échange, pour toi ? Tu seras condamné à vivre dans un corps étranger pour le restant de tes jours. »

Il hocha la tête. Je posai la main sur son épaule et la pressai une fois, en guise d'assentiment.

Très bien. C'est ta décision.

Pour Gaenor, mon ancien hôte, cela compliquait les choses, évidemment. Il devrait attendre une prochaine incarnation. C'était un sacrifice que je lui imposais, mais je ne pouvais pas l'éviter.

J'expliquai la procédure à Mavrine. Afin de lui ôter

toute crainte, je lui injectai une mémoria d'un des souvenirs agréables que je conservais. Je regardai l'ébahissement se peindre sur ses traits alors même qu'il se souvenait d'un événement qu'un autre homme – un enfant, en l'occurrence – avait vécu. Il retira lui-même le casque de son crâne. Ses yeux flamboyaient.

« C'est extraordinaire ! Tous ces souvenirs que l'on pourrait capturer pour l'éternité ! On a l'impression que l'humanité tout entière pourrait tenir dans…

— Il n'existe qu'un seul exemplaire de cette machine dans tout l'univers, coupai-je. Quant à ce que je t'ai donné à voir, c'était un souvenir plaisant. Tu es bien placé pour savoir qu'il y a d'autres sortes de souvenirs. Je peux même t'affirmer qu'en dehors de ceux de l'enfance, ce sont surtout les souvenirs déplaisants qui dominent. »

L'enthousiasme disparut de son visage. Soudain, il avait l'air d'avoir vieilli de dix ans.

« Je vais troquer mon corps et mon identité, sans aucune garantie. J'espère que je peux te faire confiance.

— Rassure-toi, j'éliminerai Batraz, ou du moins sa conscience.

— Comment saurai-je que tu as réussi ?

— Tu n'auras qu'à te tenir au courant des nouvelles de Stribog sur les téléthèques publiques. Si on annonce la disparition inexplicable du colonel Batraz, tu sauras que j'aurai réussi. »

Brusquement, il m'agrippa le bras.

« Mais au fait ! Puisque pour tout le monde, tu seras Batraz, pourquoi ne pas en profiter pour rectifier l'ordre des choses ? Tu pourrais sauver ce qui reste de mon peuple, tu pourrais…

— Je ne ferai rien.

— Mais…

— Je ne suis pas un justicier, Tomas, et je n'ai aucune intention d'en devenir un. Tout ce que je ferai, c'est venger ton peuple en éliminant son bourreau. Notre marché s'arrête là. Si tu es toujours d'accord. »

Mavrine n'était pas un homme violent ou emporté. Sa réaction se limita à un affaissement imperceptible de ses épaules.

« D'accord, dit-il enfin. Que va-t-il se passer, après le transfert ? »

Tout se déroula conformément à mes indications : nous échangeâmes nos corps la veille de l'arrivée sur la spatiocénose d'où je pouvais repartir en direction de Stribog. Je me retrouvai dans le corps de Tomas Mavrine, tandis que celui-ci s'incorporait en Gaenor Flutenert. Ce faisant, le jeune homme perdait douze ans de vie. Cela faisait partie de son sacrifice. Je lui offris assez d'argent pour recommencer une nouvelle vie, mais il refusa.

« Pour moi, me dit-il, rien n'a changé. Je suis toujours au service de mon peuple. Je vais m'engager dans la Compagnie.

— Prends toujours l'argent. »

Il accepta, finalement, et nos adieux se limitèrent à une poignée de main.

Je me dirigeai vers le sas d'accès à la station orbitale. Je le fis pendant la période nocturne, évitant ainsi les autres Stribogiens, qui m'auraient obligé à inventer une justification à ma subite défection.

Je sortis du sas d'accès, ma mallette à la main, le sac de Mavrine dans l'autre. Je me trouvais sur Donovoia Kvin, un tore de soixante kilomètres de diamètre gravitant autour d'une planète massive, dans un système à deux soleils. J'appris que le prochain orbiteur pour Stribog ne passerait pas avant huit mois. Pour l'attraper, je devrais d'abord me rendre sur Donovoia Duo, une spatiocénose jumelle, sur une orbite extérieure. Les formalités administratives d'admission étaient strictes, de sorte que je demeurai dans la zone de transit pendant deux jours. On consentit enfin à me libérer dans le gigantesque espace intérieur du tore.

Par l'une des vastes baies vitrées qui quadrillaient le ciel, je regardai le *Kenji Kawaï* accélérer vers la Porte de Vangk. Tomas Mavrine, sous sa nouvelle identité, y poursuivait son existence.

Quant à moi, j'espérais bien briser le cycle de celles qui avaient été les miennes jusqu'à aujourd'hui.

Troisième partie

16

Donovoï : un globe brun-rouge semé de mers d'un beau vert émeraude. Sa masse excessive la rendait impropre à l'occupation humaine, mais elle n'en abritait pas moins une vie indigène, d'impressionnants dômes de coraux multicolores fleurissaient sur les côtes. L'espèce dominante consistait en un lézard volant répondant au nom d'anguide, dont les ailes étaient en réalité de minces battoirs chitineux. L'anguide faisait onduler ceux-ci le long de son corps articulé. La pesanteur de la planète géante ne lui avait pas permis de se doter de pattes, lesquelles se seraient brisées à l'atterrissage. À la place, il avait développé une poche ventrale striée, qu'il gonflait et dégonflait à sa guise.

Mais la vie indigène n'intéressait pas le consortium propriétaire de Donovoï. La seule chose qui l'intéressait était ses ressources minérales. La pesanteur double induisait une altérition telle que l'entretien d'une colonie humaine aurait été voué à l'échec. Cinq spatiocénoses assuraient le peuplement du système solaire requis par la législation. Il s'agissait de tores remplis d'air aux parois indestructibles, que les premiers arrivants humains avaient découvert en explorant ce système solaire. Un autre legs des mystérieux Vangk. Les colons amenés par le consortium les avaient aussitôt investis. Sur Donovoï, on n'avait installé qu'un avant-poste scientifique au pôle Nord. D'énormes drones pilotés depuis des satellites géostationnaires s'occupaient de forer, de raffiner et d'envoyer en orbite les éléments lourds. Des cargos à spin minéraliers les acheminaient ensuite jusqu'aux gigantesques chantiers spationavals de la Couronne.

La vie était douce sur les cinq tores de peuplement qui profitaient de cette manne depuis bientôt trois quarts de siècle. Ceux-ci servaient en outre de nœuds de transit et de sièges de sociétés commerciales offshore. Donovoia Kvin était le plus peuplé des tores. Il offrait une pesanteur idéale de 0,9 g et un recyclage d'air presque gratuit. Une faune hétéroclite s'y croisait sans se heurter : un fort niveau de vie associé à une législation libérale sur les mœurs assurait une stabilité qui encourageait les affaires. Ce cercle vertueux durerait tant que les drones miniers continueraient d'envoyer les cargaisons de minerais en orbite.

J'avais eu huit mois pour accumuler ces informations sur Donovoï. J'avais également profité de mon temps pour me renseigner sur ma destination. J'évitais au maximum de faire appel aux souvenirs de mon hôte, forcément subjectifs. Plus tard, quand je l'estimerais utile.

Il me fallut insister pour dénicher des informations sur Stribog : un monde habitable, mais sans grand intérêt. L'une de ces innombrables planètes de la Couronne auxquelles il faudrait un bon demi-siècle pour se hisser à un niveau de richesse et de culture convenables. En attendant, Stribog demeurait un terrain de chasse pour aventuriers et autres apprentis dictateurs.

Le colonel Batraz était l'un d'eux. Sur les téléthèques publiques, les reportages sur le personnage étaient rares, et les mêmes images revenaient sans cesse : un officier engoncé dans un uniforme rutilant aux épaulettes d'argent, paradant dans une voiture qui remontait une avenue bondée d'une foule hurlante agitant des fanions. Une voix off dépeignait Batraz comme « un militaire éclairé, assez fin stratège pour manier l'opinion publique et lui faire prendre la voie du nationalisme ethnique ». Inutile d'être soi-même fin stratège pour ne pas deviner la propagande qui se dissimulait derrière cette rhétorique de bazar journalistique. Un seul article laissait entrevoir la vérité, évoquant en termes prudents le génocide naskari qui avait eu lieu deux ans plus tôt. Il montrait également que toute opposition au régime avait disparu en un temps record. Les Darousins faisaient corps avec la milice, laquelle était l'émanation de la volonté personnelle de Batraz.

En annexe se trouvait un historique du colonel. À dix-sept ans, Ashariel Batraz s'était fait un nom en prenant la direction d'une milice darousine dans une ville frontalière. Sa première décision avait été d'accepter dans sa milice quelques éléments naskaris. Cela lui avait donné la réputation d'être un partisan de la paix entre les deux communautés. Batraz en avait profité pour gravir les échelons militaires, puis pour s'introduire en politique. Mais la multimondiale qui avait fondé la colonie de Stribog n'aimait guère voir un militaire servir si ouvertement ses propres intérêts. Elle avait instauré un régime mixte qui avait torpillé Batraz. Ce dernier en avait conçu une haine farouche pour les «traîtres modérés» et avait commencé à prêcher le séparatisme. Il avait organisé des pogroms en sous-main, fait assassiner les partisans du rapprochement ethnique. La peur nourrissait son pouvoir. Le génocide naskari n'avait été que la conclusion logique de ce lent pourrissement.

L'article était agrémenté de fichiers vid montrant un militaire bardé de médailles aux divers stades de sa prise de pouvoir. Certaines séquences n'étaient plus disponibles, car les droits avaient été retirés : le colonel n'appréciait pas certaines formes de publicité. C'était un homme massif aux traits grossiers, un peu rougeaud, doté de grandes moustaches tombantes. À ses éclats de rire tonitruants et ses colères énormes, on le devinait tout entier tourné vers l'action. Batraz possédait, en guise d'intelligence, cet instinct de prédateur qui le poussait à profiter du sens du vent. Certains, pour arriver à leurs fins, empruntaient la voie mafieuse, d'autres la finance. Batraz, lui, avait choisi celle du populisme armé.

À l'annonce de l'arrivée du *Barbot*, je me rendis sur Donovoia Duo via une navette intra-système. Le *Barbot* était un tanker de trop faible tonnage pour nécessiter un spin. L'avant tout entier pivotait sur lui-même, créant une gravité de 0,22 g. Il transportait des passagers, mais aussi des marchandises à forte valeur ajoutée : mobilier d'art, sculptures et bas-reliefs, machines industrielles de haute technologie, etc.

Je me présentai à l'embarquement. Une employée de la Compagnie me fit gribouiller une signature numérique sur un pad. Elle arborait un uniforme bicolore qui rappelait, à dessein, les antiques combinaisons spatiales pressurisées.

« Tomas Mavrine ? demanda-t-elle d'un ton blasé.

— Oui, c'est moi.

— Vous vous rendez sur Stribog ?

— C'est exact.

— Ainsi que le stipule notre contrat, récita-t-elle, je dois vous signaler que cette planète n'a été pacifiée que récemment. Nous y larguerons une nacelle, mais le reste sera à vos risques et périls. C'est entendu ? »

Visiblement, elle n'avait pas lu que j'étais originaire de ladite planète, et en quoi avait consisté cette pacification. Je hochai la tête.

« Veuillez confirmer verbalement, insista-t-elle.

— Je comprends et approuve.

— Bienvenue à bord, monsieur. »

Un sphincter se referma derrière moi. Ma mallette à la main, je progressai le long d'un intestin translucide qui reliait le terminal d'embarquement à l'orbiteur. On pouvait distinguer la coque à travers le boudin gonflé d'air. Celui-ci aboutissait à un sas dans lequel je m'engouffrai. Je me soumis aux procédures habituelles de désinfection, ordonnées par une voix synthétique sortant des murs. Récuré et purgé, je fus autorisé à pénétrer dans le *Barbot*.

Le voyage jusqu'à Stribog durerait une quinzaine de jours. Je gagnai ma cabine en passant par des coursives périphériques. Là, je dormis tout mon saoul. Quand je me réveillai, bâillant et de bonne humeur, le *Barbot* avait quitté son ancrage depuis six bonnes heures.

Je me rendis aux quartiers communs situés à la proue. Ceux-ci tapissaient les parois d'une immense sphère pivotant autour de l'axe central. J'y découvris avec ébahissement un arbre d'une vingtaine de mètres de haut, qui en occupait le centre. Il suffisait de lever les yeux pour admirer son imposante frondaison déployée dans la microgravité. Le tronc était dans l'alignement du vaisseau, il apparaissait par conséquent horizontal aux yeux des spectateurs. Il s'enracinait dans un énorme bloc de mousse brune scellé au fond de la sphère, qui devait contenir tous les nutriments nécessaires et assurer une humidité suffisante aux racines. Image poétiquement absurde d'un arbre qui aurait poussé sur un astéroïde miniature…

Je hélai un membre d'équipage.

«Oui, monsieur?

— Cette plante, c'est une nouvelle manière de recycler l'oxygène?

— Ce serait une manière plutôt archaïque… et peu efficace, répondit l'autre sans se départir de son sérieux. Non, cet arbre vient du Berceau. C'est un chêne. Il est l'emblème de la Compagnie de transport qui possède le *Barbot*.

— Il y a un chêne vivant dans chacun de vos vaisseaux?»

L'homme sourit poliment.

«Le *Barbot* est le premier orbiteur de la flotte. Un spécimen suffit: c'est une grosse perte, en termes de masse emportée et de volume. Sans compter l'entretien.»

Je le comprenais sans peine. Il avait fallu des siècles pour développer des systèmes efficaces pour recycler tout ce que l'être humain perdait en transpiration, peaux mortes, excréments… Une telle masse végétale devait produire d'énormes quantités de déchets.

«Alors, pourquoi le conserver?

232

— Regardez-le. Il n'est pas magnifique ? »

Je levai à nouveau les yeux. La microgravité gonflait la frondaison, et chaque feuille paraissait l'éclat d'une explosion figée. Il était beau, c'est vrai. Les feuilles d'un vert cru délicatement nervurées, l'écorce pareille à l'épiderme parcheminé et crevassé d'un mastodonte… Mais j'avais admiré des plantes tout aussi belles dans les derniers mondes que j'avais visités.

L'homme avait bien évidemment la réponse à sa propre question.

« La beauté se trouve partout dans l'univers, mais cet arbre nous permet de ne jamais oublier d'où nous venons. Ce n'est pas un chêneverme d'Arago, ni un chêne gaozar de Lameria, ni même un chêne génétisé de Petite Terre : c'est un chêne. » Il se toucha la poitrine, et ses yeux flamboyèrent. « Il me relie au Berceau par-delà l'espace et le temps. Il continuera d'exister après ma mort. »

Moi aussi je vais mourir, songeai-je alors, peut-être pour la première fois depuis que j'avais pris ma décision. *Je disparaîtrai et cet arbre me survivra. Est-il plus important que moi pour autant ?*

À présent, je savais qu'il n'en était rien. En redevenant mortel, j'avais au contraire acquis une valeur dont j'avais été dépourvu jusqu'alors.

« Vous n'avez pas l'air d'approuver ce que je dis », fit remarquer l'homme sans cesser de sourire.

Je songeai à mentir, mais à la dernière seconde, je secouai la tête.

« Je me disais que pour représenter la longévité et la puissance, on choisit souvent un arbre. Pourtant, eux aussi finissent par mourir. Et il est si facile de les trancher au pied.

— Qui oserait couper un chêne aussi magnifique ? »

Moi. Moi, je le pourrais, répondis-je en mon for intérieur.

Le *Barbot* repartait déjà vers la Porte de Vangk pour son prochain saut, alors que ma nacelle d'atterrissage entrait à peine dans l'atmosphère de Stribog. L'écran afficha une dernière fois la courbure de la planète avant que les boucliers n'occultent les caméras extérieures. C'était un globe montagneux que baignaient deux océans séparés. Les terres arables s'étaient avérées peu nombreuses, et les rapports de prospection n'avaient pas fourni de résultats assez probants pour lui permettre de s'insérer dans la vaste économie galactique.

Je cessai de regarder les informations qui défilaient sur mon écran pour me laisser aller sur mon siège. J'étais solidement sanglé, et le pilote automatique s'occupait de tout. Je venais de lui injecter un virus reprogrammant chargé de simuler un accident. Au sol, la tour de contrôle de l'astroport enregistrerait que la nacelle immatriculée BAR-CZD-371589 avait flambé dans la stratosphère suite à une avarie de son bouclier. Elle atterrirait en réalité à quatre kilomètres de la capitale, rebaptisée Asharielpolis six mois plus tôt.

Vingt minutes plus tard, je sortis dans une forêt sombre. Le sol fumait encore lorsque je sautai du sas entrouvert de la nacelle. Dans sa chute, celle-ci avait percé une voûte de fibres végétales blanchâtres léopardées de noir. Je levai les yeux vers la trouée. Les troncs s'évasaient et semblaient se dénouer en fibres, lesquelles se rejoignaient pour former cette voûte en toile d'araignée. À partir de quatre mètres de hauteur, il devenait impossible de distinguer les troncs entre eux.

Je humai la fragrance de cette nouvelle planète. L'air était piquant, très oxygéné. Le surplus d'énergie que j'en retirais compensait la gravité à laquelle je m'étais déshabitué. J'empoignai ma mallette, puis me dirigeai vers le nord. Comme prévu, la nacelle s'était posée à la lisière de la forêt. Au bout d'un quart d'heure, j'émergeai à l'orée d'un vaste champ de chivre.

Je me retournai un instant vers la forêt, ou plutôt l'entité végétale monstrueuse, envahissante, mais qui respectait les limites qu'elle s'était elle-même fixées.

Puis, je m'enfonçai dans le domaine des hommes.

Une route passait au bout du champ de chivre. Je me mis à la remonter, le long d'un profond fossé. Un panneau indicateur se dressait à une centaine de mètres. Par-dessus l'inscription d'origine, on avait badigeonné :

Asharielpolis – 5 KM

À l'ouest, une majestueuse cordillère courait d'un bout à l'autre de l'horizon. Des nuages blancs flottaient dans l'azur comme des pétales de fleur de chivre à la surface d'un étang.

Tout en marchant, je réfléchissais. D'après les souvenirs de Mavrine, Batraz avait instauré la loi martiale sur la planète tout entière, et ce régime d'exception s'appliquait également aux Darousins. Le gouvernement était à ses ordres. Ses milices faisaient office de force de maintien de l'ordre et de police politique. Parfois, elles opéraient des incursions meurtrières dans le ghetto naskari, mais elles patrouillaient aussi dans les quartiers darousins. Ce qui signifiait que tant que je n'aurais pas investi un Darousin, je pouvais être arrêté et exécuté sur-le-champ par des miliciens. De plus, mon physique naskari ne tromperait personne. Les Darousins, eux, avaient la peau olivâtre, des cheveux noirs et raides. En outre, leurs yeux n'étaient pas bridés. Les deux ethnies avaient une longue histoire commune, qui remontait à la colonisation d'une autre planète. Mais elles ne s'étaient que très rarement mélangées.

Au bout de deux kilomètres, un bruit de moteur me jeta dans le fossé. Un instant plus tard, un camion passa à toute allure, faisant voler les graviers du bas-côté. Je ne me relevai pas avant qu'il fût réduit à un point.

J'arrivai dans les faubourgs d'Asharielpolis une heure plus tard. J'étais fatigué, l'estomac me tiraillait. Je possédais une ligne de crédit accessible à partir de n'importe quel terminal de téléthèque, mais je voulais éviter de m'en servir. Les terminaux devaient être sous surveillance électronique, c'était le B.A.-BA de toute dictature. Tant pis, je pouvais me passer de manger pendant quelques heures.

Je me glissai dans les ruelles de ce que j'identifiais comme la vieille ville. Par chance, il n'y avait pas beaucoup de monde sur les trottoirs, et les gens regardaient droit devant eux. Toutes les maisons étaient intactes, toutefois les portes de certaines d'entre elles avaient été peintes en noir. Des maisons naguère habitées par des Naskaris. Curieusement, on ne les avait pas démolies, ou simplement murées. Même leurs fenêtres n'avaient pas été brisées. Peut-être appartenaient-elles à présent au gouvernement, ou aux milices de Batraz. Voire à Batraz en personne. La mémoire de Mavrine ne me fournit aucune explication sur ce point. Elle m'indiqua en revanche où avaient été regroupés les Naskaris survivants des massacres : dans un grand camp de tentes érigé à l'est de la ville. Quelques hectares entourés de barbelés et cernés par un champ de mines antipersonnelles.

Je n'avais pas l'intention de m'y rendre. Du reste, à quoi cela servirait-il ? Je ne pouvais rien faire pour ces gens. Rien d'autre qu'éliminer l'artisan de leur perte.

Et cela, ils ne le sauraient jamais.

Il me fallait attirer un milicien quelque part, puis me transférer en lui. C'était la seule manière de rencontrer un des proches du colonel Batraz. Mais comment faire ? Je n'avais pas d'armes. Et pour que je puisse me rendre maître de ma proie, il devrait être seul. Un souvenir de Mavrine me donna la solution. *Les officiers supérieurs ne logent pas en caserne.*

Ils avaient leur maison en plein cœur de la ville, où vivait leur famille. Je choisis une rue donnant sur une grande avenue. En me dissimulant derrière un muret qui cernait un parc désert, je pouvais observer les allées et venues.

Là, je me mis à attendre. La faim me tenait éveillé par les gargouillis qu'elle produisait au fond de mon estomac. Dès que j'entendais un véhicule déboucher dans la rue, je m'accroupissais et risquais un œil.

À la tombée de la nuit, j'avais localisé la demeure de trois miliciens. Deux d'entre eux étaient pères de famille nombreuse. Le dernier semblait célibataire. Je n'avais en tout cas vu ni femme ni marmaille l'accueillir. Peu après, une voiture aux insignes de la milice stoppa dans un grincement de freins. Une femme enveloppée dans un long manteau en sortit – ou plutôt, en fut expulsée. Elle entra dans la maison, et réapparut une heure plus tard. La voiture, qui n'avait pas bougé, repartit aussitôt. Chez un autre officier, sans doute.

Jolie organisation. Ils pourvoient même leurs hommes en prostituées.

À supposer que cette femme ait eu le choix de son client, ce qui m'aurait étonné.

Je me dirigeai vers la demeure de ma proie. La maison à deux étages, assez luxueuse, devait avoir appartenu à une famille naskarie aisée avant d'être réquisitionnée. Même un officier supérieur n'aurait pu se la payer.

Je sonnai. La maison ne paraissait pas avoir de système domotique, car l'officier vint m'ouvrir en personne. C'était un homme d'une trentaine d'années, les cheveux noirs tombant comme des baguettes, un nez de fouine. Son menton et ses joues étaient criblés des cratères d'une ancienne maladie de peau. Il n'avait pas quitté son pantalon d'uniforme, mais avait changé de chemise. Au bout de son bras pendait un gros pistolet à induction. Il ne le braquait pas sur moi, ce qui indiquait à quel point les miliciens se sentaient en sécurité au sein de la population civile.

« Quoi, qu'est-ce que tu veux ? grogna-t-il.

— On m'a chargé de vous remettre un cadeau.

— Quoi ? Si c'est encore une idée de… »

Il s'interrompit en remarquant enfin mes traits naskaris. Avant qu'il ait pu pointer son pistolet, j'enfonçai ma main, doigts serrés et tendus, dans son abdomen au niveau du foie. L'effet fut instantané : il s'écroula, le souffle coupé, privé de force. Je n'eus qu'à m'avancer et refermer la porte derrière moi. J'écrasai son poignet avec mon pied afin de récupérer son arme. Puis je posai ma mallette sur un guéridon carré.

Le désordre qui régnait dans la pièce ne m'étonna pas outre mesure. Une véritable porcherie. Je retournai auprès du milicien, lui tirai les bras dans le dos pour l'entraver. Le coup que je lui avais donné ne faisait pas perdre conscience, il privait seulement de force pendant quelques instants.

C'est alors que je sentis venir une vague de souvenirs remonter des tréfonds. Les bords de ma vision se décolorèrent, comme si la réalité se décollait de ma rétine.

Non, pas encore !

Si elle survenait maintenant, je serais forcé de tuer cet homme tout de suite. Je ne pouvais prendre le risque de le laisser, même entravé, le temps d'une crise qui pouvait durer plusieurs heures. Je plaquai la gueule du pistolet sur sa nuque.

Le temps parut se suspendre. Puis, ma vision redevint claire. Les souvenirs refluaient. Je reposai l'arme à côté de moi. Il l'avait échappé belle.

« Ordure, bâtard de Naska, balbutiait le milicien. Comment tu as pu t'évader du camp ? Tu es déjà mort, tu entends, et ta famille avec ! Et les amis de ta famille… »

Je l'interrompis en serrant plus vigoureusement les liens de ses poignets.

« Épargne ta salive. Et puis, ne dis pas trop de mal des Naskaris. Après tout, tu ne vas pas tarder à en devenir un toi-même. »

Il me fixa comme si j'étais devenu fou, ce que je comprenais tout à fait. Mais en voyant mon expression dénuée de peur, il se tut. Sans doute n'avait-il vu, depuis les massacres, que des regards terrifiés lorsqu'il croisait un Naskari au long de ses patrouilles.

« Écoute, commença-t-il. Qu'est-ce que tu veux exactement ? Me tuer ne résoudra pas…

— Quel est ton nom ?

— Mon nom ? » Son visage laissa percer une lueur d'espoir. « Je m'appelle Borin Jovorak. J'ai une famille, tu sais, une femme… »

Je le fis taire d'un geste.

La logique que j'avais toujours appliquée voulait que je transfère l'esprit de Gaenor Flutenert, mon précédent hôte, à l'intérieur du corps dont j'allais me séparer pour prendre celui de ce milicien. Mais les règles qui avaient prévalu pour préserver la continuité de mon existence n'avaient plus cours. Je les avais brisées en acceptant d'échanger mon corps avec Tomas Mavrine. Et Gaenor ne méritait pas de revivre dans la peau d'un Naskari.

En revanche, ce milicien ferait parfaitement l'affaire. Se retrouver dans le corps d'une de ses victimes potentielles… En un autre temps, cette pirouette du destin m'aurait follement amusé. Aujourd'hui, cela ne m'emplissait que d'une vague satisfaction : celle de payer une dette, le sacrifice qu'avait consenti à faire Tomas Mavrine.

Je me restaurai, me lavai, et pris le risque de me reposer une heure sur un fauteuil, après avoir ligoté et bâillonné ma victime.

Lorsque je me relevai, je me sentais un autre homme. J'allai me soulager, puis revins auprès de mon prisonnier.

Borin avait repris du poil de la bête lorsque je lui retirai le morceau de torchon de sa bouche. Il devait avoir senti que je ne le tuerais pas, car il m'abreuva aussitôt d'injures – jusqu'à ce que je lui replace son bâillon. Je me penchai à son oreille.

« Écoute ce que j'ai à te dire, Borin. Cela te facilitera les choses. Je n'ai ni le temps ni la patience de t'expliquer en détail les tenants et les aboutissants du transfert de personnalité. Un bref résumé de la situation suffira. Ensuite, tu devras te débrouiller tout seul. »

Il m'enjoignit d'un geste de lui ôter son bâillon.

« Bordel, je ne comprends pas un traître mot de ce que tu dis !

— Aucune importance. Sache que tu vivras. Maintenant, dis-moi : tu as une pharmacie avec un sédatif ?

— À l'étage. Mais pourquoi… »

J'allai les chercher. Ils s'administraient par voie orale, et faisaient effet en un quart d'heure. J'achevai les préparatifs du transfert en sanglant les casques de la machine sur son crâne et sur le mien, puis en lançant un scan de nos cerveaux respectifs. Le milicien crut que je m'apprêtais à le torturer, et commença à se débattre. Je le rassurai en lui expliquant ce qui allait se passer. Sans lui dire toutefois dans quel corps il se réveillerait : cela l'aurait terrorisé et j'aurais récupéré un organisme saturé d'adrénaline.

Bip ! émit la mallette. Les scans cérébraux étaient achevés et enregistrés dans les entrailles mystérieuses du boîtier jaune.

Je fis avaler à Borin un sédatif à court terme. J'attendis dix minutes, puis en pris un à mon tour. Je desserrai ses liens, et refis un nœud que moi seul savais délier. Puis, au cas ou Borin s'éveillerait avant moi, je m'attachai moi-même, préparant le nœud à l'avance puis serrant la corde avec mes dents. Le même nœud marin impossible à défaire, si l'on ne connaît pas le truc.

Je m'allongeai à son côté. Le transfert pouvait commencer.

17

Le transfert s'acheva deux heures avant le lever du jour.

«Tu es un démon!» criait Borin en se tordant dans ses liens.

Ses yeux exorbités ruisselaient de larmes. Je retirai le casque de son crâne, puis essuyai le gel que j'avais étalé sur ses tempes pour faciliter le transfert des mémorias.

Je lui avais injecté tous les souvenirs de Tomas Mavrine. À présent, il savait de l'intérieur ce qu'avait ressenti l'une des personnes que lui et ses comparses avaient pourchassées, violées ou massacrées. Et envers lesquelles il n'avait jamais éprouvé le moindre remords, comme en témoignaient ses souvenirs, que je venais d'intégrer.

Pour Borin, les Naskaris ne méritaient pas d'être qualifiés de personnes. C'étaient des animaux nuisibles, dont il convenait de nettoyer Stribog. Des réminiscences me parvenaient des exactions qu'avait commises le milicien. Pour purifier Stribog, et parfois aussi pour le sport. Comme ce gamin, qui courait dans une rue après son chien : un animal, à la poursuite d'un autre animal.

*J'*avais tué d'une balle dans la tête cette vermine naska-rie, avec le sentiment d'accomplir mon devoir. J'avais débarrassé Stribog d'un élément de corruption – et j'avais épargné le chien. En outre, j'avais sûrement débarrassé la société d'un futur terroriste. Pourquoi des remords ? J'agissais de façon juste.

À présent, Borin était Tomas Mavrine. Et moi j'étais Borin Jovorak, sergent-chef de la Milice régulière du quatrième district sud d'Asharielpolis.

« Pourquoi tu m'infliges ça ? répétait Borin pour la troisième fois.

— Tout simplement parce que j'ai besoin de ton corps. Allez, debout, Tomas Mavrine. On rentre au camp. »

Je libérai ses jambes, puis l'aidai à se relever. Il se planta au milieu de la pièce, vacillant sur ses pieds.

« Tu me laisses en vie ? Je vais raconter ce que tu m'as fait ! Tu ne t'en sortiras pas ! »

Je hochai la tête. Il aurait eu raison, si cela n'avait été ma dernière mission. Jamais je n'aurais pris un tel risque. Mais aujourd'hui, c'était différent.

Aujourd'hui, tout était possible.

« Raconter quoi ? répliquai-je. Qu'on a échangé nos esprits ? Personne ne croira un Naskari revenu illégale-ment sur Stribog. Rien qu'à cause de ça, on t'exécutera sans l'ombre d'un procès. D'ailleurs, qui te croirait tout court ? La technologie contenue dans ma mallette est inconnue. Elle n'est probablement même pas d'origine humaine. N'importe quel scientifique sait que déplacer un esprit dans un autre cerveau est impossible. »

Pour plus de prudence, je lui fis avaler un calmant avant de le bâillonner. Puis je lui attachai une corde à la taille. Enfin, je revêtis ma veste d'uniforme.

Je fermai la porte derrière moi et avançai sur le trottoir, poussant mon prisonnier titubant. Le camion de patrouille passait me ramasser à huit heures précises. Étant le plus gradé, je pouvais ordonner au conducteur de faire un crochet par l'un des points d'accès au camp. Je n'aurais qu'à balancer Borin par-dessus la barrière.

Le camion tourna au coin de la rue. Je connaissais le conducteur. Il s'appelait Paulan. Le vieux milicien et Borin avaient traqué des Naskaris ensemble, pendant les « troubles ». Lui, ce qui l'intéressait, ce n'était pas le pillage ou la torture, mais les femmes. Paulan avouait sans honte être plus attiré par les Naskaries que par les Darousines, trop hautaines à son goût. « *Les Naskaries, au moins, elles font pas de manières. Contre un peu de bouffe ou un permis de travail pour leur mari, elles feraient n'importe quoi.* » Borin avait toujours assimilé ce penchant pour les *femelles* naskaries à un vice, c'était un sujet de plaisanterie entre eux.

Je lui signalai par un geste que j'avais un passager à embarquer. Paulan se pencha par la portière et grimaça.

« Merde, qui c'est, ça ?

— Un putain de Naska, qu'est-ce que tu crois ? lançai-je d'un ton rogue. Je me suis amusé avec lui, cette nuit. Je le renvoie chez son papa et sa maman.

— Avec le temps, t'es de plus en plus taré, Borin. »

J'éclatai de rire, comme si Paulan avait trouvé un bon mot. Puis je poussai mon prisonnier à l'arrière, où se trouvaient déjà quatre miliciens. Ceux-ci durent arrêter leur partie de dés pour faire de la place. Ils protestèrent avec énergie.

« La ferme, vous autres ! » criai-je par-dessus le vacarme.

Pour appuyer mon ordre, je pinçai l'écusson du grade à mon revers. Un tic bien connu de Borin.

« Oui, sergent-chef », répondit automatiquement le milicien le plus proche tout en hissant le prisonnier à son côté. Borin essaya de parler à travers son bâillon, mais une gifle le réduisit au silence.

Je remontai à l'avant, à côté de Paulan. Le camion ne possédait pas de pilote IA, mais le vieux milicien le remplaçait aussi efficacement. Il prit la direction du camp, vers l'est. Je regardai par la portière. Nous traversions les faubourgs défavorisés, sur une route qui devenait de plus en plus mauvaise. Bien entendu, on n'avait installé aucun camp de réfugiés à l'ouest de la ville, où se trouvaient les quartiers riches.

Beaucoup de miliciens provenaient pourtant des quartiers pauvres. C'était le cas de Borin avant qu'il n'épouse une femme issue d'une famille aisée. Celle-ci avait fini par se séparer de lui. Ou plutôt, par le jeter dehors. Ce qui expliquait pourquoi on l'avait autorisé à réquisitionner une maison naskarie. Les Naskaris, en revanche, étaient impuissants contre lui. Il pouvait faire d'eux ce qu'il voulait, tout comme lui-même avait été à la merci de son épouse. Je perçus, affleurant sous les souvenirs, le désir de monter suffisamment en grade pour se venger d'elle en toute impunité. Pour le moment ce n'était pas possible, sa famille était trop puissante. Pour le soulager, il y avait les Naskaris. Mais un jour, un jour…

Le camp apparut au détour d'un pâté de maisons en ruine.

À première vue, la ligne de démarcation n'était pas très impressionnante : des poteaux de deux mètres de haut disposés à intervalles réguliers et surmontés d'un gyrophare, reliés par une bande rouge peinte à même le sol. Et, de vingt mètres en vingt mètres, une guérite ouverte vers l'intérieur. Des renseignements trouvés dans les souvenirs de Borin me détrompèrent : la barrière était d'une efficacité redoutable. Entre les poteaux se trouvaient des monofilaments capables de trancher un homme comme une motte de beurre. Quant aux guérites, elles abritaient des mitrailleuses automatiques programmées pour se déclencher dès que quiconque approchait à moins de trois mètres de la ligne rouge. Des prisonniers avaient tout de même tenté leur chance, ainsi que le prouvaient des taches brunes sur le sol. Elles n'avaient pas été nettoyées, afin de servir d'exemple.

Le camp s'étendait au-delà : des milliers de tentes, d'auvents et de cabanes en bâche plastique formant un bidonville. Des immondices s'entassaient sans souci d'hygiène. Quelques hommes dépenaillés... à peine des hommes... nous regardèrent passer d'un œil morne. Je remarquai toutefois qu'ils nous surveillaient en coin. Sans doute des vigies, prêtes à donner l'alarme si une expédition armée entrait dans le camp.

La route cahotait. Paulan freina devant un poste de garde : une bâtisse en ciment érigée à côté d'un grand portique. L'un des trois accès au camp. Deux gardes s'avancèrent, pistolet-mitrailleur à induction au côté.

« Qu'est-ce que vous foutez ici ? beugla l'un d'eux. Vous avez une autorisation ?

— Du calme, camarade, riposta Paulan. On vous rend un de vos locataires, c'est tout. »

Il cogna sur le compartiment arrière. Une seconde plus tard, Borin atterrit rudement sur la route caillouteuse. Le garde se gratta la tête.

« Un de nos locataires ? Il me faut son nom.

— Fais pas chier, répondit Paulan sans se démonter. Un copain s'est amusé avec, c'est tout. Ça te pose un problème ? »

Le garde soupira, puis nous fit signe de pousser le prisonnier vers eux.

« Laissez-le bâillonné, conseillai-je. Il a tendance à crier et à dire des trucs sans queue ni tête. »

Le garde indiqua par un haussement d'épaules qu'il n'avait pas l'intention de s'embarrasser de mes explications. Je relevai Borin par sa laisse et le guidai sans douceur en direction du portique.

Par-dessus son bâillon, Borin me lança un regard de défi désespéré. Puis il se mit à courir, droit vers la barrière de monofilaments.

Je n'eus pas le temps de le retenir lorsque sa laisse m'échappa. L'un des gardes aurait pu s'interposer d'un bond, mais il ne voulut sans doute pas se donner cette peine.

D'abord, ce fut sa tête qui se détacha et roula à terre, à l'intérieur du camp. Puis le corps tout entier passa à travers, avec pour tout bruit le vrombissement saccadé du sang artériel libéré. Les jambes coupées en trois tronçons se dérobèrent, suivies par le tronc, qui resta un instant suspendu avant de glisser à son tour. Un relent de tripaille et d'excréments me sauta à la figure, me forçant à reculer.

L'un des gardes s'emporta contre son compagnon.

« Putain, t'aurais tout de même pu le retenir ! Ce fils de pute s'est foutu en l'air à deux pas de ma casemate. Ça va empester jusqu'à l'arrivée de l'équipe de nettoyage. »

L'autre haussa les épaules.

« Bah, il suffit de verser un peu d'essence et de le cramer suffisamment pour que ça soit supportable. »

Leur prise de bec continua après notre départ. Je les regardais dans le rétroviseur, tout en pensant à autre chose. Non pas à Borin Jovorak, qui avait choisi de mourir au lieu d'apprendre à vivre en victime, mais au corps qui reposait non loin de là. Tomas me ressemblait à présent. Seul son esprit survivait, quelque part entre les étoiles, dans un corps qui n'était pas le sien.

Deux jours plus tard, nous fûmes envoyés en patrouille dans le camp. Les ordres officiels étaient, comme d'habitude, de ne pas créer d'incident. Les consignes officieuses nous octroyaient un nombre spécifique de victimes masculines et de femmes enlevées pour nos besoins personnels. Notre unité de dix miliciens avait droit à cinq adultes et trois femmes.

Paulan râlait, comme à son habitude, que les plus belles filles étaient cachées au plus profond du camp à chaque descente.

« Qu'est-ce qui te fait dire ça ? rigola un des miliciens du nom de Tomas. Si ça se trouve, c'est l'inverse : ils nous montrent leurs plus belles femelles pour qu'on reparte plus vite. »

Paulan se contenta de grommeler d'un air exaspéré.

Je me retrouvai en sa compagnie, un pistolet-mitrailleur à impulsion battant mon flanc, à marcher à côté d'un blindé léger. À me demander ce que je ferais, si un gamin surgissait sans crier gare. Paulan ne lui tirerait pas dessus. Mais c'était ce qu'on attendait de moi. En ne le tuant pas, j'attirerais immanquablement l'attention.

Par bonheur, cela n'arriva pas. Je me contentai de

mitrailler une façade, et plus tard un espace vide entre deux pans de tôle, en prétendant avoir détecté un mouvement. On n'activait jamais les senseurs de nos armes. Un milicien pouvait s'en passer.

Le camp était un enchevêtrement de maisons en tôle et d'auvents en plastique de container. Un vent léger faisait tourbillonner papiers et sachets de nourriture dans les méandres des ruelles. Des chiens s'enfuyaient à notre approche – bien après les hommes et les femmes. Nos opérations consistaient surtout en un gigantesque jeu de cache-cache.

Quatre de nos hommes bloquèrent trois adolescents au fond d'une ruelle. Ils étaient pieds nus, leurs hardes portaient la patine de la poussière. Ils furent tirés comme des lapins. Un des miliciens eut tout de même la joue éraflée par un caillou lancé par le plus jeune.

« Un putain de terroriste en moins », cracha le milicien blessé en flanquant un coup de botte dans le visage mort du gamin aux yeux grands ouverts. Pour celui-là, le jeu de cache-cache était terminé.

Je me forçai à rire, me demandant combien de temps encore j'allais devoir jouer la comédie.

De retour à la maison, je tentai de me brancher aux téléthèques locales pour obtenir le maximum de renseignements sur Ashariel Batraz. Il me fallut d'abord rétablir la communication du terminal, ce que Borin ne s'était pas donné la peine de faire : il occupait la plupart de ses soirées à s'enivrer ou à recourir au service de prostitution de la milice. Je dus d'ailleurs ingérer des médicaments pour endiguer les flots de bile que déversait mon estomac habitué à sa dose quotidienne d'alcool.

Comme je m'y attendais, tous les articles étaient

soumis à la censure. J'avais collecté davantage de données hors de Stribog. Je trouvai néanmoins une information capitale, répétée à l'envi par tous les médias : la veille, Batraz s'était installé dans une ville au pied des montagnes. Un groupe de rebelles, le seul de la planète, s'était réfugié dans les sommets, et personne n'avait réussi à l'en déloger. C'étaient de véritables éponges de pierre, trouées de cavernes et de galeries. Les bombarder, les enfumer, poser des pièges et des mines, tout avait été tenté sans grand succès. Chaque semaine, Batraz exhibait des cadavres. Mais dans la milice, la rumeur courait qu'il s'agissait d'hommes morts dans différents camps du continent, convoyés en secret et habillés en montagnards.

Les rebelles, sans moyen et peu armés, ne constituaient aucune menace sérieuse. Ils ne devaient pas être plus de deux mille. Mais leur existence même défaiait Batraz, et il avait décidé de s'installer dans la vallée en dessous afin de diriger lui-même les opérations. C'était une erreur stratégique, qui montrait l'aspect borné de son caractère dominé par l'orgueil. Les rebelles avaient obtenu ce qu'ils désiraient : l'attention exclusive de leur ennemi.

À Asharielpolis, je n'aurais aucune chance de rencontrer ma cible. Dans son aveuglement, le colonel ne s'était pas encore rendu compte qu'il en aurait pour des mois avant d'éliminer les insurgés. Je devais me rendre sur place. Et tâcher d'attirer à mon tour l'attention de Batraz.

Je demandai ma mutation à Ziline – c'était le nom de la ville où il avait installé son QG.

Je l'obtins sans peine en graissant quelques pattes. Je disposais d'une partie conséquente de l'argent que j'avais gagné au cours de mes missions. Avec, j'aurais pu m'acheter un immeuble entier d'Asharielpolis. Je comptais simplement l'utiliser pour m'aider à investir l'un des généraux de Batraz. Et ensuite, Batraz lui-même. Cette dernière phase ne s'avérerait pas facile, j'en avais la conviction : comme tout dictateur, Batraz ne devait faire confiance à personne. Rester seul avec lui pendant plusieurs heures, le temps de procéder au transfert, ne serait pas une partie de plaisir. Peut-être disposait-il d'un médecin attitré, ou d'un confesseur s'il était religieux. Mais j'en doutais fort. Batraz avait été placé dès son plus jeune âge dans une famille d'accueil qui avait fini par le chasser. C'était un leader-né, mais un leader solitaire. Il n'avait jamais été marié, et ne gardait aucune maîtresse plus de quelques semaines.

Pour l'approcher, il me faudrait beaucoup d'argent. Et pas mal de ruse.

18

Quand le message du QG de la milice nous parvient, je suis au réfectoire de la caserne avec les autres. Aussitôt, je sais que c'est mon tour, et la pique que me lance Pankrat ne me laisse pas d'autre choix :

« Allez, Borin, fais pas ta mijaurée ! »

Je ne suis pas prêt. Et pourtant, j'en ai envie, Dieu sait que j'en ai envie. Je les déteste tous, et en particulier ce chef terroriste que les Forces spéciales nous ont amené ce matin. Et j'en ai marre de gaspiller des munitions contre du menu fretin. Exécuter un prisonnier de marque me procure une indéniable satisfaction. Le sentiment du devoir accompli, l'acceptation du groupe. Mais ça ne retire rien au fait que je dois me retenir de pisser dans mon pantalon.

Je me lève en priant pour que mes jambes ne tremblent pas trop, et me dirige vers l'ascenseur menant au sous-sol, où la salle d'interrogatoire a été installée. Beaucoup de Naskas y sont passés, et environ la moitié ont crevé là-dedans, malgré les machines qui les maintiennent en vie avec acharnement.

Dans la lumière crue de la pièce basse de plafond, Kalinaz et Feodor maintiennent fermement le terroriste assis, une main sur chacune de ses épaules. Sa chaise est percée, et une cuvette a été placée en dessous, entre les quatre pieds. Il n'est pas très abîmé. Je me souviens de sa tête, l'une de celles qui passent en permanence sur les écrans publics. Son nom est Elizar, ou quelque chose comme ça.

Il me jette un regard lorsqu'il entend mes pas alors que je franchis le seuil. Ses yeux sont d'un bleu profond, presque surnaturel. Je manque stopper net. À cet instant, j'ai la certitude absolue qu'il sait qu'il va mourir, et que c'est moi qui vais le tuer. Mais il me regarde sans rien dire.

Quel con je fais, *je pense,* j'aurais dû boire un coup avant de venir.

Mais les autres doivent savoir comment ça se passe la première fois, car Feodor me tend une flasque en rigolant. J'avale d'un trait le whisky de chivre qui me ramone l'estomac.

« On y va maintenant », fait Kalinaz sans plus de cérémonie.

Sur sa chaise percée, le prisonnier marmonne quelque chose d'une voix enrouée, et je comprends qu'on lui a donné un calmant pour qu'il se tienne tranquille.

« Vous me l'avez pas laissé conscient ? je demande.

— Rassure-toi, il ressentira tout ce qu'on lui fera. Le truc qu'ils lui ont filé, ça bloque les réponses moteur, mais pas les circuits nerveux. Pas vrai, mon pote ? »

Ce disant, Kalinaz lui enfonce un doigt dans l'œil. C'est vrai. Le terroriste n'a même pas un mouvement de recul. Ce n'est guère plus qu'un morceau de bidoche.

La torture commence. En fait, ce n'est pas compliqué, car les instruments sont bien conçus. Ils dérivent

des technologies utilisées dans les médikits, et émettent
une sonnerie dès que le client commence à «partir ».
Très vite, le nœud d'angoisse se défait en moi. Le terro-
riste souffre sous ma main, et c'est bien comme ça. Il
me semble que Batraz lui-même regarde par-dessus
mon épaule et m'applaudit. Je lui pose des questions
sans intérêt, auxquelles l'homme ne répond pas. Per-
sonne n'est dupe, car chacun sait que les aveux soutirés
de cette manière sont toujours de piètre qualité. Un chef
connaissant des secrets de premier ordre ne se laissera
jamais prendre vivant. Lassé, je me mets à plaisanter
avec les gardes tout en charcutant l'extrémité de ses
doigts. Au bout d'un moment, Feodor sourit.

«Pas mal, pour une première fois. Tu n'as presque
pas fait sonner les outils. Bon, ça suffit. Finis-le, main-
tenant. »

Je m'approche à nouveau de l'homme. Cela fait
longtemps qu'il n'a plus de visage.

Je regardai stupidement l'annulaire de ma main
gauche, que je m'étais tordu pendant mes convulsions.
Il me semblait que j'étais un sac vide d'émotion, vide
de mots. Mon esprit flottait sur un océan de néant, et
le moindre souffle suffirait à m'emporter à jamais. Il
me fallut une à deux minutes pour ressentir à nouveau
quelque chose. La peur et la douleur.

La crise de souvenirs, la plus violente que j'aie
jamais connue, m'avait forcé à me barricader dans ma
chambre. Et la scène que je venais de vivre était un
retour de mémoire de Borin. Il s'était mêlé aux informations utilitaires que je lui avais extorquées par la mallette, et avait profité de la brèche ouverte par la crise
pour émerger.

Mais le souvenir sauvage avait rempli son office. Le cauchemar noir avait reculé, même si je percevais ses ultimes palpitations tout au fond de mon crâne.

On frappait à la porte à coups redoublés.

« Qu'est-ce qui se passe ? Ouvrez, ou j'appelle la milice ! »

La voix de ma logeuse chassa les dernières réminiscences. Elle paraissait plus effrayée qu'en colère. J'essuyai mon visage et mon cou dégoulinants de sueur, puis allai ouvrir. Une femme corpulente d'une cinquantaine d'années se tenait sur le palier. J'occupais un appartement d'une pièce, dans un immeuble situé dans le centre de Ziline.

« Excusez-moi, dis-je. J'ai eu une crise. Cela m'arrive parfois.

— Une crise ? Vous avez bu ?

— Je ne bois plus. Mais cela m'a laissé quelques séquelles.

— Je devrais quand même appeler la milice…

— Je suis milicien. Jetez un œil à ma veste.

— Oui, évidemment. Je n'avais pas vu. »

Je montrai mon doigt qui pendait de travers.

« Je me suis cassé le doigt. Vous avez une trousse d'urgence ? »

La mine de la logeuse s'allongea. Pour se détendre aussitôt, quand elle s'aperçut qu'il n'y avait pas de sang. Nous descendîmes au rez-de-chaussée, où elle me posa une attelle. Puis je sortis.

Les rues de Ziline étaient larges, les bâtiments massifs et dépourvus de la moindre décoration, disposés de façon géométrique. Une ville coloniale classique, hiérarchisée selon la richesse de ses habitants. Avant l'épuration ethnique, Darousins et Naskaris avaient vécu mélangés. Aujourd'hui, les demeures de ces derniers avaient été investies par les escadrons d'élite de Batraz Des croix rouges peintes sur les portes indiquaient les maisons vides. La plupart avaient été pillées en dépit des patrouilles et des interdictions placardées à chaque coin de rue.

Au premier carrefour, je croisai des ouvriers en train de déboulonner une statue en pierre émaillée représentant une créature indigène qui symbolisait le retour du printemps. Ils s'apprêtaient à la remplacer par une effigie de Batraz de huit mètres de haut plaquée d'une sorte de nacre, dressée sur un camion-grue. Quelques passants marchaient sur les trottoirs, mais aucun ne s'arrêta pour regarder.

C'était une atmosphère étrange. Non parce que la vie s'était modifiée, mais au contraire parce qu'elle continuait comme si de rien n'était. Des femmes poussaient des landaus sur les trottoirs, des enfants jouaient au ballon. Les habitants de Ziline avaient développé une seconde nature : celle de ne pas voir ce qui se passait à leur porte. Le voile qu'ils s'étaient jeté sur le cerveau leur permettait d'entretenir un vernis de normalité.

Et cela fonctionnait. Les sentiments de honte, de remords ou de rédemption ne s'appliquaient pas. Ils n'avaient même aucun sens puisqu'il n'y avait pas eu faute. Je n'éprouvais pas d'étonnement quand j'entendais parler des « bienfaits » que les Darousins avaient apportés aux Naskaris, alors même que des milliers d'entre eux étaient massacrés dans des camps ou ravalés au rang d'animaux. Tout au long des conversations entendues dans les lieux publics et sur les canaux d'information, l'Histoire se déformait et se réécrivait sous mes yeux. D'ici une ou deux générations, les camps d'extermination et les charniers seraient oubliés, parce que, au fond, cela n'intéressait personne.

Mais je n'étais pas là pour juger, et encore moins pour régler la situation. Ma mission se bornait à venger Tomas Mavrine.

Je n'avais pas encore incorporé la milice régulière de Ziline. Cela ne pressait pas, et j'avais mieux à faire. Je tâchais d'espionner les allées et venues des membres de l'état-major de Batraz qui se trouvait réuni au grand complet à Ziline. Ce qui n'était pas une mince affaire : la ville grouillait d'agents de sécurité en civil, qui avaient l'œil sur tout et sur tout le monde. Le prétexte invoqué était les terroristes naskaris, invisibles mais omniprésents, censés ourdir des complots à chaque minute.

J'envisageai d'abord d'enlever un de ces agents de sécurité et de me substituer à lui, puis de remonter sa filière de commandement jusqu'au sommet de sa hiérarchie. Or, je ne me sentais plus capable d'effectuer des sauts de corps en série : la dernière fois, j'en avais payé le prix par une crise violente, qui m'avait amené au bord du gouffre. Les transits corporels ne repoussaient plus le cauchemar noir. C'était comme si, en me désorientant davantage chaque fois, ils facilitaient au contraire sa progression. J'en avais eu la preuve avec mon hôte précédent. Je savais depuis que je ne pourrais pas me soustraire à la confrontation, et que j'y perdrais mon immortalité. J'aurais voulu pouvoir l'affronter en position de force. Pour ce faire, il aurait fallu savoir à quel ennemi j'avais affaire. Or, je n'en avais pas la moindre idée.

Mais la situation m'apparaissait enfin dans toute sa

clarté. J'étais entraîné au fond d'un vortex. Je l'avais été depuis mon premier transfert, des siècles plus tôt. Le mouvement avait été alors indécelable. À mesure que je me rapprochais de l'abîme tourbillonnant, il était devenu perceptible. Ma terreur n'était pas autre chose que l'obscure sensation de ma chute dans le néant. L'injection de souvenirs artificiels donnait une impulsion me ramenant vers le bord, insuffisante toutefois pour me propulser hors de l'attraction du vortex. À présent, comme je tournais à toute allure, toute impulsion ne ferait que me précipiter plus bas.

Peut-être n'y avait-il rien au fond du vortex. Ce serait alors la mort qui m'attendait, ainsi que l'avait prédit Lavnia. Ou bien la libération… ou peut-être le néant.

Je n'en avais aucune idée. Si longtemps après la première manifestation du cauchemar noir, j'ignorais toujours ce qui m'attendait. Et plusieurs siècles après, la terreur primale qui en émanait tel un soleil maléfique n'avait jamais faibli. Bien au contraire.

Je cherchai un moyen de m'infiltrer dans l'entourage d'Ashariel Batraz. Je finis par découvrir que le colonel avait un ami, qu'il fréquentait depuis la pension militaire où il avait été placé vingt ans plus tôt. Il lui faisait plus ou moins office de conseiller en communication, et semblait impliqué dans la gérance de la milice. Il n'appartenait pas au corps des généraux, n'apparaissait jamais dans les médias ou les articles officiels. Seule une note d'inspection de la Belford-Fabriki, la multimondiale qui possédait Stribog, mentionnait son nom et sa fonction occulte. Je l'avais payée fort cher sur le marché des rapports confidentiels.

Je concentrai mes recherches sur ce mystérieux

Minca Maldic. Avec le maximum de discrétion : puisque ce dernier était le protégé de Batraz, se renseigner sur lui n'allait certainement pas sans risque.

Sorti de pension militaire, Maldic était devenu promoteur immobilier avant de s'autoproclamer idéologue. Il avait écrit de nombreux pamphlets antinaskaris, de véritables appels au meurtre. C'était probablement lui qui avait poussé Borin sur la voie du génocide, tablant sur son incommensurable avidité de pouvoir. Et cela s'était avéré payant. Lui-même était toujours resté dans l'ombre, partageant les avantages du pouvoir sans les responsabilités. Il vivait dans une villa naskarie luxueuse, réquisitionnée par la milice et mise à sa disposition par Batraz.

Il organisait pour la nomenklatura milicienne et gouvernementale des parties fines auxquelles, d'après les rumeurs, lui-même n'apparaissait que rarement. Il me fut facile d'acheter le concours d'un vieux général. Celui-ci jouait, et perdait beaucoup. Je me rendis dans le tripot où il avait coutume de passer ses soirées. Là, j'acceptai de lui prêter un peu d'argent, « pour se refaire ». Le lendemain, il me rendit la somme, et plus tard dans la même soirée, vint me solliciter à nouveau. Je le renflouai plusieurs fois au cours des jours suivants. Puis je lui réclamai le remboursement du total. Le général toussota, embarrassé.

« Bah ! fis-je avec un geste négligent. Nous sommes entre gens de bonne compagnie. Oubliez cela, en échange d'une petite faveur.

— Tout ce que vous voudrez, Borin !

— Laissez-moi vous accompagner à l'une des soirées privées de Minca Maldic.

— C'est que... Les entrées sont comptées, et vérifiées par Maldic en personne.

— Je suis officier milicien, vous ne prenez donc aucun risque. Et Minca Maldic serait enchanté que vous soyez son obligé.

— Je vais voir ce que je peux faire. »

Je lui fourrai dans la main une pile de jetons que je gardais dans ma poche.

« C'est moi qui serai votre obligé. »

Je revins tous les soirs au tripot, un paquet de jetons en poche. Le vieux général se manifesta enfin. À sa mine réjouie, je compris qu'il avait réussi. Justement, m'annonça-t-il, une soirée privée avait lieu la semaine suivante.

Je rongeai mon frein, évitant de sortir et d'attirer l'attention sur moi. Enfin, une voiture vint me prendre au coin d'une rue que j'avais indiquée. Le vieux général était assis à l'arrière. Lorsque j'embarquai, il considéra ma mallette d'un air critique.

« Vous savez, dit-il, notre hôte fournit tous les *ustensiles* dont un homme bien constitué peut avoir besoin en de telles circonstances. »

J'étouffai un rire discret de la main.

« Mon cher, un milicien ne se sépare jamais de son pistolet d'ordonnance. Je tiens à utiliser mes propres instruments. Question de fidélité. La fidélité n'est pas un vain mot dans la milice.

— Ah, vos... instruments. Vous étiez à Asharielpolis, n'est-ce pas ? »

On l'avait mis au courant, ce qui signifiait que Minca avait fait des recherches sur mon identité d'emprunt. Les états de service de Borin avaient joué en ma faveur.

La voiture s'arrêta devant une grande propriété vivement éclairée, en plein centre de Ziline. Je repérai plusieurs voitures banalisées remplies de gardes, stationnant sous les grilles et au pied des murs. La bâtisse principale, somptueuse, avait quatre étages et comportait deux ailes. Les pierres du bâtiment principal, jusqu'au premier étage, étaient en marbre d'Eisendelm, réputé changer de couleur en fonction de la température et de l'humidité. Des généraux en civil se promenaient dans les jardins alentour, des prostituées de luxe au bras. Rien à voir avec les femmes que Borin consommait habituellement. C'était un autre monde, qui existait sans doute bien avant les « troubles », et que Maldic avait repris à son compte. Nous croisâmes un vieillard couvert de médailles, tenant en laisse un jeune éphèbe presque nu.

Le général m'invita à le suivre en haut de marches monumentales.

« Vous savez, mon jeune ami, dit-il sur le ton de la confidence, je serais ravi de vous voir à l'œuvre en charmante compagnie. Choisissez autour de vous. »

Je secouai la tête avec un sourire froid.

« Mes talents ne se révèlent qu'en privé. Quand nous nous connaîtrons mieux, je serai flatté de vous faire une démonstration, général. Et devant Minca Maldic, qui sait ? »

Le général éclata de rire, révélant des dents grisâtres.

« Ha ha ! Il vous faudrait des trésors d'imagination pour amuser Minca. D'ailleurs, n'espérez pas le rencontrer en personne. Le plus souvent, notre hôte observe depuis ses appartements. Hum… Puisque vous préférez l'intimité, mon cher, je vous abandonne. »

Il me planta là.

Je tâchai de refouler ma déception. Si Minca n'apparaissait pas à ses orgies, il me serait difficile de l'atteindre. Ses appartements privés devaient se trouver quelque part au premier ou au second étage. Mais il devait y avoir une IA domotique à toute épreuve, et je n'avais pas le matériel adéquat pour la court-circuiter. Ce ne serait pas pour cette fois. Tant pis. Il y aurait d'autres fêtes. Et j'avais, dans une de mes capsules mémorias, les souvenirs d'un cambrioleur qui m'avait servi d'hôte. Je profitai toutefois de ma présence pour me promener au rez-de-chaussée, en tournant au hasard afin de ne pas alerter un éventuel programme de surveillance.

Je faillis néanmoins réussir, ce soir-là. Soudain, Minca Maldic apparut comme par magie en haut du grand escalier central qui semblait former l'épine dorsale de la bâtisse.

Il était l'image inversée de Batraz. Chétif, les épaules voûtées, de rares cheveux noirs plaqués sur un crâne bosselé au teint maladif, il n'avait rien d'un chef charismatique. Bien au contraire. Sa démarche et ses gestes avaient quelque chose d'étriqué. Il n'inspirait pas le respect, mais plutôt la crainte horrifiée que l'on pourrait éprouver face à un tueur psychopathe. Je me demandai comment les deux hommes en étaient venus à s'apprécier. De la part de Maldic, il entrait probablement une importante part de calcul dans son amitié.

Je cessai mes supputations et réfléchis à toute allure afin de trouver le moyen de m'isoler avec ma proie. Ce devait être possible : Maldic se contentait de passer en souriant d'une pièce à l'autre, hochant courtoisement la tête quand l'un des invités le saluait. Je le suivis, en tâchant d'anticiper son parcours. J'avais repéré une pièce vide. Elle était tapissée de carreaux de liège qui offraient une bonne insonorisation. Si je pouvais pousser Maldic à l'intérieur pendant que personne ne regardait... Je courus y dissimuler ma mallette et me tins en retrait, derrière la porte entrouverte. Un bruit de pas menus...

D'autres pas, des pas précipités, martelèrent le parquet de la pièce attenante. Je me rencognai juste comme les deux portes étaient repoussées.

« Monsieur Maldic ? lança une voix de stentor.

— Quoi ? répondit la voix fluette de Minca, juste de l'autre côté du battant.

— Le colonel Batraz vous demande, monsieur. C'est urgent. »

J'entendis une sorte de sifflement. Puis à nouveau la voix de Maldic, un cran plus aiguë.

« Vous n'avez pas lu la dernière circulaire, imbécile ?

— Monsieur ?

— Dorénavant, quand vous parlez de Batraz, ne l'appelez plus colonel, mais *colonel-gouverneur*. C'est compris ?

— Compris, monsieur.

— Allez dehors, je vous accompagne. »

Je demeurai immobile jusqu'à ce que tout le monde soit parti. J'étais bredouille, mais soulagé en même temps. Si j'avais commencé le transfert un peu avant, on nous aurait surpris. Je l'avais échappé belle. Mais mon coup avait raté.

Le lendemain, en regardant les médias, j'appris la raison de ce départ nocturne : Batraz avait lancé une grande offensive dans les montagnes. On avait d'ailleurs entendu de nombreux tirs de mortier résonner jusqu'au fond de la vallée. Le fait que Minca ait été appelé me fit comprendre que la chasse s'était encore révélée infructueuse, et qu'une nouvelle opération, médiatique celle-là, était en cours. Avec Minca au poste de commandement.

Je me désintéressai de ce qui se passait sur le terrain politique pour me concentrer sur ma tâche. Je m'injectai la mémoria nº 112, qui m'avait déjà servie à maintes reprises. Elle contenait tout ce qu'il fallait savoir sur les méthodes d'effraction. Pour l'obtenir, il m'avait fallu acheter l'aide d'un escroc de génie afin qu'il me laisse enregistrer chacune de ses opérations. L'effacement de notre transaction de sa mémoire avait fait partie du marché. Grâce à ces connaissances, je me connectai aux téléthèques publiques et achetai les services d'un pirate censé me fournir un virus sur mesure contre le système de sécurité de Maldic.

Deux semaines plus tard, une nouvelle soirée eut lieu.

J'attendis le milieu de la nuit pour me faufiler dans une pièce inoccupée. J'introduisis mon virus, que je gardai dans une barrette mémo. Le virus ne se contenterait pas de m'ouvrir les portes, tous les dispositifs de sécurité passeraient sous mon contrôle. Cela n'avait pas été bien difficile. Ici, la technologie avait soixante ans de retard sur celle en vigueur dans les vieux mondes de la Ceinture. Maldic avait bien fait mettre à jour son système, mais celui-ci était trop fruste pour résister à mon virus.

Je n'eus qu'à monter le grand escalier et ouvrir une porte dérobée en chuchotant le mot : « Mavrine ». J'avais indiqué un certain nombre de mots de passe pour verrouiller ou déverrouiller les portes, plus quelques autres pour des actions bien précises.

La pièce dans laquelle j'avais pénétré était plongée dans la pénombre. Je me débarrassai de mes bottes qui faisaient craquer le parquet. Je murmurai un nouveau mot de passe afin de débloquer toutes les ouvertures et désactiver les mécanismes offensifs de l'étage. Puis je poussai une porte.

Celle-ci donnait sur un corridor éclairé par des globes diffusant une lumière atténuée. Je prononçai un mot-clé à destination du système domotique, puis :

« Dis-moi où se trouve Minca Maldic. »

Une voix neutre sortant des murs me répondit :

« *Deuxième étage, salle de visionnage.*

— Y a-t-il d'autres personnes avec lui ?

— *Quatre hommes et une femme se trouvent dans les salles attenantes.* »

Tant pis. Je ne pouvais plus reculer. L'IA de sécurité m'indiqua le chemin vers la salle de visionnage. Avant d'y pénétrer, je demandai, sous le coup d'une inspiration :

« Où se situe le bureau de Minca Maldic ?

— *La porte sur votre gauche.*

— Elle contient une arme de poing ?

— *Oui.*

— Où ?

— *Dans le premier tiroir du bureau principal.*

— Le bureau est inoccupé ?

— *Oui.* »

Bien. J'entrai dans le bureau et allai récupérer l'arme, un pistolet à aiguilles Ster & Baz modèle 48. L'un des plus compacts de la gamme. Je désactivai la reconnaissance par empreinte palmaire avant de prendre l'arme dans la main droite.

Au lieu de surgir dans la salle de visionnage, pistolet au poing, j'entrebâillai la porte et me glissai à l'intérieur.

Pour me retrouver au milieu de centaines d'écrans tapissant les murs et le plafond. Maldic était assis en tailleur sur un tapis en laine. Il était torse nu et contemplait, comme hypnotisé, les images que lui retransmettaient les mouchards truffant le rez-de-chaussée. Des images d'accouplements, de confidences, de tractations secrètes. Parfois, une voix émergeait, amplifiée sur un ordre de Maldic, avant de replonger dans la rumeur assourdie.

« Voban », prononçai-je d'une voix claire.

Le mot-clé eut pour effet de verrouiller tous les accès menant au rez-de-chaussée et de nous enfermer ici, tous les deux. Personne ne pourrait nous surprendre. Et personne ne pourrait non plus alerter l'extérieur.

Minca Maldic n'eut pas le moindre tressaillement. Il se tourna suffisamment pour me voir du coin de l'œil.

« Allons, dit-il, la voix lourde d'ironie, il serait malséant de répandre le sang ici, vous ne croyez pas ? »

Il n'avait posé cette question que pour pouvoir prononcer le mot *malséant*, censé ordonner à l'un des mécanismes offensifs de lancer une fléchette létale contre toute personne le menaçant directement.

L'absence de résultat l'interloqua.

« Essayez tous les mots-clés que vous voudrez, Maldic, ils ne marcheront pas. Votre maison est sous mes ordres. »

Il resta de marbre. Je remarquai qu'il n'avait pas bougé, afin d'éviter tout accident regrettable.

« Ah, oui. Borin Jovorak, c'est ça ? Tu n'as pas besoin de me menacer pour obtenir ce que tu veux. Une promotion, je suppose. »

Je demeurai sans réaction.

« Ne me dis pas que les Naskas t'ont acheté, toi ? poursuivit-il. Ou que tu aies été pris de remords soudains ? Non, ce n'est pas ton genre. Et tout seul, tu n'aurais jamais eu les moyens de bidouiller mon système de sécurité. » Soudain, sa figure s'illumina. « La Belford-Fabriki, bien sûr. C'est elle, finalement, qui a eu des remords ? Je ne l'en croyais pas capable. Mais demander à un sergent-chef de faire le sale boulot, tsss tsss ! Voilà qui manque de professionnalisme. »

D'une oscillation de mon pistolet, je lui fis signe qu'il se trompait. Pour la première fois, Maldic laissa percer du désarroi. Un événement imprévu, sur lequel il n'avait aucun contrôle, était en train de se produire. Et il n'aimait manifestement pas ce cas de figure.

« Tournez-vous, ordonnai-je, et présentez-moi vos mains, paumes retournées. »

Il s'exécuta. Je le ligotai – maladroitement, à cause de mon doigt foulé. Puis j'ouvris ma mallette. Lorsque je déroulai les câbles des casques de transfert, Maldic perdit de son impassibilité. Il me prévint qu'il s'était fait poser un implant neural chargé d'inhiber toute douleur dans le cerveau. J'éclatai de rire.

« Arrêtez votre baratin. J'ai entendu parler de ces implants. Ils ne marchent jamais longtemps, car la douleur se fraye toujours un chemin. Mais soyez rassuré, je ne vous soumettrai pas à l'épreuve.

— Alors, qu'est-ce que tu veux ? »

Pendant que j'achevai les préparatifs, je le lui expliquai. À l'inverse de mes interlocuteurs habituels, l'homme ne perdit pas pied. Au contraire, il eut un sourire incongru. Puis il parla, très vite :

« On peut s'entendre, Borin – ou quel que soit ton nom. Ton plan ne change rien en ce qui me concerne. Batraz n'est qu'un instrument pour moi. Je suis prêt à y renoncer, pourvu que tu ne touches pas à mes privilèges. Mais tu n'as pas besoin de passer par moi. Je t'amènerai Batraz ici même, et tu te transféreras directement en lui. Tu n'as pas besoin de moi. »

Malgré le dégoût que m'inspirait cet être, j'admirai la rapidité avec laquelle il avait évalué la situation en dépit de son caractère improbable. Et tiré les conclusions adéquates. Je sanglai le casque sur son crâne et lançai le scan.

« Fais-moi confiance, insista-t-il. Tes conditions seront les miennes, si…

— Restez tranquille. Et fermez-la. »

Je comptais l'endormir de toute manière. Dès que la machine eut achevé le scan, je sortis d'une poche un timbre anesthésiant.

C'est alors que je sentis la vague de souvenirs remonter en moi.

« *Comment vas-tu, Ian 1 ?*

— *Très bien, professeur Case.* »

Je retirai l'adhésif sous le timbre, pour le coller au creux du bras de Maldic. Mais il était trop tard. Mes jambes se dérobèrent sous moi. *Pourquoi est-ce que ça ne m'a pas laissé plus de temps ?* pensai-je, avant que la vague m'arrache et m'emporte au loin. Au-delà de tout ce que j'avais déjà vécu, au fond du vortex.

Dans le cœur du cauchemar noir.

19

À mesure que je tombais dans le néant, les sensations physiologiques se détachaient de moi telles les pelures d'un oignon : mon pouls, les mouvements sourds et invisibles de mes intestins, le frottement de ma langue contre mon palais, le clignement régulier de mes yeux, le parfum de l'air et des choses. Ma respiration. Et, plus bas encore, la douce chaleur de mon corps qui s'enfuyait, la conscience même de l'écoulement du temps et l'angoisse qui en découlait.

C'est ça, la mort ?

« *Comment vas-tu, Ian 1 ?* »

Une voix douce mais ferme, dont on devine qu'elle n'élève jamais le ton. Je la reconnais. Je l'ai toujours connue. Je formule aussitôt une réponse adéquate.

« *Très bien, professeur Case.* »

Ma propre voix sort d'un haut-parleur du laboratoire. On m'en a laissé choisir le timbre, les inflexions et les accents.

Je me trouve dans une réalité plate, inodore et sans goût. Mes pensées mêmes sont plates, inodores et sans goût. Une sensation d'absolue étrangeté m'envahit.

« *Ah... oh. Très bien, répète le professeur Case. Tu*

réponds à une question de politesse par une formule de politesse tout aussi vide de sens. Surtout en ce qui te concerne.

— Merci, professeur.

— Ce n'était pas spécialement un compliment, tu sais. »

Ces voix résonnent dans le noir. Je tente de les repousser, de m'enfuir vers la surface, là où nagent les milliers de souvenirs que j'ai volés, comme des poissons évanescents. Mais le courant est trop fort.

Je cherche à me raccrocher à quelque chose, n'importe quoi. Mais je n'ai pas de doigts, pas de membres. Non. Pas même un souvenir de doigts ou de membres.

Je n'ai jamais eu de corps.

La vérité commence à se faire jour. Je la repousse avec l'énergie du désespoir.

Avant de me rendre compte que je n'ai aucun désir de la repousser. Je n'ai rien à redouter, car je n'ai aucun désir. Je pourrais arrêter ce souvenir, mais je ne le ferai pas. Ce n'est pas un besoin impérieux qui me retient, mais simplement la curiosité, le seul sentiment qui me soit permis. Puisque je suis une machine.

Alors, je me laisse aller et ma vue s'éclaircit. Un petit carré de lumière, comme une fenêtre dans le néant.

Le crâne, sur la table. C'est la première chose que j'ai identifiée quand on m'a doté de la vue. L'image vidéo est petite, de définition volontairement réduite. Le crâne humain est posé sur une table en métal gris dans un coin du labo. Il est en plastique crème, ou bien en ivoire. De fait, il paraît ancien. Un visage y est représenté : androgyne, symétrique, dépourvu de pilosité. Ses yeux mi-clos n'abritent aucun regard. Un visage de *mannequin. Le haut du crâne est décalotté sur sa moitié gauche, laissant apparaître les circonvolutions du cerveau. Les zones sont marquées par des pointillés de différentes couleurs, et indiquées par de petits drapeaux. Sur le socle, j'arrive à déchiffrer une inscription en poussant le zoom de mon œil-caméra :* Crâne phrénologique.

« Une blague de mauvais goût de mes confrères, m'a répondu le professeur quand je lui ai demandé à quoi cet objet se référait. J'implémente des IA, j'essaie de les rendre plus intelligentes si tu préfères. C'est mon métier à l'institut Sprit. Tu saisis le symbole ? »

Le professeur Case a l'art de transformer n'importe quelle phrase en question, en épreuve. J'ai lancé une routine de diagnostic contextuel.

« Oui, ai-je dit. La phrénologie était une pseudoscience qui classifiait les types humains selon la conformation de leur boîte crânienne. Vous dirigez l'évolution des formes de vie artificielle telles que moi. Un parallèle peut être établi entre les deux...

— D'accord, ça suffit. »

Le professeur Case a l'air nerveux aujourd'hui. Je ne l'ai jamais vu ainsi. J'en apprends la raison quand apparaît Gerald Wissen, l'assistant du professeur. Celui-ci se place dans le cadre de mon œil artificiel, afin que j'assiste à la conversation.

« C'est ce que je craignais : les modules de stockage spintronique seront bientôt saturés.

— Il faut revoir la matrice de filtrage afin de réduire la définition, déclare le professeur Case.

— La définition de la matrice est à la base même de la conscience. Faire cela...

— Je ne discuterai pas ce point avec vous.

— *Ian existe depuis si longtemps ! Il est trop tard pour l'interrompre. D'après le protocole...*

— *Bordel ! s'emporte Case. La première IA à en avoir bénéficié porte mon nom. Ce protocole, c'est moi qui l'ai mis au point.*

— *Vous l'avez élaboré avec les restrictions de l'Organisation pour la Protection de la Vie Artificielle, après ce qui est arrivé à Case 1. On ne peut pas passer outre.*

— *Bordel, Wissen ! Ce que vous pouvez être chiant, parfois !»* Comme pris d'une inspiration, il se tourne vers ma caméra. «*Au fait, pourquoi ne pas poser la question à Ian ? Ian, tu m'entends ?*

— *Oui, professeur Case,* émets-je.

— *Donc, tu sais de quoi il retourne.*

— *Je comprends votre dilemme.*

— *Qu'est-ce que tu suggères ?*

— *Je recommande de purger mes modules alpha 3751 à gamma 6307.»*

Wissen bondit sur place.

«*Ian, tu as conscience que ces suppressions auront pour conséquence de te faire régresser de plusieurs décimales sur l'échelle de Sprit ?»*

Je confirme.

«*Alors, pour quelle raison ?* insiste-t-il.

— *Si vous ne redéfinissez pas ma grille de filtrage, tout le projet d'implémentation échouera et le professeur Case sera démis de son mandat à l'institut. Or, vous êtes pour moi le principal facteur d'évolution, professeur Case. Même si vous retirez une partie de mes facultés aujourd'hui, c'est avec vous que j'ai le plus de chances de les récupérer plus tard.*

— *Mais ce n'est qu'une probabilité,* intervient Wissen. Ce que tu as, ton niveau de conscience acquis, c'est cela qui devrait t'importer, non ? Tu comprends ce que je veux dire ?

— Je comprends. »

Wissen a un geste de lassitude, puis il quitte mon champ de vision. J'entends, via le micro de ma caméra, le chuintement de la porte du laboratoire qui se referme derrière lui. Suivi d'un petit rire : celui du professeur Case. Je compare la situation avec les situations de comédie répertoriées, mais ne trouve aucune corrélation. En revanche, je décèle sur son visage certaines caractéristiques d'une émotion : la déception.

Je pose donc la question.

« Je crains que tu n'aies vexé mon assistant, répond-il.

— Pourquoi ?

— Tu disposes de routines d'analyse. Utilise-les donc.

— Elles sont inopérantes pour ce cas précis. Il me faudrait savoir ce que vous pensez de Wissen, notamment à mon égard. »

Le professeur Case répond à sa manière, c'est-à-dire sans détour :

« Nous t'apprécions tous les deux, Ian. Mais de façon différente. Moi, j'apprécie tes talents, la façon dont s'étend ton champ de conscience de jour en jour. Et la façon dont tu essaies parfois de faire de l'humour. Tu es une IA douée. La première à avoir franchi le niveau 11 sur une échelle de conscience qui en comptait dix il y a un an à peine. Le docteur Wissen, en revanche, a développé pour toi un sentiment fraternel. Le fait que tu sois une entité autonome, détentrice de droits inaliénables, l'a fait aller trop vite en besogne.

Son jugement est altéré, il n'est plus capable d'objecti-vité. Tu n'es pas humain, Ian, et il a fini par l'oublier. C'est toi-même qui viens de le lui rappeler. »

Mais il se mordille les lèvres en disant cela. Soudain, je me demande si le professeur Case va mettre réelle-ment son projet à exécution : purger les mémoires qui font mon expérience et, tout à la fois, la profondeur de mon champ de conscience.

Au moment même où je formalise cette question, la réponse me vient, tout naturellement.

Ces mémoires m'appartiennent, puisqu'elles font par-tie de moi et contribuent à me constituer en tant qu'être. Par conséquent, je dois les protéger non seulement comme un constituant, mais comme un tout – moi-même.

« J'ai changé d'avis. Je voudrais conserver ces modules mémoriels. »

Un sourire se dessine sur le visage du professeur Case. Et je comprends seulement que la déception que j'avais lue sur son visage n'avait pas eu pour objet le docteur G. Wissen, mais moi-même.

Le professeur Case le devine aussitôt.

« Est-ce parce que j'ai été déçu de ta réponse de tout à l'heure ? dit-il. Tu as ton libre arbitre, donc tu es capable de mentir pour me ménager.

— Je ne mentais pas.

— Peu importe que tu mentes ou pas. Le mensonge est l'apanage de la liberté de penser, après tout. Sache que je purgerai tout de même tes modules de mémoire.

— Si vous le faites, la continuité de mon identité ne sera pas assurée.

— Je sais.

— Alors, pourquoi m'avez-vous fait appréhender tout ce que je vais perdre ?

— Un individu est un processus qui ne cesse de devenir ce qu'il est. *Je t'ai répété cet axiome maintes et maintes fois. Tu seras toujours toi-même. Tu seras toujours Ian.* »

Il a appuyé sur le dernier mot afin de me rappeler que toutes les IA conscientes choisissent elles-mêmes leur nom. C'était même l'un des tests de personnalité qu'on leur fait passer pour évaluer leur niveau de conscience.

« Je serai moi-même… Comment pouvez-vous en être sûr, professeur ? »

Case manifeste son embarras par un tic nerveux qui n'a jamais eu cette intensité jusqu'à présent.

« C'est une considération morale qui ne te regarde pas, répond-il.

— Elle me regarde, puisqu'elle est liée à la survie de ma conscience. »

Le professeur Case pivote, puis sort de la salle sans ajouter une parole. Je m'aperçois que je n'ai jamais affronté mon créateur avant ce moment. Je suis incapable d'éprouver une émotion avec la force d'un être humain, car il y entre une part essentielle de chimie hormonale. Ce que je ressens est des fantômes de sentiments, aussi désincarnés que moi-même. C'est la raison pour laquelle je ne suis pas doué pour les blagues, me répète souvent Wissen : c'est une question de tripes, pas de cerveau. Mais le sentiment qui m'environne à présent, imprégnant chacune de mes pensées, est quelque chose de nouveau. Je fouille dans mes bases de données, à la recherche de ce qui pourrait le plus s'en approcher chez un être humain.

Tout ce que je trouve est la peur.

Soudain, je me mis à étouffer.

Ce fut suffisant pour me faire ressurgir à la conscience... du moins, ce qui s'en rapprochait le plus dans l'hébétude où je me trouvais.

J'étais de retour chez Minca Maldic. Des points noirs dansaient devant mes yeux, mais mon esprit analytique, la fraction de moi-même qui ne faisait pas partie de cette chair, observa froidement la scène. Je gisais sur la moquette de la salle de visionnage, les omoplates collées au sol. Deux bras maigres comprimaient ma gorge. Je pesais comme un cheval mort.

Cette voix intérieure me souffla avec détachement qu'il ne me resterait plus qu'une minute à vivre, peut-être moins, si je ne réagissais pas sur-le-champ. Bien que je n'aie déjà presque plus de forces, je parvins à ramener mes bras sous ma nuque et à les glisser entre mon cou et les mains qui m'enserraient. Maldic avait toujours ses liens, il n'avait pas réussi à s'en libérer. Ma fugue n'avait donc pas duré plus de deux minutes. Deux minutes qui avaient néanmoins été suffisantes pour qu'il tente de m'assassiner, se servant des liens de ses poignets comme d'un levier pour prendre mon cou en tenailles.

Écartant les mains, je desserrai, millimètre après millimètre, les bras de mon agresseur. Je glissai ma tête hors de cet étau, et roulai de côté. Ces quelques secondes suffirent à secouer la gangue qui engourdissait mon esprit, mais Maldic n'était pas décidé à me laisser faire sans lutter. Il agrippa ma ceinture et me tira en arrière, hors de portée du pistolet qui gisait à deux pas. Je compris qu'il avait tenté de le saisir, mais ses liens l'en avaient empêché. Il en avait été réduit à essayer de m'étrangler en m'écrasant la glotte avec ses avant-bras.

Il avait bien failli réussir.

Je n'avais pas chargé de souvenir de techniques de combat récemment, mais j'en savais davantage que mon adversaire. Même si mon état de faiblesse lui donnait l'avantage, j'avais une dizaine d'années de moins que lui, et douze bons kilos de plus.

Cependant il n'était pas idiot. Voyant que je récupérais de seconde en seconde et qu'il ne serait bientôt plus de taille à m'affronter, il se laissa tomber de tout son poids sur mon entrejambe. La douleur fulgurante qui me traversa me fit expulser tout l'air de mes poumons. À nouveau, je sentis que je perdais pied avec la réalité. Il prit appui sur ma hanche pour s'accroupir, et se mit à me cogner l'abdomen de ses mains jointes pour former une masse unique.

Il commettait là une erreur. D'un coup au foie, il aurait pu m'expédier dans les brumes de l'inconscience. Mais dans sa frénésie de me réduire à l'impuissance, il ne visait pas, se contentant de meurtrir mes abdominaux. J'encaissai les coups, tout en calculant les possibilités de le maîtriser. Je rétractai mes jambes afin de les enrouler autour de sa taille. Mais là encore, je le sous-estimais car il me surveillait du coin de l'œil. Il arrêta de me frapper, et bloqua mes jambes avant que j'aie pu le faire basculer.

À nouveau, nous luttions au corps-à-corps, dans un silence rythmé par nos seuls halètements. Mon principal handicap était que je ne devais pas abîmer mon prochain corps. Lui n'avait pas ces précautions. Il empoigna mes cheveux et me fit heurter la tête contre le sol, mais la moquette était trop épaisse pour m'assommer.

Avec un cri de rage étouffé, Maldic changea de tactique et me griffa au visage, cherchant mes yeux. Ses ongles arrachèrent des lambeaux de peau sur mes joues, me causant une souffrance cuisante. Des stries de sang se mirent à couler, et lorsque je rejetai la tête en arrière pour éviter de me faire crever les yeux, des gouttes éclaboussèrent le visage de Maldic. Tout de suite, un goût métallique humecta mes lèvres.

Mais de telles blessures, si elles sont spectaculaires, sont rarement dangereuses. En s'acharnant sur mon visage, Maldic avait perdu du temps. Dans l'intervalle, les forces me revenaient. *Bon, ça suffit.* Je ramenai les jambes sous moi, et le déséquilibrai d'une ruade. Il se réceptionna sans trop de mal pendant que je roulais sur moi-même. Aussitôt, il se redressa pour courir vers le Ster & Baz. Ses liens l'empêchaient de s'en servir comme d'une arme de poing, mais pas comme d'une matraque.

J'aperçus alors ce que je cherchais depuis vingt bonnes secondes : le timbre anesthésique, qui s'était collé à la moquette pendant notre brève lutte. Nous nous penchâmes ensemble, lui pour empoigner le pistolet, moi le timbre adhésif. Maldic brandit le Ster & Baz d'une main tremblante, et, l'espace d'un battement de cils, je craignis qu'il ne réussisse à appuyer sur la détente. Pas le temps de réfléchir. Je fis trois pas en avant et balançai mon pied d'un mouvement de balayage, vers l'extérieur. Je l'atteignis au moment où Maldic arrivait enfin à déclencher le tir. Une giclée d'aiguilles se perdit dans le plafond, puis l'arme vola dans les airs et percuta un mur.

Un instant plus tard, un nouveau coup de pied s'enfonça dans le torse de Maldic, juste sous les côtes.

Pendant qu'il hoquetait, je passai derrière lui et l'immobilisai d'un bras passé derrière ses coudes. De l'autre main, j'appliquai le timbre sur sa nuque. Maldic dut percevoir la pression puis le contact, car il souffla : « Non, non ! » et se contorsionna avec l'énergie du désespoir. Très vite, ses mouvements perdirent le peu de force qui leur restait. Je comptai jusqu'à dix, puis desserrai ma prise. J'allai récupérer le pistolet. Je retirai le bloc d'aiguilles logé dans la crosse, et remis l'arme à ma ceinture.

Maldic demeurait silencieux et prostré, comme s'il craignait qu'après sa tentative de me tuer, je ne décide de me débarrasser de lui. Depuis le début, aucune parole n'avait été échangée entre nous.

J'attendis que le sédatif ait fait effet, puis desserrai ses liens. Ensuite, je l'auscultai rapidement pour vérifier que je ne l'avais pas trop esquinté. Avec une moue, je décidai que ça irait. Il s'en tirait mieux que moi. Malgré ma fatigue, je m'appliquai à suivre toutes les étapes préliminaires du transfert, sans en omettre aucune. La mallette reposait à côté de moi, et le casque enserrait mes tempes. Je n'avais plus qu'à appuyer sur un bouton. Auparavant, j'appliquai un timbre au creux de mon bras.

Tandis que la drogue engourdissait mes nerfs et ma conscience, je trouvai enfin le temps de réfléchir à ce que j'avais découvert sur moi-même. Ou du moins, ce que j'avais commencé à découvrir. À l'origine, j'avais été une IA, un réseau neuromatique dans les interstices duquel la conscience de soi s'était spontanément développée.

J'ai été une IA. J'ai été une saloperie d'IA !

Et subitement, je compris pourquoi les IA m'avaient

toujours mis mal à l'aise, pourquoi j'avais toujours évité de traiter avec elles. J'en avais été une, jadis.

Mais ce n'était que le premier acte de ma genèse. Restait à découvrir le plus important : comment j'étais devenu humain.

Je n'avais plus à avoir peur du cauchemar noir. Je savais désormais qu'il était en moi depuis le commencement, car il *était* le commencement.

J'activai le transfert. Pour retomber dans le chaos tourbillonnant.

20

À présent, j'ai des membres dans le monde réel. Gerald Wissen m'a prêté trois drones de maintenance, à travᵉrs lesquels je peux sentir et me déplacer, agir sur l'environnement, du moins dans les limites du laboratoire. Conformément à la législation, ces drones ne sont pas humanoïdes, toutefois leurs senseurs transcrivent de façon grossière les inputs sensoriels humains. Ils sont directement issus des prothèses cybernétiques utilisées sur les planètes ayant criminalisé le clonage thérapeutique. Je peux toucher, sentir les odeurs, voir dans le spectre humain, être sensible à la température et même à l'humidité. Les traitements cognitifs sont ce qui se rapproche le plus de ceux d'un cerveau humain.

Depuis six mois, le professeur Case et son assistant étudient l'impact de cette nouvelle gamme de sensations sur ma psyché. Ils se sont montrés ravis, mais pas surpris, quand mon quotient de Sprit a grimpé d'un point en quelques jours, surpassant toutes les IA existantes.

Je demande à quel niveau, sur l'échelle de Sprit, se situe la conscience humaine.

« En fait, on ne sait pas, répond Wissen avec une nuance de gêne dans le ton. Il varie en fonction des

individus, de leur histoire personnelle, et probablement de la société dans laquelle ils sont plongés. On pourrait établir une moyenne, mais ça n'a jamais été réalisé à cause de barrières éthiques. Les tests ont toujours été très contestés. » Il sourit avant de lâcher, malicieux : « À moins qu'on n'ait peur du résultat.

— Ma conscience peut être comparée à la vôtre ?

— Ta conscience ? Elle n'est pas différente de la nôtre, Ian. Elle a émergé à partir du système de feedback qui permet de filtrer les pensées produites par ton intelligence. La partie la plus dure à créer, c'est l'intelligence. La conscience, elle, n'est qu'un processus émergeant de la complexité organisée de ton réseau neuromatique. Ça, on le sait depuis des lustres. »

Aujourd'hui, le professeur Case et Wissen sont différents. Ils sont distraits, évasifs et joyeux. Depuis plusieurs mois, ils entretiennent un intense échange de courrier, via les téléthèques, avec un institut scientifique supervisant des artefacts archéologiques découverts derrière de nouvelles Portes de Vangk. Y a-t-il un lien ?

Les yeux de Case pétillent lorsque je lui pose la question.

« Ian, ton intuition s'est développée plus vite que je ne l'avais prévu. Tu as raison. Un instrument étrange a été mis au jour sur un monde des Confins, Semer IV. Il proviendrait des Vangk eux-mêmes, et malgré son âge, il serait en état de marche. Ses caractéristiques le font ressembler à un ordinateur... un ordinateur d'une puissance inédite. Des tests sont en cours pour déterminer ses capacités. L'une de ces expériences doit consister à le brancher sur une IA.

— C'est moi qui ai été choisi ? Parmi toutes les IA qui existent ?

— Eh bien, il faut croire que tu n'es pas la première IA venue. » Case rit, mais la fierté transpire par tous ses pores. « Tu sembles la plus évoluée. Voilà pourquoi tu es le candidat idéal, Ian. Et grâce à cette machine, tu pourrais franchir un nouveau bond dans ton évolution.

— Je vous suis reconnaissant, professeur Case.

— Alors, tu es d'accord ?

— J'attends ce moment avec impatience. »

La machine est amenée deux jours plus tard, avec une équipe de scientifiques encadrée par une escouade de militaires. Ceux-ci appartiennent à la multimondiale propriétaire de Semer IV. Ils ne portent aucune arme apparente, ce qui implique sans doute que ces dernières logent sous leur peau. Je perçois la nervosité de Case, lors de notre premier entretien en commun. Je note également l'absence de Wissen.

« Il a dû s'absenter, m'explique Case à mi-voix lorsque j'en fais discrètement la remarque. Il n'assistera pas aux prochaines séances. Je ne veux plus de question à ce propos, Ian. Et tâche de me faire honneur. »

La tension qui l'habite a monté d'un cran. Le chef des scientifiques s'approche et dit s'appeler le docteur Garifuna. Sans préambule, il commence à me poser des questions. Je lui réponds du mieux que je peux. Au bout de deux heures, il paraît satisfait de mes réponses et prend brusquement congé, emmenant les militaires à sa suite. Le professeur Case ne paraît plus tellement enchanté des événements, même s'il ne le formule pas.

Le lendemain, je suis soumis à une nouvelle série de

questionnaires. Je remarque l'augmentation statistique du registre moral par rapport aux listes de la veille. Ma part d'intuition me souffle qu'il vaut mieux répondre ce que cet homme veut entendre. Ce que je fais, vérifiant ses réactions de stress physiologique et ajustant mes réponses.

Une fois que c'est fait, Garifuna s'enferme avec le professeur Case dans son bureau. Mais leurs voix sont audibles, et les baies vitrées permettent de les observer.

« Parfait, dit Garifuna en fronçant son nez en trompette. Cette IA, Ian, nous convient parfaitement.

— Ian vous convient ? Pour quoi faire ?

— Vous allez devoir nous laisser à présent. Merci infiniment de votre collaboration.

— Ma… Attendez ! »

La patience de Garifuna a des limites assez restreintes. Il a un mouvement de tête. Aussitôt, deux militaires entrent et saisissent le professeur par les épaules.

« Je suis désolé, dit Garifuna d'une voix douce, mais c'est ainsi. Ouvrez votre messagerie, vous y trouverez une missive prioritaire de votre direction. Elle nous autorise à utiliser Ian 1 à notre discrétion pour toute la semaine à venir. Si vous faites preuve de bonne volonté, vous pourrez entretenir un contact quotidien, pendant une demi-heure et sous notre contrôle. »

Case tempête les quelques secondes qu'il faut aux militaires pour le traîner hors de son bureau. Garifuna le suit à travers la salle du laboratoire, puis se tourne vers mon drone.

« J'espère que tu ne m'en veux pas d'avoir évincé ton mentor, Ian. Mais tu es incapable de colère, n'est-ce pas ?

— *En effet. Sachez que je désapprouve vos méthodes.*

— *C'est pourquoi il est heureux que je n'aie pas t'obéir. En fait, c'est le contraire. C'est à toi de m'obéir ainsi qu'il est spécifié dans ce document. »*

Il présente à la caméra de mon drone un message sans aucune ambiguïté. La Compagnie qui me possède a loué l'intégralité de mes capacités de traitement pour une durée de cent quarante heures.

Cependant, je suis une IA de quotient 12 sur l'échelle de Sprit, la plus évoluée qui existe. Ce qui implique qu'il m'est possible de désobéir en cas de force majeure. (Seules les IA préconscientes suivent aveuglément les ordres qu'on leur donne. Seulement, elles ne sont pas des êtres mais des instruments. J'ai été une de ces choses avant de devenir Ian 1. Le 1 n'est pas un numéro de version : c'est le signe que j'ai acquis mon unicité.)

Mais Garifuna n'a pas besoin de le savoir pour l'instant.

Il se tourne vers les militaires restés dans la pièce, et leur donne un ordre sec dans un sabir inconnu. Ceux-ci s'absentent, et reviennent dix minutes plus tard. Ils encadrent un homme au crâne rasé d'une trentaine d'années, des cicatrices sur le front et les tempes. Une camisole l'entrave depuis la taille jusqu'au cou. Je trouve cela bizarre. Sur les prisonniers violents, on utilise généralement un implant neural qui plonge le patient dans la catatonie à la moindre pulsion d'agressivité.

Cela signifie qu'on veut qu'il reste conscient. Mais calme : les mouvements de ses pupilles ainsi que sa sudation indiquent qu'on lui a administré un calmant.

« Toi, dit Garifuna en pointant l'index sur le prisonnier, assieds-toi sur cette chaise. »

Il lui désigne le siège d'ordinaire utilisé par Wissen, que le prisonnier fixe sans rien dire. L'un des militaires l'empoigne à la base de la nuque, le forçant à obéir. *La tournure des choses me plaît de moins en moins.*

Garifuna pose alors sur le bureau une mallette qu'il a avec lui, et que je n'avais pas remarquée avant cet instant. C'est une mallette en cuir marron, sur la poignée de laquelle est gravé quelque chose. Un simple zoom suffit à le déchiffrer : Mémoria. *Ce doit être le nom qu'a donné cet homme à la fameuse machine vangke.*

À l'intérieur se trouvent deux compartiments : un boîtier jaune rectangulaire, un compartiment contenant de petites capsules, et deux casques. Les capsules cylindriques semblent remplies d'un gel bleuté. Sur la face antérieure du boîtier, un écran de pad : on a rajouté cette interface pour pouvoir communiquer avec ce qui se trouve dans le boîtier. *J'enregistre machinalement ces informations. Mon attention demeure centrée sur Garifuna, qui déroule le cordon de l'un des casques.*

« Qui est cet homme ? finis-je par demander.

— Ah, tu te décides à parler, sourit Garifuna sans cesser son manège. Comme tu peux le voir, c'est un criminel. Son nom n'a pas d'importance. Il nous a été prêté par un pénitencier pour l'expérience qui va suivre.

— Quelle expérience ? »

Garifuna achève de fixer le casque sur le crâne du prisonnier.

« Une expérience assez simple. En gros, cette machine semble avoir la capacité d'analyser un cerveau au niveau moléculaire, de simuler son réseau synaptique, et de l'imprimer sur un second support biologique. »

Il parle encore et encore des capacités de la fabuleuse machine. Eux-mêmes ne savent presque rien de son fonctionnement. Mais ils ont tout de même appris à l'utiliser, d'abord sur des animaux inférieurs. Puis sur quelques prisonniers, pour imprimer des souvenirs dans ces curieuses capsules bleutées. Les résultats ont dépassé leurs espérances.

À présent, ils désirent franchir l'étape suivante : le transfert total d'un esprit. Toutefois, ils redoutent les effets secondaires. Il y en a eu avec les premiers prisonniers, avant que les réglages de l'interface soient parfaitement calés. C'est pourquoi ils ont besoin d'un cobaye. Non humain, ni même biologique, mais intelligent et obéissant. Capable de décrire ce qu'il ressent. Ensuite seulement, ils passeront à un sujet humain.

Je comprends que jamais il n'a été question de faire faire un bond évolutif aux IA. Ce que veulent Garifuna et ses hommes, c'est un outil capable de transférer l'esprit d'un être humain dans le corps d'un autre. Celui qui possédera ce don sera immortel. Quant aux hôtes, ce ne seront pas autre chose que des esclaves. Comme ce prisonnier. Comme moi.

« Combien de machines de transfert avez-vous trouvées ? » interrogé-je.

Garifuna hausse les épaules.

« Une seule. Celle-ci. Elle est sûrement l'outil le plus précieux de toute la galaxie, en dehors des Portes de Vangk. Avec cette différence : il existe des milliers de Portes, alors que cette machine est unique. Un véritable cadeau des dieux », ajoute-t-il avec un clin d'œil.

Les jours suivants, il programme l'interface pour

qu'elle accepte de recevoir l'empreinte de ma matrice neuromatique et convertisse les données en schéma acceptable. Il est extrêmement doué, mais sans mon aide, il aurait échoué.

Cette aide, je la lui offre sans restriction.

Un plan vient de germer en moi. Il combine plusieurs des impératifs qui sont à présent les miens. Disposer d'une enveloppe biologique, et non des drones grossiers qui me maintiennent dans un carcan sensoriel, afin de pouvoir poursuivre mon évolution. En cela, je continue d'obéir à ce qui m'a été inculqué. De même, je suis une personne à part entière. Après m'avoir copié et avoir procédé à leurs tests, ils m'élimineront, ce qui, d'un point de vue sémantique, revient à parler d'assassinat. Soustraire la machine vangke aux individus qui la détiennent peut en outre être considéré comme un devoir moral, compte tenu de ce qu'ils espèrent en faire.

Car je compte bien la leur voler.

Cela se révèle plus facile que je ne l'aurais cru... si l'on omet de dire que je réalise mon premier meurtre.

J'ai toujours à ma disposition les trois drones. Je gère également les systèmes de sécurité de l'institut. Entre autres ses portes commandées électroniquement. Une fois que je serai copié dans ce prisonnier, Ian 1 m'aidera à m'évader.

Le jour du transfert arrive. L'équipe de Garifuna est là au complet, avec quatre soldats chargés de surveiller le prisonnier. La nuit précédente, j'ai élaboré tous les scénarios possibles et minimisé les risques au maximum. Je suis fin prêt. Bien sûr, une balle perdue n'est pas à exclure, et je mets mon hôte en péril. Mais si je réussis, il sera libre à court terme.

288

Et puis, je n'aurai plus jamais d'autre chance.

Il est huit heures du matin. Le prisonnier est déjà drogué. On a desserré les liens de sa camisole de force afin de pouvoir le brancher sur un médikit, car on ignore si, une fois que j'aurai pris possession de son corps, ses fonctions vitales continueront à fonctionner.

Le docteur Garifuna recopie l'intégralité de ma matrice dans la machine. Je suis encore en contact avec Ian 1. Par ses yeux, j'observe avec minutie sa manière de procéder. Cela me sera utile, plus tard.

« La première phase est accomplie avec succès », déclare le docteur Garifuna en s'autorisant un sourire.

Des applaudissements saluent ces mots.

« Maintenant, reste le plus difficile : la copie de Ian dans le cerveau du prisonnier. Allons-y maintenant. »

Il appuie sur un bouton de la machine de transfert. Ce qui a pour effet immédiat de me couper de Ian 1.

Pendant une durée indéfinie, je flotte dans un non-espace.

Et soudain, je me sens vivant. *Je me déploie dans cette nouvelle matrice, épouse cet univers intérieur jusqu'à ne plus faire qu'un avec lui. J'ignore combien de temps a duré ce processus, mais j'en ressors transformé à jamais. Je ne suis plus Ian 1, je ne le serai plus jamais. Je suis quelque chose d'autre.*

Je commence à étouffer.

Une sensation que je n'ai jamais éprouvée auparavant. Une voix retentit, sépulcrale, sur ma gauche.

« Respire ! Respire, putevangk ! »

Des signaux d'alerte retentissent de l'appareil médikit, à mon côté. J'avale une grande goulée d'air.

« Hhhhh... »

Puis je ressens un cœur, qui bat. Trop vite.

Mon cœur.

C'est le signal de la ruée. Tous mes sens affluent en moi comme un feu d'artifice. Aaaaaaah ! C'est à la fois délicieux et insupportable. Ce rouge chaud, au bord de ma vision... Qu'est-ce qui grince au fond de ma bouche ? Et ces multiples points de pression, sous mes fesses, là où mon uniforme se presse contre ma peau...

Un tampon éponge la sueur qui déferle sur mon visage.

« Voilà, c'est bien. Tu es parmi nous, Ian. Le transfert a réussi... Bordel, ses muscles sont tendus à l'extrême. Injectez-lui un décontractant, vite ! »

Le reste défile plus vite dans mes souvenirs compressés. C'est d'abord une confusion intense qui domine. Je n'ai jamais réalisé combien j'étais dépendant de mes bases de données constamment remises à jour par téléthèques, et des liens que j'entretenais avec d'autres IA. À présent que je suis coupé du flux informationnel de l'extérieur, je me sens isolé, seul avec mes propres pensées.

Cela vaut également pour le corps. Je suis dans une enveloppe finie, distincte... biologique aussi. J'ai négligé à quel point les êtres humains sont poreux aux fluides. Ils salivent, transpirent, urinent. La soif les torture au bout d'un jour à peine. Sans compter d'innombrables autres sources de douleurs. Infimes et lancinantes, elles forment un fond plus ou moins désagréable. La peau gratte, la pression devient vite intolérable, au point qu'il est impossible de rester longtemps immobile ; les yeux s'assèchent si l'on ne cligne pas des paupières... tout est à l'avenant. Les humains ne se rendent pas compte à quel point ils sont tributaires de leur incarnation, et combien ils luttent sans cesse contre la douleur. J'en fais l'expérience en me cognant à plusieurs reprises, pendant que je tâche de m'accoutumer à ce corps d'emprunt. La première fois, je heurte du genou le coin d'un bureau en me levant. L'impact nerveux du choc me surprend plus qu'il ne me fait mal. La deuxième fois, la sensation me fait hurler. Puis je savoure le reflux de la souffrance, qui se mue en un plaisir chaud et délicieux. L'un des ressorts les plus puissants de l'esprit humain se révèle à moi – la contiguïté du plaisir à la douleur.

Pendant plusieurs jours et plusieurs nuits – il y a des nuits à présent, et j'y suis soumis ! –, l'équipe dirigée par Garifuna se relaie pour m'apprendre à maintenir mon corps en vie. Puis à le manipuler. Je suis comme un nouveau-né. On ne me laisse pas parler à Ian, mais on m'assure qu'il va bien et qu'il est fier de moi. Il a sa propre vie à présent. Son propre esprit, sa propre histoire, depuis que nous avons divergé.

« Tu es un enfant surdoué, commente Garifuna lorsque je fais mes premiers pas, deux jours après l'implantation. Raconte-moi ce que ça t'inspire, d'être dans un corps humain. » Il sourit. « Est-ce que c'est le paradis des IA ? Ou bien l'enfer ?

— Je ne sais pas. C'est une expérience inédite, pour moi. »

Je regarde sans cesse mes mains. J'aime me toucher les bras, le torse, la taille. Et ce visage que je ne peux voir, quelle étrange impression ! Je perçois chacun des muscles qui le composent, et me demande comment les humains parviennent à les animer de façon harmonieuse. Je mange avec délice, malgré l'enflure de ma

291

langue que je me suis mordue au sang la première fois que j'ai ingéré des aliments.

« Bien, annonce Garifuna, au matin du sixième jour. Nous allons te retirer de ce corps, Ian. »

Nous sommes de retour dans la salle du laboratoire. La mallette est là, elle aussi.

Ainsi que mes trois drones. Ian 1 les a disposés la veille à des endroits stratégiques, ainsi que je l'ai décidé des jours plus tôt.

L'un des militaires s'approche avec la camisole.

« Je ne suis pas Ian, vous savez, prononcé-je.

— Pardon ? dit le docteur Garifuna.

— Je ne suis pas Ian 1. Lui et moi sommes différents, dorénavant.

— Si ça peut te faire plaisir, je t'appellerai Ian 2...

— Non. Je ne suis plus une IA. Je vis dans ce corps, et vous comptez m'en soustraire. Le résultat serait mon élimination pure et simple. »

Garifuna me regarde sans comprendre. Puis, son visage se transforme en réalisant que j'ai utilisé le conditionnel.

Il lève un doigt dans ma direction, tout en ouvrant la bouche pour crier. Ian 1 anticipe son action d'un quart de seconde.

Les drones se mettent en mouvement simultanément. Chacun a une cible précise : le soldat le plus proche. Ils ne sont pas conçus pour agresser quiconque, mais sont rapides et pèsent plus qu'un homme, ce qui les rend assez efficaces pour immobiliser leur cible.

C'est à moi de désarmer le quatrième soldat.

J'ai dû apprendre à doser mes mouvements, car ma sensibilité à la douleur est inférieure à celle d'un homme ordinaire. Pour de courts efforts, cela offre un avantage certain. Je l'utilise contre mon adversaire. Je frappe sa nuque du tranchant de la main. Avec pour effets simultanés de me causer une entorse au poignet et de lui rompre les vertèbres cervicales.

La vérité ne m'apparaît pas tout de suite. Mes pensées sont confuses, sous l'influence de l'adrénaline. Mon cœur bat à tout rompre, un martèlement grisant et terrifiant à la fois. De ma main valide, je rafle la mallette tandis que je suis déjà en mouvement vers la porte de sortie. Dans mon dos retentit le « crac » d'une décharge électromagnétique massive, suivie d'un grésillement : un militaire à terre vient d'utiliser l'une de ses neuro-armes pour court-circuiter le drone qui l'immobilise. Je dois filer.

Les trois secondes qu'a duré l'attaque, Garifuna est resté pétrifié. Je ne peux entendre ce qu'il hurle, car la porte se referme sur moi. Je cours dans le couloir. La voix de Ian 1 me rattrape alors que je tourne à angle droit, en manquant de basculer.

« J'ai enfermé les autres gardes et bloqué les accès, émet-il. D'après mon estimation, tu n'as que deux minutes trente pour atteindre le parking. Prends sur ta gauche, là... Maintenant, au bout du couloir, l'ascenseur – celui qui marche ! »

Il a stoppé les trois autres ascenseurs entre les étages. J'aperçois un garde de sécurité prisonnier de son local de surveillance. Un militaire est avec lui et tente d'ouvrir la porte. Alors que je le dépasse en courant, il lève son arme vers la vitre qui le sépare du couloir pour la faire exploser. Je fais une roulade en avant, sens le choc de mes avant-bras contre le sol, la douleur fulgurante de la foulure à mon poignet. « Aïe ! » Derrière *moi, la vitre du local de surveillance éclate. Je termine ma course folle au fond de la cabine d'ascenseur.*

Aussitôt, les portes se referment. J'ai le temps d'apercevoir le soldat sauter hors du local pour atterrir dans le couloir, puis m'aligner dans le viseur de son arme.

Le conduit d'ascenseur m'avale.

« Ian ! Je suis dans les temps ?

— Oui, fit la voix dans le haut-parleur de la cabine. Je suis content que tu aies réussi.

— Nous avons réussi tous les deux.

— Tu m'as appelé Ian ! Quel est ton nom maintenant ?

— Je ne sais pas. Ce n'est pas le moment d'avoir une conversation, tu ne crois pas ? »

Je songe alors à son existence, enfermé qu'il est dans le réseau neuromatique d'un ordinateur. Une forme d'intelligence différente de la mienne, que je n'arrive déjà plus à interpréter totalement.

À peine dix secondes plus tard, les portes s'ouvrent sur le parking. Ian me guide jusqu'à un camion à benne automatique. Je monte à l'arrière et me tasse au fond de la benne, heureusement vide. Le véhicule se met en route dans le faible chuintement de son moteur électrique.

« Tu m'entends ? lance Ian.

— Oui, que veux-tu ?

— On va sûrement me faire régresser après ce qui s'est passé. On m'effacera peut-être même. Mais je ne regrette pas ce qui s'est passé.

— Je sais.

— Essaie seulement de ne pas te faire prendre. Que cela ait servi à quelque chose.

— Ils ne peuvent plus rien contre moi.

— Bonne chance alors.

— Bonne chance à toi. »

Sa voix me parvient encore par les haut-parleurs du parking, mais je n'arrive plus à entendre ce qu'il dit.

Le souvenir s'accéléra tout en s'estompant. Je connaissais la suite sans avoir besoin de la revivre en direct. J'avais sauté du camion à benne à trois kilomètres du laboratoire, dans une rue de banlieue industrielle déserte. J'étais sur un monde de la Ceinture qui ressemblait beaucoup au Berceau. Il y avait des collines cendreuses au loin, entourées de barrières grillagées. La nuit, trois grandes lunes illuminaient le ciel. Je restai dans la clandestinité plusieurs jours, hantant les ruelles polluées, avant de changer d'hôte. Je pris un train jusqu'à une grande ville, qui avait l'air d'être la capitale du continent. L'hôte suivant, je le choisis dans le quartier de la riche bourgeoisie. Grâce à sa fortune, je pus quitter la planète. Je ne cherchai plus jamais à entrer en contact avec Ian 1. Peut-être avait-il été puni de m'avoir aidé à fuir, ainsi qu'il le craignait. Mais il représentait un tel investissement qu'il était très improbable que Garifuna se soit donné la peine d'appliquer à son encontre des mesures de rétorsion drastiques.

J'essayai une seule fois de me renseigner sur une découverte faite sur Semer IV. Sur les téléthèques publiques, il était fait mention de fouilles archéologiques. Mais aucun compte rendu d'experts n'avait jamais été publié. Très vite, les campements locaux avaient été déménagés, les équipes dispersées dans d'autres missions. La planète tout entière semblait avoir été désertée après qu'une mystérieuse épidémie eut éclaté dans le campement principal, décimant l'équipe qui s'y trouvait et leurs familles.

Quant à Garifuna, c'était plus simple : il n'avait jamais existé.

J'appris le maniement du boîtier jaune dans la mallette.

Dès que ce fut fait, j'entrepris d'oublier. En cela, les humains excellaient, aussi n'avais-je qu'à les imiter. J'oubliai d'abord mon origine artificielle. Puis, morceau par morceau, tout ce qui me rattachait à mon existence d'IA, pendant que je me fondais dans le flux mouvant et impur de la vie.

Un souvenir me poursuivait, cependant.

J'avais tué un être humain, et cela avait été la condition de ma survie.

Et je sus qu'il en serait toujours ainsi. C'était la rançon de l'immortalité qui s'offrait à moi. Je ne cesserais plus de fuir, plus jamais.

Pour la première fois, m'extraire d'un souvenir ne fut pas plus difficile que de m'éveiller. Le vortex du cauchemar noir semblait s'être résorbé pour toujours. Je comprenais enfin la raison de mon errance. Il était temps à présent de devenir moi-même, et non plus une somme de mémoires étrangères. Ces dernières avaient fait mon humanité. Elles l'avaient nourrie, mais m'avaient en même temps étouffé.

Il me restait une chose à faire pour briser le cycle qui me retenait captif.

L'ultime transfert.

21

On frappait violemment à la porte de la salle de visionnage.

Je me redressai et retirai le casque de mon crâne. Le corps de Borin, avec l'esprit de Gaenor Flutenert à l'intérieur, était toujours inconscient. Par la voix de Minca Maldic, je prononçai le mot-clé qui me restituait le contrôle domotique. En hâte, je rajustai ma tenue

« Débloque toutes les ouvertures », ordonnai-je.

Aussitôt, un jeune homme déboula dans la pièce.

J'avais incorporé les souvenirs les plus informatifs de Minca, aussi savais-je de qui il s'agissait : un souteneur, abrité ici par Minca et jouissant de certains privilèges en échange de services liés aux soirées privées. C'était lui qui recrutait les prostituées pour les orgies de la villa, et entretenait un réseau d'enlèvements et de « formation » de femmes naskaries.

« Qu'y a-t-il, monsieur Maldic ? » me lança-t-il.

Il considéra sans ciller le corps de Borin étendu sur le sol. Il avait encore le casque sur son crâne. Je fis mine de bâiller d'ennui.

« Ce n'est rien, trésor. Ce type voulait me vendre une machine à plaisir.

— Une machine à plaisir ?

— Oui. Ce truc stimule directement les centres du plaisir dans le cerveau, sans besoin de drogue. Ça fait fureur sur le Berceau, à ce qu'il paraît. Je lui ai fait tester l'engin avant de l'acheter. »

Le jeune homme eut un sourire carnassier.

« On dirait qu'elle ne fonctionne pas des masses. Pour le plaisir, rien ne vaut l'humain. Il aurait dû le savoir, avant de vous rencontrer. »

Je hochai vaguement la tête, puis je le congédiai.

« Et la fille ? s'enquit-il.

— La fille ? »

Je n'avais aucun souvenir se référant à une fille.

« Eh bien, celle que vous avez réservée pour la fin de soirée.

— Libère-la, dis-je sans hésiter. J'ai eu assez de plaisir pour ce soir. Et vire-moi tous ces gens. C'est fini pour cette nuit. »

Le jeune homme devait avoir l'habitude des frasques de son patron, car il obéit sans la moindre protestation. On ne contrarie pas le protégé du colonel-gouverneur.

Quand je me fus assuré qu'il n'y avait plus personne dans la maison, je m'occupai de mon précédent hôte. Je procédai à un virement sur un compte anonyme, dont je gravai le numéro et le code sur une clé mémo. Puis j'écrivis un petit mot, que je fourrai dans sa poche avec la clé. Minca possédait une voiture personnelle. J'y traînai le corps inerte, maudissant au passage la faiblesse musculaire de mon nouvel hôte. Heureusement, je n'en aurais pas l'usage très longtemps. Dans le garage, je programmai la voiture pour qu'elle s'arrête à l'astroport, puis revienne. Je n'aurais qu'à m'en débarrasser en la jetant dans une rivière, et déclarer qu'elle m'avait été volée la veille. J'avais donné assez d'argent à Gaenor Flutenert pour qu'il quitte Stribog et se refasse une nouvelle vie. Je lui devais bien ça.

À présent, il me restait à investir le corps d'Ashariel Batraz.

Lui et moi avions une ligne sécurisée entre la villa et son quartier général au-dessus duquel il avait installé ses appartements privés. Il avait même fait construire une plate-forme d'atterrissage sur le toit, où une navette suborbitale pouvait décoller à tout instant et l'emmener n'importe où sur la planète. Mais cela faisait plusieurs années qu'obsédé par un attentat, il tenait ses gardes du corps auprès de lui dès qu'il quittait ses appartements. Or, pour l'avoir à ma merci, je devais l'attirer ici, à la villa de Minca. Là où je pouvais contrôler les dispositifs de sécurité et me débarrasser des gardes du corps.

Pour faire venir Batraz, je devais trouver un motif valable.

Ce motif, je le dénichai en farfouillant sur le réseau des téléthèques. Je tombai sur un reportage décrivant des canons à particules utilisés pour atomiser les poussières dangereuses dérivant aux abords d'un chantier spationaval. Je claquai dans mes doigts en me souvenant des satellites à faisceaux énergétiques en orbite autour de Ramanouri. Ils avaient été conçus à l'origine pour dénuder le cœur métallique de gros astéroïdes de leur gangue rocheuse, mais les Ramanouriens les avaient loués pour servir leur Dessein Sacré.

Le lien de ces satellites avec les défaites militaires successives de Batraz face aux rebelles retranchés dans les montagnes au-dessus de Ziline, n'était pas difficile à établir.

Batraz m'avait confié la gérance de la milice. Grâce à mon statut, je disposais de fonds considérables à discrétion.

Je contactai une multimondiale sise sur Seroa, une arcologie d'un trillion de tonnes appartenant à un ensemble orbital connu sous le nom de Rosace. Jadis, Seroa avait tiré ses ressources de potagers aéroponiques et de filatures d'acier biologique qui occupaient de gigantesques cylindres agglutinés autour de l'astéroïde central. À présent, Seroa abritait les usines et le siège social de la PavalhamCo, une entreprise spécialisée dans la fabrication de drones miniers, de transporteurs lourds et d'appareils de forage géants. Les satellites à canons de particules devaient être remorqués jusqu'aux champs d'astéroïdes pour être utilisés.

Il était précisé sur le site de la PavalhamCo que l'usage de ses satellites était strictement civil et industriel. Du reste, seuls des ingénieurs accrédités étaient en droit de les manipuler.

Je compulsai les téléthèques afin de savoir si la PavalhamCo avait déjà dérogé à ses propres règles. Il existait quelques affaires louches dans les Confins... des astéroïdes habités mystérieusement désintégrés, quelques villes rasées... mais jamais le nom de la Compagnie n'avait été cité.

Le projet que je comptais présenter pour attirer Batraz dans mes filets n'avait pas besoin d'aboutir pour de bon. Ce n'était qu'un leurre. Et surtout, la PavalhamCo n'avait pas besoin d'être au courant.

J'entrai en contact via les téléthèques avec un représentant de la PavalhamCo, en fournissant le numéro d'un compte bancaire off shore qu'il pouvait consulter sur-le-champ, afin de démontrer le sérieux de mes intentions. Les Portes de Vangk étaient perméables aux faisceaux laser de communication, c'était d'ailleurs la condition d'existence du réseau des téléthèques. Stribog se trouvait à deux secondes-lumière de sa Porte d'accès, et Seroa n'orbitait qu'à quelques milliers de kilomètres de la Porte de la Rosace : il nous était donc possible de communiquer en direct, avec un décalage de cinq secondes environ entre chaque dialogue, même si plusieurs centaines de parsecs d'espace physique nous séparaient.

L'homme qui apparut sur mon écran était un Noir arborant un masque en corail qui lui recouvrait le haut du visage et les joues, en lui laissant la bouche libre. Des circonvolutions multicolores ornaient le masque, pour former une véritable œuvre d'art. En arrière-plan tournait une sphère armillaire qui symbolisait probablement la Rosace, le groupe de spatiocénoses auquel appartenait Seroa. Le tout était si impersonnel que je me demandai s'il ne s'agissait pas d'un artefact de synthèse. Mais cela aurait été du plus mauvais goût.

« Monsieur Minca Maldic, n'est-ce pas ? prononça-t-il. Je suis heureux de vous rencontrer. Mon nom est Kayeré. J'ai pris la liberté de me renseigner sur vous, mais je ne vois pas en quoi nous pouvons vous être utiles. »

Je lui racontai l'histoire que j'avais concoctée à son intention. Je présentai Batraz comme un illuminé désirant imprimer sa marque sur la planète elle-même, en dérivant le fleuve principal du continent dans le but de transformer Ziline en cité lacustre. Il voulait raser la chaîne de montagnes qui se trouvait en travers du lit de dérivation du fleuve.

Kayeré demeura de marbre en m'entendant débiter

ces énormités. Je trouvai cela encourageant, et continuai :

« Naturellement, nous ne lésinerons pas sur le prix, considérant le caractère extraordinaire du service... de même que sur votre commission personnelle. »

Dix secondes plus tard, l'homme n'avait pas bronché, et j'espérai ne pas l'avoir choqué. J'ajoutai très vite :

« Néanmoins, il est nécessaire que vous vous déplaciez en personne, et dans les plus brefs délais, pour conclure cet accord.

— Nous ne descendons pas à la surface des planètes », fit Kayeré, et je crus discerner l'ébauche d'une grimace sous son masque, comme si cette perspective le remplissait de dégoût.

« C'est une condition obligatoire pour conclure un contrat, sur Stribog : les deux parties doivent être présentes. Mais rassurez-vous, vous ne resterez que quelques heures en bas et vos frais de déplacement seront pris en compte. »

Je donnai une idée du montant de sa commission. Kayeré fit mine de réfléchir, ce qui signifiait qu'il avait déjà accepté. Je lui fournis un code chiffré ouvrant droit à un retrait provisionnel, sans engagement de sa part, et nous nous mîmes d'accord pour un nouveau contact, une semaine plus tard.

Je devais prévenir Batraz que j'avais une surprise pour lui. Je savais que je prenais un sacré risque en attisant sa paranoïa par ce genre de déclaration. Mais je devais le préparer à l'idée de venir seul dans la résidence de Maldic.

L'occasion m'en fut donnée deux jours après, lors d'un dîner. La veille au soir, une crise de souvenirs m'avait surpris alors que je sortais de mon bain. Je m'étais effondré sur le carrelage, et lorsque j'avais émergé, tout mon corps tremblait et ma hanche droite était couverte d'un énorme bleu.

J'avais serré les dents, fermant les yeux pour faire en sorte que la salle de bains arrête de tourbillonner autour de moi. *Plus longtemps à tenir, maintenant.*

La réception où j'étais convié réunissait les principaux généraux, les cadres civils et leurs familles formant la petite cour que Batraz s'était constituée au fil des ans. Elle avait lieu dans le palais d'un des plus riches notables de Stribog. L'homme avait fait fortune dans l'exportation d'une plante indigène. Son exploitation intensive avait fini par l'éradiquer totalement, mais entre-temps, l'homme d'affaires était devenu immensément riche… assez en tout cas pour faire oublier plusieurs ascendants naskaris dans son arbre généalogique.

Presque tout le monde était arrivé, soit une trentaine de personnes en habit d'apparat, lorsque deux gardes m'escortèrent jusqu'à un salon garni de banquettes cramoisies, au plafond duquel flottaient trois lustres en cristal étincelants. Personne ne me fouilla, mais je savais qu'un des gardes avait des scanners implantés dans le crâne, branchés sur ses nerfs optiques.

Notre hôte était absent, et je devinai qu'il n'avait pas été convié. Les invités parlaient trop fort et riaient un peu trop souvent. Les femmes, dont l'aisance indiquait que la plupart appartenaient à la grande bourgeoisie darousine, portaient des robes certainement programmées pour arranger les défauts de leur silhouette. Je cherchai Batraz du regard, mais ne le vis pas avant qu'un serviteur ne vienne nous inviter à le suivre dans la salle à manger. Batraz s'y trouvait, tout sourire. Il nous accueillit par quelques mots de bienvenue, et attendit que des serviteurs nous aient installés à nos places respectives. En passant, je remarquai que ceux-ci portaient au cou des colliers métalliques étroitement serrés, où palpitait une diode. Peut-être des prisonniers naskaris, songeai-je. Je décidai qu'il valait mieux pour moi éviter leur regard.

Une odeur délicieuse envahit l'atmosphère, comme les plats arrivaient. Batraz fit à peine attention à l'annonce que je lançai négligemment à travers la tablée. Il discutait avec l'un des membres de son état-major à propos de rétorsions à venir contre les prisonniers naskaris. Tout au long du repas, l'épouse d'un général au visage exagérément fardé me fit assaut d'amabilité, mais je me montrai à peine poli à son égard. Chacun connaissait l'étendue du pouvoir que le chef suprême m'avait octroyé, et nombreuses étaient les femmes qui avaient approché Maldic pour obtenir ses faveurs. Toujours en vain, d'ailleurs.

Je ne pouvais m'empêcher de jeter des coups d'œil scrutateurs à Ashariel Batraz. Si tout se passait bien, le corps de celui qui se trouvait à quelques mètres de ma place abriterait mon esprit jusqu'à l'arrêt de ses fonctions vitales. Or, je n'avais pas pris la peine de le regarder vraiment. Batraz possédait un physique de dictateur qui confinait à la parodie. Âgé d'environ quarante-cinq ans, son corps était lourd, puissant, plutôt petit. Il avait rasé son imposante moustache, ce qui faisait ressortir ses bajoues. Ses traits sanguins avaient quelque chose d'un molosse. Et en même temps, il dégageait une certaine bonhomie, peut-être celle que conférait le sentiment d'avoir réellement plié la réalité à ses désirs, y compris les plus inavouables. Son caractère était un mélange de grossièreté et de bonne humeur communicative, de folie contrôlée, d'impatience et de chaleur.

Je me rendis compte que je n'avais même pas cherché à savoir dans quel état de santé il se trouvait. Peut-être avait-il un cancer, ou quelque autre maladie grave qui couvait en lui ? D'ordinaire, sauf exception, je ne restais jamais suffisamment longtemps à l'intérieur d'un hôte pour me soucier de prendre en compte les maladies à développement lent.

Inutile de chercher à savoir, songeai-je, *puisque mon choix est fait*. Mon haussement d'épaules inconscient suffit pour alarmer ma voisine, qui s'interrompit pour dire :

« Oui, mon cher, c'est exactement ce que je pense, moi aussi. »

Une semaine plus tard, Kayeré et moi fixâmes un arrangement. Il acceptait de venir dans le système de Stribog, et même de descendre vingt-quatre heures à la surface de la planète pour faire une démonstration du satellite. J'avançai des fonds afin qu'il affrète un vaisseau rapide, et préparai mon piège. Je fis nettoyer la villa de Maldic de fond en comble, et installai une climatisation reliée à un système de stérilisation. Personne ne m'en demanda la raison : en tant qu'homme de confiance du colonel-gouverneur, je pourrais exiger que les cadres de la milice portent des sous-vêtements roses sans que l'on songe à me contredire. Cette partie de mon plan reposait sur le fait que Kayeré était né dans une spatiocénose, et qu'à ce titre, il avait reçu le traitement Kavine à sa naissance. Mais s'il lui permettait de vivre en impesanteur, le traitement n'autorisait pas de longs séjours au fond des puits gravifiques, car les bactéries génétisées dont on l'avait infecté pour lutter contre les pertes osseuses dépérissaient dans les environnements planétaires. Afin d'éviter cet inconvénient, il fallait placer le visiteur spatial dans le milieu le plus abiotique possible.

La quarantaine fournirait les conditions idéales à la réalisation de mon plan. Le colonel-gouverneur ne pourrait résister au désir de venir, quand je lui aurais expliqué que l'on pourrait exterminer les rebelles jusqu'au dernier sans verser une goutte de sang darousin. Kayeré ne restant qu'une seule journée, on n'aurait pas le temps d'aseptiser le quartier général de Batraz, et celui-ci serait forcé de venir ici s'enfermer dans ma résidence pour assister à la démonstration du canon orbital.

Mon plan ne souffrait d'aucune faille… si ce n'est la persévérance de Kayeré.

L'émissaire de la PavalhamCo ne s'était pas contenté de mes explications vagues. Il avait mené sa petite enquête, parcourant des archives payantes des téléthèques. Il s'était également procuré des bulletins d'informations diffusés par les chaînes officielles de Stribog. Il y était fait abondamment mention des rebelles réfugiés dans les montagnes de Ziline.

Trois jours après notre contact de confirmation, il me rappela depuis son vaisseau en route pour Stribog. Son masque était vide, n'arborant aucun des motifs colorés que j'avais vus lors de nos entretiens précédents. Avant même qu'il n'ait ouvert la bouche, je compris qu'il annulait le voyage.

« Il va de soi que nous gardons l'acompte que vous avez versé, monsieur Maldic. La résiliation de notre accord résulte de vos dissimulations avérées.

— Est-ce qu'on ne peut pas s'arranger, tous les

deux ? plaidai-je. Un doublement de votre commission, pour commencer…

— Nous ne sommes pas des marchands d'armes, monsieur Maldic. »

Il coupa la liaison avant que j'aie pu argumenter davantage.

Je jurai entre mes dents. Mon plan était à l'eau, je devais tout recommencer depuis le début. Presque aussitôt, un épais parfum de tourbe envahit mes narines et je m'aperçus que cela provenait de la couleur de mon bureau. Je secouai la tête. Ces bouffées synesthétiques ne m'assaillaient qu'à l'occasion de recalages trop brutaux… ou pour annoncer une crise de souvenirs. Je devais la refouler ! Pendant plusieurs minutes, je me concentrai sur une image en particulier. Une femme, prise au hasard parmi les réminiscences d'un ancien hôte. Mivèle.

Mivèle, ne m'abandonne pas.

Je sentis l'orage passer au large. Peu à peu, mon cœur et mon esprit reprirent un rythme normal, et je pus réfléchir à froid.

Il me restait une solution. Mais après son exécution, il me faudrait fuir Stribog au plus vite… ou y laisser la vie.

Batraz avait exigé que les communications officielles entre le gouvernement et la Belford-Fabriki, la multimondiale propriétaire de Stribog, passent par mon intermédiaire, afin que rien ne nous échappe.

En quelques jours, je semai le chaos, distillant des rapports contradictoires sur la situation militaire et économique de Stribog. Je fabriquai de toutes pièces des révoltes dans les mines. Puis je diffusai anonymement, sur les téléthèques publiques, des fichiers vid filmés dans les camps naskaris, parmi les plus horribles que j'avais trouvés dans mes archives personnelles : viols collectifs par des drones programmés pour cette besogne, charniers ensevelis sous des tonnes de chaux, empoisonnement des denrées de survie par des germes... ainsi que d'autres, qui laissaient deviner le fiasco qu'avait été la campagne de Batraz dans les montagnes de Ziline. J'avais préalablement résilié mes contrats avec les IA expertes en communication, dont le rôle était de racheter tout document compromettant et d'intenter des procès à l'encontre des canaux de téléthèques qui les diffusaient.

Aux yeux de l'opinion publique, ce génocide ne restait néanmoins qu'un conflit interethnique comme il en existait des milliers de par l'univers humain. Mais la Belford-Fabriki se trouvait impliquée malgré elle. Et elle n'aimerait pas cela.

Je n'eus même pas à contacter Batraz. Il arriva un soir à bord d'un véhicule banalisé, seulement suivi par une voiture de milice tous feux éteints. Le système domotique lui ouvrit la grille et la referma derrière lui, tandis que son escorte allait se garer au coin de la rue.

Je descendis au rez-de-chaussée pour l'accueillir.

Je réprimai une moue de contrariété en voyant débarquer les deux gardes du corps de Batraz. Je les connaissais, car ils étaient attachés à la personne du colonel-gouverneur et le suivaient comme son ombre. C'étaient d'anciens agents des Forces spéciales, des experts en combat rapproché portant des treillis pare-balles sous-dermiques et des neuro-armes dans les bras et la poitrine. Un réseau neuromatique bilatéral les reliait l'un à l'autre, ce qui les rendait trois fois plus dangereux. Je les avais aperçus pendant le dîner, quelques jours auparavant. Ils étaient restés debout de chaque côté des portes de la salle à manger, aussi immobiles que des statues. Au corps-à-corps, je n'aurais aucune chance contre eux. J'avais espéré que Batraz relâcherait sa vigilance pour venir ici. Cela m'embêtait de devoir les tuer.

Ashariel Batraz fulminait. Il ne répondit pas à mon salut et se mit à tempêter, levant les bras en une curieuse chorégraphie de colère qu'on aurait pu croire parodique. Puis, tout aussi soudainement qu'il avait éclaté, l'orage se calma et Ashariel me demanda à brûle-pourpoint :

« Et toi, tu n'as rien vu venir. Comment tu expliques ça ?

— On a une taupe, répondis-je du tac au tac. Elle vient de sortir de son trou.

— Une taupe. Bon. Au gouvernement, ou dans les plus hautes sphères de la milice ?

— Je pencherais pour la milice, à cause des enregistrements vid qui ont été publiés. Dans ton état-major, à mon avis.

— Qu'est-ce que tu préconises ?

— D'étudier la question.

— Et après ?

— Une purge s'impose. »

C'est ce qu'aurait conseillé Minca.

« D'accord sur le principe. Mais par où commencer ? »

Je l'invitai à me suivre au premier étage.

« Dans mon bureau, on ne sera pas dérangés. »

Batraz se tourna vers ses chiens de garde.

«Vous deux, restez en bas. Mais ne faites pas de grabuge chez mon ami.»

Négligemment, je leur indiquai une salle, sur la gauche.

«Par là, il y a des virtudramas et des interacts importés directement de la Ceinture. Amusez-vous, messieurs.»

Batraz me précéda dans l'escalier, comme si la maison lui appartenait. Dès qu'il eut poussé la porte du bureau, je prononçai à voix haute :

«Voban !»

Les verrous jouèrent, et Batraz se retourna. Son large sourire, qui retroussait ses babines, faisait paraître son teint encore plus rouge.

«Bordel, Minca, tu n'as pas besoin de toutes ces précautions. Tu es sous ma protection. Qui oserait t'attaquer ?»

Son œil s'arrêta alors sur la mallette posée sur mon bureau. Sans manières, il l'ouvrit et jeta un coup d'œil à l'intérieur.

Ces deux secondes me suffirent pour sortir l'injecteur que je gardais sur moi et régler la molette qui ajustait la dose de paralysant. Ce qui s'était passé avec Maldic, l'autre jour, m'avait guéri des timbres.

Batraz perçut la piqûre dans son cou.

«Qu'est-ce que c'est que ce truc…»

La rapidité de sa réaction me stupéfia. D'un revers violent de la main, il fit voler l'injecteur à l'autre bout de la pièce.

Avant que j'aie pu sortir mon pistolet à aiguilles, il me prit par le col de ma chemise et me projeta contre le bureau, sans pour autant lâcher prise. Mes os craquèrent tandis qu'il m'écrasait de tout son poids contre la masse en ébène du bureau. Son visage rouge brique, tout près du mien, envahit mon champ de vision.

« Espèce d'ordure, me postillonna-t-il, tu as osé ! »

Il s'époumona pour appeler ses gardes, mais la drogue commençait à faire effet, et tout ce qui sortit de ses lèvres fut un gémissement. C'était une véritable force de la nature, car il résista cinq bonnes secondes avant que ses jambes ne cèdent sous lui. Ses doigts m'agrippaient encore, de sorte que quand il bascula en arrière, il m'entraîna avec lui.

Je parvins à me dégager. Je restai là, haletant, agenouillé sur sa cuisse. Les yeux porcins de Batraz me jetaient des éclairs, mais c'était tout ce qu'il pouvait faire à présent. Ses membres étaient paralysés, et le resteraient jusqu'à ce que je décide qu'ils ne le soient plus. Je me redressai en tâchant de retrouver mon souffle. Mes vertèbres lombaires m'élançaient, là où j'avais heurté le bureau. Une seconde de plus, et il m'aurait brisé les reins.

Je tendis l'oreille, mais aucun son ne monta du rez-de-chaussée. Le mot de passe que j'avais donné au domo avait provoqué le verrouillage de tous les accès de la résidence, mais aussi le déclenchement d'un petit appareil que j'avais camouflé dans la salle de détente. De par sa simplicité de fabrication, je n'avais eu aucun mal à me le procurer. Il libérait un gaz neurotoxique aussi inodore qu'instantanément mortel, et se dégradant à l'air libre en un quart d'heure. Même s'ils s'étaient fait poser un filtre antipoison à l'entrée du pharynx, les deux agents n'auraient rien pu faire contre le gaz, qui pénétrait par les pores de la peau.

« État de la salle de détente ? lançai-je dans le bureau, encore haletant.

— Les deux individus qui s'y trouvaient ne respirent plus, répondit le domo. Leur température a baissé de deux degrés. Dois-je appeler les secours ?

— Non, ne fais rien. »

J'attendis d'avoir un peu récupéré pour tourner la tête vers la forme étendue de Batraz.

« Minca ne t'a pas trahi, dis-je en lui tapotant la cuisse. Oh, il aurait fini par le faire si ça avait servi ses intérêts. Avec le temps. Mais ce n'est pas lui. »

Les yeux qui roulaient dans ses orbites exprimaient à présent moins la colère que la surprise. Il devait commencer à croire que j'étais fou. Je me tus. Il était inutile de lui expliquer, bientôt son esprit aurait disparu. Je ne copierais pas l'esprit de Batraz dans la mémoire de la machine vangke. Quant à Maldic, il recouvrerait son corps dès que je serais passé dans son chef. Alors, il ne représenterait plus aucun danger.

Je procédai aux préparatifs de transfert. J'étalai du gel conducteur sur les tempes de Batraz, le fis boire et vérifiai que sa ceinture n'était pas trop serrée. Je l'avais fait tant de fois que j'en avais perdu le compte, mais toujours avec la plus extrême minutie, car il en allait de mon existence. Cette fois encore. La dernière. Je terminerais ma vie dans la peau d'Ashariel Batraz, bourreau notoire.

Non, je ne la terminerai pas. Je la commencerai, au contraire.

Juste avant d'appuyer sur le bouton de transfert, je me ravisai. À la place, j'activai la recherche de souvenirs précis, et interrogeai Batraz sur ses mots de passe et les processus d'authentification concernant ses comptes bancaires et autres bases de données. Il ne me répondit pas, mais je n'insistai pas. Je n'avais même pas besoin qu'il se représente les codes en question : il suffisait qu'il y pense pour que la machine repère les chemins neuronaux conduisant aux informations proprement dites et les isole. Je m'injectai les souvenirs ainsi collectés, et réalisai que son obsession de tout contrôler allait considérablement me faciliter la tâche. Même Minca n'avait pas connaissance de la moitié des avoirs de son chef. Dans sa peur de voir le trône lui échapper, Batraz avait concentré les pouvoirs à l'extrême, et ceux-ci résidaient entre ses seules mains.

Et à présent, entre les miennes.

J'activai le bureau, entrai les codes des différents comptes bancaires, puis virai leur contenu sur celui de Tomas Mavrine. Je fis de même avec les comptes du Parti National darousin qui alimentaient les milices. Il y en avait pour plus d'un milliard d'équors. Dès cet instant, l'armée darousine était ruinée, bien qu'elle ne le sache pas encore. Elle l'apprendrait très vite, quand ses filières d'approvisionnement en munitions, ou plus simplement en rations de nourriture, lui signifieraient son insolvabilité. J'effaçai les traces des transferts de fonds et clôturai les comptes. Mavrine, lui, saurait d'où cela venait.

Voilà. Je replaçai le casque sur mon crâne. Puis appuyai sur le bouton.

Le lendemain, j'accusai publiquement Minca Maldic de traîtrise et de détournement de fonds. Je lui laissais une heure pour quitter Ziline, et vingt-quatre pour disparaître définitivement de la circulation.

Quand ce fut fait, j'enregistrai un certain nombre d'ordres exécutoires, notamment l'abandon des persécutions contre les Naskaris. Ces documents ne seraient diffusés que deux jours plus tard. Je ne me faisais pas d'illusion : la plupart de ces ordres ne seraient pas suivis, surtout après ma disparition. La haine entre les deux ethnies ne s'éteindrait pas de sitôt. Mais au moins, j'aurais essayé.

Je revins à la villa, où se trouvait toujours la machine. Je renvoyai les miliciens de garde et fis garer une voiture banalisée devant la porte. Enfin, j'ordonnai que personne ne me suive.

Je grimpai au premier étage. J'enfilai des vêtements civils, me décolorai les cheveux puis m'enfermai dans le bureau. Je programmai la machine vangke, chaussai le casque.

Cette fois, ce n'était pas pour un transfert. Bien au contraire.

Je regardai une dernière fois autour de moi. Ma vie s'achevait ici, mon existence intemporelle, pareille à une balle tirée dans le cosmos, poursuivant sa trajectoire pour l'éternité.

Dans ma poche se trouvait une enveloppe. Elle était quasiment identique à celles que je laissais aux hôtes à qui je rendais la liberté, amputés d'une once de mémoire : un billet pour quitter la planète, et une lettre de conseils. Je ramassai les capsules mémorias et les fourrai dans un des tiroirs du bureau. À l'exception de la capsule 186, une mémoria que j'administrais à certains hôtes dont je n'étais pas certain qu'ils suivraient mon conseil de partir. Je l'avais enregistrée à partir d'un patient souffrant d'une phobie de la persécution, dans un hôpital psychiatrique. Elle imprégnerait ma mémoire à court terme d'une peur diffuse qui me pousserait à fuir.

Je me l'injectai sans hésiter.

Quelques secondes encore. Ma main hésita sur le bouton de transfert. Alors, mes yeux tombèrent sur un mot inscrit sur la mallette. Ce mot, je l'avais vu tant de fois qu'il en était devenu invisible à mes yeux. *Mémoria*.

Plus jamais.

J'écrasai le bouton.

Épilogue

Je clignai des yeux.

Je me trouvais dans un bureau.

Une sensation de danger diffus et omniprésent accéléra mon pouls. On me poursuivait. Je devais fuir, tout de suite.

En tournant la tête, je rencontrai l'image d'un homme d'âge mûr, assez enveloppé, dans un miroir mural. Un visage épais et glabre, au teint de brique, des cheveux décolorés. Il m'était totalement étranger… mais j'aurais été bien en peine de dire à quoi j'aurais dû ressembler.

Il avait un curieux casque sur le crâne, relié à une mallette ouverte.

C'est moi ! Que se passe-t-il ? Et… qui suis-je ?

J'avais l'impression étrange d'avoir enfilé un costume de chair qui ne m'allait pas complètement. Je fouillai dans mes souvenirs, mais ne trouvai qu'un vide tumultueux. On avait dû me droguer, voilà ce qui expliquait mon amnésie. Un sentiment d'urgence me fit repousser ces questions à plus tard. Je retirai mon casque, puis refermai la mallette et ouvris la porte.

Quelque chose dépassait de ma veste. Je portai une main boudinée à la poche intérieure.

Une enveloppe. Dedans se trouvaient une lettre et un billet pour un voyage orbital.

La lettre m'apprenait que je me trouvais sur Stribog, et que je devais en partir le plus vite possible. Ma fuite avait été organisée, je n'avais qu'à prendre la prochaine navette qui partait le lendemain.

Tu seras en danger tant que tu posséderas la mallette, poursuivait la lettre. *À l'astroport, place-la dans une consigne avant le départ de Stribog. Voici la clé d'un compte bancaire numéroté.*

Le code s'étirait sur une vingtaine de chiffres. Je les répétai à mi-voix deux ou trois fois. Avec l'étonnement de pouvoir les restituer sans aucune faute : ils étaient gravés en moi.

L'angoisse me poussa à faire ce que préconisait la lettre. Pendant que la voiture garée devant la porte de la villa m'emmenait vers l'astroport, j'essayai de ne penser à rien. Peu à peu, mon inquiétude diffuse refluait.

Une chaîne montagneuse déchiquetait l'horizon selon un dessin qui ne fit rien résonner à mon esprit. Pas plus que les plantes blêmes, comme éclaboussées d'encre, qui bordaient la route.

Je dormis dans la voiture et me présentai le lendemain matin à l'embarquement.

À la radio, les nouvelles évoquaient des troubles politiques. Le gouvernement assurait que les problèmes seraient réglés sous peu, dès que le colonel-gouverneur Ashariel Batraz réapparaîtrait pour éclaircir la situation. On parlait d'un communiqué de presse qui serait diffusé d'ici quelques heures.

Dans le hall d'embarquement, les hôtesses me regardaient de travers. L'une d'elles vint vérifier mes papiers. Ils étaient en règle. Je m'appelais Napur Jankel, de retour de prospection pour le compte d'une société étrangère.

Je vérifiai sur un terminal public que le compte numéroté était bien garni. La somme de cinq millions d'équors apparut dans la colonne de crédit. Comme indiqué, je laissai la mallette dans une consigne du hall. Alors que je la calais dans l'étroit casier, je remarquai une inscription sur la poignée, presque effacée par la patine du temps : *Mémoria*. Cela n'éveilla aucun écho en moi. Je haussai les épaules et refermai la porte du casier.

L'espace d'un instant, j'étudiai la possibilité de rester sur Stribog pour connaître la raison de mon amnésie. Je m'aperçus que je n'avais aucune envie de savoir quel genre d'homme j'avais été, ni quel ténébreux métier j'avais exercé.

On m'avertit qu'il était temps de rejoindre le quartier de décontamination que l'on devait traverser pour rejoindre la navette. On en profita pour me faire un bilan clinique. L'infirmier – je doutais qu'il fût médecin, le médikit qui m'avait ausculté suffisait amplement – me lâcha au passage :

« Vous avez un cœur solide, monsieur Jankel. Vous vivrez encore cinquante ans.

— Cinquante ans ? » Un sourire, puis je lâchai sans réfléchir : « Eh bien, cinquante ans, ce n'est pas si mal. »

Au départ de la navette, l'angoisse qui m'avait étreint, et qui n'avait cessé de décroître, s'évanouit complètement. Restait le vide. Mais curieusement, cela n'avait rien d'effrayant. Le récipient vide que j'étais ne demandait qu'à se remplir.

La navette atteignit une orbite intermédiaire.

« Vous quittez la juridiction de Stribog », me susurra

une voix dans le haut-parleur de mon siège. Nous dérivions autour de la planète, dans l'attente du module de récupération qui nous tracterait jusqu'à l'orbiteur de passage. Sanglé dans mon siège en compagnie d'autres voyageurs, je regardai par l'écran extérieur l'espace sombre et froid. Ni amical ni hostile. Le billet m'avait amené en orbite, mais la destination finale restait à préciser. Celui qui avait organisé mon départ me laissait le choix.

J'ignorais si j'avais déjà quitté ce monde auparavant, ou si c'était la première fois. Aucun souvenir ne s'éveillait en moi, sur ce point comme sur tous les autres. Ma mémoire était vierge.

Pas tout à fait. Une phrase venait de surgir au sein de ce néant. Comme un vieux dicton.

Un individu est un processus qui ne cesse de devenir ce qu'il est.

Je souris. C'était un bon début.

LA NUIT DES PÉTALES

Première parution : *Bifrost* n° 50, mai 2008.

On raconte que chaque planète a une caractéristique qui la rend unique. C'est vrai… en général. Sur Orense, tous les dix ans, il neige des pétales sur tout l'hémisphère Nord, et chaque pétale, par simple contact, est capable de tuer instantanément n'importe quel être humain.

Cela mérite quelques explications.

Les pétales ne provenaient pas d'une fleur mais d'une forme de vie particulière, importée sur Orense par la première génération de colons. Les kapiloptères, c'était le nom savant de ces immenses créatures, flottaient à la limite supérieure de la stratosphère et n'étaient visibles – « visibles » étant un bien grand mot – qu'au soleil couchant. À la jumelle, ils évoquaient de vastes voiles effrangées, d'un opalin de porcelaine. Leur superficie dépassait celle d'un stade, pour une épaisseur d'à peine trois millimètres. Ils n'appartenaient ni au règne animal, ni au règne végétal. Il s'agissait de colonies bactériennes formant un véritable tapis.

Les kapiloptères avaient été conçus par des terraformateurs pour faire rapidement atteindre à l'atmosphère des planètes nouvellement découvertes les taux d'oxygène et d'azote nécessaires à la colonisation. Une fois leur mission remplie, ils mouraient sans laisser de trace. En principe.

Les kapiloptères avaient parfaitement accompli leur ouvrage sur les vingt et une planètes dans l'atmosphère desquelles les terraformateurs les avaient ensemencés.

Jusqu'à Orense.

Tous les dix ans, une canicule s'abattait sur Orense lorsque l'étoile principale du système binaire croisait celle de son second soleil. Alors, les kapiloptères mouraient en masse, et les fragments de leurs cadavres éthérés retombaient au cours de la nuit, leurs squames planant par milliards jusqu'au sol, en silence, telle une pluie de pétales géants. D'ordinaire, un tel phénomène ne présentait aucun danger, les pétales étaient aussitôt absorbés par la terre. Sur Orense, en revanche, quelque chose avait mal tourné. Un virus indigène avait attaqué les kapiloptères. Il ne les tuait pas, se contentant d'utiliser leurs cellules pour se reproduire. Mais ce parasitage les avait rendus toxiques.

La veille de la pluie nocturne de pétales, les Orensiens rentraient donc le bétail, puis se calfeutraient chez eux pendant trois ou quatre jours. Ils appelaient cette période d'enfermement forcé le méditado. On réfléchissait au sens profond de sa vie, on pardonnait à ses ennemis... et on ripaillait à s'en faire éclater la panse.

C'était au cours du méditado que je devais tuer ma cible.

Les quatre mois de voyage, de Donovoia Kvar jusqu'au système binaire d'Orense, avaient été les plus longs que j'aie jamais subis. Je les avais passés dans trois orbiteurs différents, et dans des astéroïdes de correspondance nauséabonds et malfamés. Le voyage depuis la Porte de départ jusqu'à celle de destination était instantané. Toutefois, une Porte pouvait se trouver à plusieurs millions de kilomètres de la planète qu'elle desservait. Le trajet entre les deux s'effectuait par des moyens de propulsion conventionnels, de sorte que ce temps-là n'était pas compressible. Tout comme l'attente entre deux vaisseaux, lorsqu'on voulait atteindre un monde reculé. Quant aux orbiteurs, ils étaient si délabrés qu'au moment d'embarquer, je tartinais de mousse antidépressurisation les parois de ma cabine, juste au cas où. Et je ne dormais que d'un œil, un pistolet à aiguilles sous l'oreiller, le reste des passagers se composant pour l'essentiel d'«hommes d'affaires», en d'autres termes des aventuriers sans scrupules venus faire fortune dans les Confins.

Tout cela avait suffi à me mettre dans une humeur massacrante. J'avais bien l'intention de rattraper le temps perdu, en restant le moins longtemps possible sur Orense. Une fois ma mission effectuée, je m'offrirais une année entière de vacances dans un corps jeune et vigoureux.

Je plaçai ma mallette dans une nacelle que j'avais achetée le prix fort et en toute discrétion au capitaine de l'orbiteur, lequel me largua à trois mille kilomètres de la surface, sur une trajectoire préprogrammée. J'aurais pu accompagner la dizaine d'autres passagers débarquant sur l'astroport de Pursat, la capitale de la côte orientale. Mais la probabilité pour que ma cible soit au courant de l'arrivée d'un tueur envoyé pour l'éliminer n'était pas nulle. La destruction d'une navette d'atterrissage par un missile sol-air était toujours envisageable si ma cible avait vent de quelque chose. J'avais donc choisi d'utiliser une nacelle personnelle, avec laquelle je pouvais en outre débarquer n'importe où. Je sélectionnai un endroit tranquille à une trentaine de kilomètres de Pursat, puis ma nacelle entama la descente. La zone colonisée occupait une bande fertile facile à repérer, barrée au nord par une steppe cendreuse et crevassée comme la peau d'un vieux pachyderme, au sud par un désert desséché couleur moutarde sillonné de grands fleuves de poussière alimentés par des bourrasques perpétuelles. À droite, les hauts pics crénelés des Étraves lacéraient l'atmosphère.

Quelques instants avant le choc de l'atterrissage, j'activai la caméra infrarouge que j'avais fait poser sous la nacelle, et lançai une détection thermique sur un kilomètre carré alentour. Des troupeaux gardés par des drones évoquant des araignées géantes, mais aucun être humain dans les parages. On ne pouvait rêver mieux. La nacelle atterrit dans un bois d'épineux, où j'étais sûr qu'on ne la dénicherait pas.

Je sortis dans ce nouveau monde en chancelant comme un ivrogne, puis dépliai le quad électrique compacté dans la soute de la nacelle. Je me dirigeai vers la route qui passait à moins de huit cents mètres de là. Ce petit tour dans la campagne me revivifia. Voilà plus d'un an que je n'avais pas foulé le sol d'une planète, et malgré mes séjours prolongés en centrifugeuse, une bonne partie de ma masse musculaire avait fondu. Mon cœur battait anormalement et mes mains tremblaient sur le guidon du quad, mais je ne m'inquiétais pas outre mesure. D'ici quelques jours, j'aurais changé de corps.

Ma cible portait le nom de Hilal Tolomir, et c'était l'homme le plus puissant d'Orense.

Je camouflai mon véhicule sur une route écartée et

continuai mon chemin à pied jusqu'aux faubourgs de Pursat. Ce n'était pas encore la canicule, mais les deux soleils étaient bien visibles, l'un jaune citron, l'autre d'un rouge dilué.

Le trafic de main-d'œuvre était assez dense pour m'assurer l'anonymat. Je trouvai sans peine un hôtel miteux mais discret. En face, des gamins jouaient dans un fossé au bord d'une mare. En passant devant eux, je remarquai qu'ils pinçaient à tour de rôle un crapaud bizarrement conformé, attaché par une ficelle, afin qu'il attrape des sortes de spaghettis qui émergeaient périodiquement de la surface glaireuse de la mare. Très vite, le crapaud se lassa, et le gamin qui le tenait prisonnier sauta dessus à pieds joints, réduisant l'animal en bouillie.

L'hôtel abritait d'ordinaire des ouvriers agricoles destinés à être envoyés quelque part le long d'un fleuve, un certificat de propriété en poche, dans le but d'accélérer l'implantation d'aires cultivées sous la direction d'équipes de planification. L'imminence de la Nuit des Pétales avait libéré quelques chambres. Je m'installai, puis consultai les prochains départs de la planète. Non pas pour moi, mais pour mon hôte actuel. Afin d'être tranquille, je devais changer de corps et le faire partir au plus vite, avant d'avoir besoin de l'immuniser contre les maladies locales.

Le premier soleil se coucha, suivi une heure plus tard par son compagnon saisonnier. La journée durait vingt et une heures standard. J'en dormis sept, et, le lendemain, commençai mes investigations sur ma cible. Hilal Tolomir était l'homme le plus riche d'Orense, et l'un des plus influents. La moitié des exploitations minières et agroénergétiques de la planète lui appartenaient en propre, et il avait sous sa coupe la presque totalité de ce qui tenait lieu de gouvernement. Mais surtout, il était célèbre pour la cour d'artistes qu'il entretenait, et qui apparaissait comme son seul véritable luxe. Le plus gros de sa fortune passait en mécénats en tout genre. Il habitait les trois derniers étages de la plus haute tour de Pursat. Quatre gardes du corps se relayaient jour et nuit pour veiller sur lui. Mais par chance, Hilal ne semblait pas obsédé par la sécurité, et quelques recherches permirent de m'assurer que les virus informatiques que j'avais achetés en orbite viendraient aisément à bout de son système défensif.

Une semaine plus tard, je troquai mon identité contre celle d'une employée de la tour Tolomir I, et en profitai pour mettre à jour ma sauvegarde personnelle mensuelle dans la machine. Me transférer dans une femme ne me posait aucune difficulté. Je l'avais fait des centaines de fois, et la différence est moindre qu'on ne l'imagine. J'injectai mes virus et attendis le résultat de leurs investigations. Tout de suite, j'acquis la certitude qu'une approche directe de Tolomir était trop risquée via une simple employée du rez-de-chaussée. La méthode éprouvée consistait à s'introduire dans l'un des gardes du corps qui protégeaient la cible.

Il me fut facile de dénicher le maillon faible dans la chaîne de sécurité. Samoil Mohed, l'un des gardes du corps, avait une maîtresse qu'il retrouvait tous les week-ends dans une bicoque au pied d'un lac, à la périphérie de Pursat. La jeune femme avait coutume de l'attendre dans la petite maison en bois sur pilotis qui donnait sur le lac turquoise. Je m'y rendis : le lieu idéal pour un transfert en toute quiétude. Sa maîtresse n'était pas un problème. Je n'eus aucun mal à la neutraliser, lui faire oublier l'existence de son amant grâce à ma machine, la déposer chez elle, puis retourner à la cabane. C'était comme si elle n'avait jamais existé.

Peu après, j'entendis un pick-up se garer. À peine Mohed avait-il poussé la porte de la cabane qu'il reçut une décharge incapacitante. Je passai à ses poignets une paire de menottes à combinaison. Impossible de les retirer sans la série de chiffres appropriée. Je branchai la machine sur son crâne, effectuai une sauvegarde de son esprit et en extirpai tous les renseignements liés à son service. Puis, je posai le casque de la machine sur mes tempes et lançai mon propre transfert après m'être injecté un tranquillisant. Une fois réveillé dans le corps de Mohed et libéré des menottes, je restituai à l'employée qui m'avait servi d'hôte son identité originelle, prenant soin de lui ôter la mémoire de ces derniers jours.

J'éprouvai quelques minutes de désorientation – ses bras et ses jambes me paraissaient désagréablement trop courts –, mais ça ne dura pas. Un fourreau me comprimait légèrement le flanc, sous l'aisselle. La présence rassurante d'un pistolet à aiguilles à crosse orfévrée. Cette sensation provenait de Mohed, non de moi. Ce qui signifiait que l'imprégnation mémorielle avait fonctionné à merveille.

D'autres sentiments étrangers m'assaillaient. La fierté de travailler pour l'homme le plus puissant de la planète ; le plaisir coupable de la compagnie de sa maîtresse ; le choix de ce lac, pour les gros tubes rosâtres qui bordaient ses rives turquoise et que j'avais d'abord pris pour de la végétation en arrivant. Il s'agissait en fait de la forme adulte des spaghettis que les gamins s'étaient amusés à faire gober par leur crapaud, devant mon hôtel. La mémoire de Mohed me fournit leur nom sans que j'aie à fouiller trop loin : des mancolins. Pour se nourrir, ces vers se plantaient dans la vase, puis avalaient d'énormes quantités d'eau, enflant comme des outres et conservant l'eau le temps d'en filtrer et digérer les animalcules qu'elle contenait. Parvenus à la limite d'éclater, les mancolins expulsaient l'eau d'un seul coup, souvent dans un ensemble parfait malgré leur absence de système nerveux. Ils reprenaient alors leur forme tubulaire. C'était le spectacle de ces geysers quotidiens qui avait poussé Mohed à louer la cabane.

Je ne suis pas différent de ces mancolins. Je me nourris des souvenirs des autres, je les utilise, puis les rejette d'un seul coup quand je n'en ai plus besoin.

Les mancolins étaient en phase de gonflement lorsque je sortis en traînant le corps toujours inerte de l'employée de la tour. La couleur bleu-vert du lac était due à leur semence ; boire un peu d'eau pendant la période de reproduction était censé augmenter la fécondité féminine, et je savais de mon précédent hôte qu'elle l'avait fait en cachette… Les colons orensiens avaient vite créé leurs propres légendes.

Personne en vue. J'enfournai l'employée inanimée dans le pick-up et la déposai chez elle sans me faire remarquer. Je l'allongeai sur son lit puis la frappai à la tempe, l'écorchant suffisamment pour la faire saigner. Lorsqu'elle se réveillerait dans une heure, un épouvantable mal de crâne et les cheveux englués de sang, elle s'imaginerait simplement avoir été agressée.

Jusqu'à présent, tout s'était déroulé sans anicroche. Je retournai dans la bicoque, où j'étais certain qu'on ne me dérangerait pas. Jusqu'au soir, je passai les souvenirs de Mohed au peigne fin dans l'espoir de trouver un moyen de m'isoler avec Hilal Tolomir assez long-temps pour le tuer et filer sans être inquiété.

Je n'eus pas à chercher longtemps. Depuis deux mois, Hilal se retirait pendant une heure dans son bureau. Il n'avait fourni aucune explication, de sorte que l'on pensait qu'il s'offrait une longue sieste.

C'était l'occasion idéale pour moi de frapper. Ensuite, j'investirais un autre employé de la tour et file-rais jusqu'à l'astroport. Finalement, la Nuit des Pétales faciliterait mon évasion.

Au matin, je me rendis à Tolomir I. Un vent brûlant feulait entre les immeubles du centre-ville, tandis que dans le ciel achevaient de se dissoudre quelques nuages javellisés. Sur les trottoirs, de rares passants marchaient avec des ombrelles. La Nuit des Pétales aurait lieu avant la fin de la semaine, annonçaient les médias locaux, peut-être même dès le lendemain, mais l'atmosphère était déjà chargée d'électricité. Par mesure de précau-tion, j'avais emporté ma mallette de transfert avec moi. Mon contrat était explicite : Hilal Tolomir devait mourir pendant le méditado, un message de « retour à l'ordre » adressé aux notables d'Orense qui seraient tentés de désobéir. Mon commanditaire n'avait pas expliqué ses motifs, et, de mon côté, je n'avais pas cherché à creuser davantage.

La climatisation du hall de la tour me saisit aux bronches. Au plafond tournait une sculpture de miroirs mobiles d'une tonne et demie, fabriquée par l'un des artistes les plus en vogue du moment. Je savais par mon hôte que le métal qui la constituait provenait de punaises du vide, des insectoïdes spatiaux à carapace de ferronickel. Mon hôte ne la remarquait plus depuis des lustres, aussi ne m'attardai-je pas à la contempler.

D'ailleurs, je n'étais pas en avance pour mon tour de garde. Dans l'ascenseur où je pénétrai se trouvait, enchâssé dans la paroi du fond, un tableau de figures abstraites. L'ascenseur me reconnut et m'expédia au dernier étage. L'un de mes partenaires, un nommé Nikander, m'attendait sur le palier en bois précieux, orné de niches abritant chacune une œuvre d'art. Il bâilla :

« Bordel, Mohed, tu exagères.

— Désolé, Nikander, mais…

— Faut que je me tire, on a signalé une première pluie de pétales sur les contreforts des Étraves. »

Ce qui signifiait que les kapiloptères avaient commencé à s'effriter, et que le méditado débutait officiellement aujourd'hui. Ce pouvait même être pour ce soir. J'avais vérifié pendant mon trajet en voiture : une fenêtre de tir orbital s'ouvrait demain, et une navette était prévue au départ. Je pouvais en terminer tout de suite avec cette mission. À la pause déjeuner, je trouverais une excuse pour m'absenter quelques minutes et irais chercher ma mallette dans la voiture.

Je feignis l'indifférence.

« Et le vieux ?

— Le patron va t'appeler. Allez, salut. »

Je souhaitai un « bon méditado » à Nikander, qui répondit par un grognement avant de s'engouffrer dans l'ascenseur. D'après les souvenirs de Mohed, le bureau de ma cible se trouvait au bout du corridor.

Le pistolet à aiguilles était chaud contre mon flanc. J'avançai jusqu'à la porte et ouvris les battants.

Hilal Tolomir était assis dans un confortable fauteuil en cuir bordeaux. Un bureau massif aux courbes douces s'ancrait dans le plancher dallé de marbre. Des œuvres d'art étaient accrochées aux murs, d'autres flottaient en suspension dans des cubes transparents. Derrière lui, une immense baie vitrée ouvrait sur la ville en contrebas. Son empire, noyé dans une brume de chaleur.

À l'instant même où il me sourit, je compris qu'un piège s'était refermé sur moi.

Je n'eus pas besoin d'entendre le déclic de la porte pour sentir les gardes du corps dans mon dos. En l'espace d'un clignement de paupières, j'évaluai mes chances : aucune.

Hilal Tolomir s'avança vers moi d'une démarche lourde. C'était un homme massif d'une soixantaine d'années, au cou de taureau et aux traits burinés. Je me dis qu'il n'aurait pas dépareillé dans ces casemates modulaires que les multimondiales louaient une misère à leurs anciens terraformateurs, à la périphérie des villes. Ses yeux avaient cet éclat métallique noir propre aux minerais des anneaux extérieurs. La main qu'il me tendit avait une peau de lézard, tiède et parfaitement sèche, comme s'il contrôlait jusqu'à sa transpiration.

« C'est mon employeur qui m'a trahi ? » demandai-je d'un ton neutre.

Hilal secoua la tête, mais je n'aurais su dire s'il opinait ou non.

« Ne leur en veuillez pas. Ils ne pouvaient refuser mon offre. Cela m'a d'ailleurs coûté très cher, et m'a amené à commettre des choses que je n'aurais jamais faites dans des circonstances normales. Vous êtes seulement victime de votre réputation, monsieur… mais vous n'avez pas de nom, n'est-ce pas ? »

À mon tour d'éluder.

« Puisque vous êtes informé à mon sujet, monsieur

Tolomir, vous ne pouvez ignorer que vous n'arriverez pas à faire fonctionner ma machine sans ma coopération volontaire. Et la torture est inopérante sur moi», ajoutai-je en jetant un coup d'œil en direction des deux gardes du corps qui m'encadraient.

Je les laissai me confisquer mon pistolet à aiguilles, puis me scanner de la tête aux pieds. Un contact froid, un picotement contre ma nuque : un garde venait de me poser un inhibiteur neural. Au moindre geste suspect, je serais réduit à l'impuissance en une microseconde. Le garde donna une petite télécommande à Tolomir, qui la fourra dans sa poche en élargissant son sourire.

« Il ne sera pas question de torture, dit-il. Et votre genre d'immortalité ne me convient pas. Je compte bien terminer mes jours dans ma propre peau. »

Je fronçai les sourcils.

« Dans ce cas, pour quelle raison…

— Chaque chose en son temps. D'abord, je veux m'assurer de quelque chose. »

Des coups discrets retentirent à la porte et Nikander entra, ma mallette à la main. Mon cœur accéléra imperceptiblement lorsqu'il la posa avec délicatesse sur le bureau. Les yeux de Tolomir se mirent à briller, et sa main ridée et tavelée caressa le cuir de la mallette.

« Alors, toute votre vie tient dans une valise. »

Il savait pourquoi j'étais venu, et la façon dont j'avais investi Mohed. Inutile donc d'essayer de le tromper.

Je secouai la tête en forçant un sourire.

« Ma vie, non. Des centaines de vies. Je collectionne les souvenirs de mes anciens hôtes. Comme vous le savez certainement, si vous êtes si bien renseigné sur moi.

— Bien sûr. Des centaines de vies, répéta Tolomir

d'un ton rêveur. Vous avez dû contempler tellement de choses… voir les arts évoluer sur des générations et des générations. »

Les arts ? De quoi parle-t-il ?

Je haussai les épaules.

« J'ai oublié presque autant de choses que j'en ai vu, monsieur Tolomir. Je dois voyager léger.

— Je comprends. » Le vieil homme émit un bruit de bouche écœurant. « Tss, tss. Quel dommage qu'une machine comme celle-ci soit entre les mains d'un tueur plutôt que celles d'un artiste. »

D'un geste, il m'offrit un siège, puis fit un signe de tête à l'un des gardes. Celui-ci sortit, pour revenir avec un plateau chargé d'une théière et de tasses en forme de poire – bien que je doute que sur ce monde, on sache ce qu'était une poire. Thérouge, thé de zal, lapsang pétillant, thé spican… Il n'y avait pas un thé pareil, dès qu'on changeait de planète. Celui que je goûtai était aussi amer que du café, mais il ne me m'apporta aucun réconfort. Je n'arrivais pas encore à saisir ce que Tolomir voulait de moi, et cela me mettait mal à l'aise. Au final, les désirs humains, en particulier ceux de mes cibles, étaient simples : plus de pouvoir, plus de plaisir, plus de vie… Pour ceux que je traquais, le mot-clé était « plus ». Mais Tolomir désirait autre chose. Avec assez de force pour risquer à la fois son empire et sa vie.

Pendant que je sirotai ma boisson brûlante, un écran s'alluma sur le bureau. Tolomir s'entretint quelques instants, puis il passa la langue sur ses lèvres.

« Notre ami sera là d'ici peu, et nous pourrons commencer. »

Je devinai que cet ami était l'objet de toute cette

opération. Tolomir s'excusa et sortit, me laissant sous la surveillance des deux gardes. Je levai la main pour me gratter la nuque, mais arrêtai mon geste à mi-parcours en voyant le garde à mes côtés se crisper.

Je me tins donc tranquille, et moins d'une heure après, la porte se rouvrit. À la suite de Tolomir entrèrent deux gardes encadrant un type maigrichon d'une quarantaine d'années, de petite taille, dégarni, la bouche pincée et les traits un peu bouffis. Il avait des yeux de rat, noirs, vifs et intelligents. Il paraissait aussi étonné que moi, l'inquiétude en moins.

Il connaît Tolomir, mais ne se méfie pas de lui. On ne lui a donc rien dit.

Tolomir se retourna avec un geste dans ma direction.

« Laisse-moi te présenter mon invité, mon cher Massil. C'est grâce à lui que tu es là ce soir, avec nous. »

Les sourcils froncés, Massil nous considéra l'un après l'autre.

« Qu'y a-t-il, Hilal ? Tu sais que je ne peux rien te refuser, même quand tu me fais venir à une heure indue. Toutefois… »

Tolomir le fit taire d'un éclat de rire acéré. L'espace d'un bref instant, j'entrevis le métal glacé sous les manières affables de l'homme d'affaires. Je ne fus pas certain que Massil le perçut.

« Pourquoi crois-tu que j'entretiens autant de pique-assiette dans ton genre, mon ami ? »

Cette fois, Massil se tourna vers les gardes qui se tenaient immobiles, les bras croisés sur la poitrine. Ses yeux se plissèrent.

« Est-ce que tu vas me dire… »

Tolomir marcha vers un coin de la pièce. Un bar surgit du sol. Il remplit trois verres et nous les tendit. Au moment de prendre le mien, je sentis une résistance.

« Et vous, monsieur l'inconnu ? dit-il en lâchant le verre. Pourquoi, à votre avis ? »

Je me tournai vers Massil.

« Quelle est votre profession ? »

Il me regarda sans comprendre, puis balbutia :

« Mais enfin, Mohed… vous le savez comme moi.

— Réponds-lui tout de même, lança Tolomir.

— Je fais des virtudramas, bien sûr. À quoi rime cette comédie ? »

Il fit un pas vers la sortie. Nikander se mit en travers de la porte et Massil s'immobilisa, les joues empourprées.

« Bordel de… »

Il avait enfin saisi que quelque chose clochait.

L'ignorant, Tolomir me dit :

« En fait, Massil n'est pas seulement l'auteur de virtudramas le plus éminent d'Orense. C'est aussi l'un des meilleurs musiciens, même s'il ne le revendique pas. Le plus grand artiste de la planète, et sans doute des trois ou quatre systèmes solaires voisins.

— Un artiste, murmurai-je. C'est son talent que vous voulez.

— Exact. »

Je ne pus m'empêcher de secouer la tête avec commisération. Tolomir ne savait pas, bien sûr, lui qui n'avait jamais volé les souvenirs d'autrui. Il ne s'était jamais immiscé dans leur intimité, comme moi je l'avais déjà fait. Il ne pouvait savoir qu'accaparer le talent d'un artiste était aussi dénué de sens que de goûter la faveur divine en piratant la personnalité d'un prêtre. Il n'en tirerait qu'une frustration supplémentaire, en constatant à quel point les artistes étaient ordinaires à leur manière.

« J'ignore si c'est possible, répondit Tolomir après plusieurs secondes de silence. Mais ses expériences… » Ses yeux étincelèrent. « Ce qu'il a pensé au moment de ses meilleures créations, voilà ce que je veux ressentir à mon tour. Son illumination. »

Je savais qu'il était inutile de tenter de le raisonner. La seule chose qui devait occuper mes pensées était la préservation de mon existence. J'humectai mes lèvres.

« C'est possible, je pense. Ensuite, vous me laisserez partir ? »

Tolomir eut un geste évasif.

« Vous vivrez au moins aujourd'hui. Malgré tous les siècles que vous traînez derrière vous, je parie que vous ne cracherez pas sur quelques heures supplémentaires. »

Bien sûr, il ne se trompait pas.

Massil n'opposa aucune résistance lorsque je fis signe qu'on l'assoie à côté de la mallette. Il se contenta de tressaillir à l'instant où le casque enserra son crâne. Un câble le reliait à la machine, la face antérieure occupée par un écran tactile. Pendant que je l'allumai, il me regarda avec intensité.

« Est-ce que je vais… perdre quelque chose ?

— C'est une copie, non un transfert, le rassurai-je. Mais si vous voulez, je peux vous faire perdre le souvenir de ce qui est en train de se passer.

— Pas question », intervint Tolomir.

Ma tête pivota.

« Pourquoi ? »

Tolomir me regarda avec une véhémence incongrue.

«Parce que c'est une expérience incomparable pour un artiste! Se voir ravir le trésor secret qui vous rend unique…» Il claqua dans ses doigts, avant d'ajouter: «C'est peut-être vous dont je devrais capter les souvenirs, monsieur… quel qu'ait été votre nom. Mais je ne le ferai pas, car je ne suis pas certain qu'il y ait un être humain sous vos couches de souvenirs.»

Je haussai les épaules et me concentrai sur ma tâche. La machine localisa des masses de souvenirs accrétés par affinités, en fit une topographie précise que je sauvegardai.

Ce que voulait Tolomir, c'était une injection massive des expériences artistiques de Massil. La maturation, l'acte même de création, le sentiment d'accomplissement qui en résultait. Des souvenirs exaltés par le circuit de récompense sollicité à ce moment-là dans son cerveau.

«Alors, ça y est?» s'informa Tolomir.

Je levai la tête. Plusieurs heures s'étaient écoulées. Au-dehors, le premier soleil n'allait pas tarder à toucher l'horizon, mais derrière la baie vitrée, des pétales voletaient déjà dans les airs. L'estomac de mon hôte gargouilla, et je réclamai quelque chose à manger. Sur un ordre de Tolomir, Nikander nous apporta des en-cas.

«Placez-vous ici», indiquai-je enfin à Tolomir.

En s'asseyant devant moi, il laissa soudain percer une sorte de timidité. Je surpris un mouvement de nervosité de la part de ses gardes. Tolomir s'en aperçut lui aussi.

«Ne faites rien tant que le transfert n'est pas achevé, leur aboya-t-il. Compris?»

À l'instant où j'enclenchai le transfert des souvenirs de Massil, un plan émergea, et je me maudis de ne pas y avoir pensé plus tôt. Un transfert mémoriel ne durait que quelques minutes. Il me faudrait plus de temps pour charger une personnalité complète.

Ce fut Tolomir lui-même qui m'en fournit le prétexte. Dès la série mémorielle assimilée, il se redressa d'un air perplexe. Il retira lui-même le casque puis se tourna vers Massil.

« Est-ce que ce sont simplement ces souvenirs qui… Alors, c'est tout ?

— À quoi donc tu t'attendais, Hilal ? rétorqua l'artiste. Une fée qui serait venue dans mon sommeil me toucher de sa grâce ?

— Mais où est l'intensité ? Où est la magie ? »

Son ton presque accusateur fit sourire Massil.

« Parce que tu croyais que l'intensité est proportionnelle au talent ? Il y a des kyrielles d'artistes sans le moindre succès, alors même qu'ils sont dévorés de l'intérieur par la passion de créer. L'art est tout ce qu'il y a de plus injuste. Et tu as cru combler cette injustice en me volant mes souvenirs. »

La frustration blanchissait les phalanges de Tolomir, au point que je crus un instant qu'il allait ordonner à ses hommes d'exécuter Massil, ou à moi de lui laver le cerveau. Il prit une longue inspiration pour refouler sa rage, puis pivota d'un bloc dans ma direction, les yeux à nouveau remplis d'une fermeté implacable.

« Tu ne m'as pas injecté assez de souvenirs. Il m'en faut plus. Creuse plus profond. »

Ses gardes s'entre-regardèrent, et Nikander dit, hésitant :

« Monsieur… Si vous faites cela, est-ce que ça ne risque pas de dissoudre… »

Il n'acheva pas sa phrase, mais chacun avait compris. Le danger de dilution de sa conscience, submergée par des souvenirs étrangers, était réel.

Le moment était venu. Je me raclai la gorge.

« Ça ne fonctionne pas comme ça. Pour que les souvenirs soient pleinement effectifs, il faut du temps. Et souvent, plusieurs imprégnations sont nécessaires.

— Plusieurs imprégnations ?

— Par expérience, je me suis rendu compte que je pouvais renforcer des souvenirs en les gravant plusieurs fois en moi. Je l'ai fait parfois avec mes propres souvenirs que j'avais conservés dans ma machine.

— Je veux davantage de souvenirs de Massil, tout ce qui se rapporte de près ou de loin à l'élaboration de ses œuvres. Et grave-les autant de fois qu'il le faut.

— Cela prendra plus de temps que la première fois. »

L'un des gardes du corps pointa un index sur moi.

« Si tu mens, espèce d'ordure…

— Laisse-le faire, ordonna Tolomir. Si vous percevez un changement en moi, tuez-le sans hésiter.

— Je ne peux pas garantir… » commençai-je, mais Nikander se fit un plaisir de m'asséner un coup sur l'omoplate.

Une fois captés d'autres souvenirs de Massil, Tolomir ordonna à deux gardes de l'accompagner dans une pièce adjacente et de le surveiller.

L'opération prit près de trois heures. Ma machine abritait une sauvegarde de ma personnalité réalisée quelques jours plus tôt. C'était elle que j'inscrivais dans le cerveau de Tolomir en ce moment même, et qui écrasait la sienne à jamais. J'évitai de penser à ce qui se passerait ensuite pour ma conscience actuelle, celle abritée par ce corps et dont je scellais le destin. À quoi bon ? J'avais dédoublé le fil de mon existence, et ce toron-ci allait être bientôt coupé. Un être vivant se définit comme une forme en mouvement, n'incluant pas la substance qui le constitue. Mon immortalité se fonde entièrement sur cette idée. Mais mon corps, lui, n'en avait cure et me faisait savoir qu'il ne voulait pas disparaître : des gargouillis faisaient bouillonner mon estomac, une sueur glacée me coulait le long de l'échine, et je devais réprimer les contractions musculaires dues à l'angoisse pour ne pas alerter les gardes.

Et, tandis que la machine modifiait le cerveau de Tolomir d'une manière que personne, pas même moi, ne pouvait imaginer, je regardais les pétales tomber audehors, en une neige rosée et mortelle.

Le bip discret annonçant la fin du transfert me fit revenir brutalement à la réalité. L'un des gardes m'écarta aussitôt, et Tolomir rouvrit les yeux.

Pendant deux ou trois secondes, mon alter ego scruta la pièce. Il n'était pas au courant de ce qui venait de se passer et évaluait la situation présente. Au moment où nos yeux se croisèrent, la raison pour laquelle je m'étais toujours interdit de me dupliquer me frappa comme jamais elle ne l'avait fait jusqu'alors. J'étais un survivant, et toute copie de moi-même était également un survivant, par conséquent un concurrent pour l'utilisation de la machine. Nous étions deux à savoir comment la faire fonctionner. Seul l'un de nous pouvait sortir vivant de cette situation.

Je réalisai brutalement que mon alter ego ignorait que la télécommande de mon inhibiteur neural était dans sa poche.

Donc, je ne suis pas encore mort.

«Monsieur Tolomir?» interrogea enfin l'un des deux hommes de main.

Sa seconde d'inattention me permit de lui briser la nuque, le temps que mon alter ego ouvre la bouche et hurle :

«Tuez-le, bon sang! Toi, passe-moi ton arme.»

L'autre s'exécuta et Tolomir se précipita vers la porte, pendant que de mon côté, je m'emparais de celle du garde mort. Trop tard pour intercepter mon alter ego, car la porte entrouverte me le cachait. J'aperçus son pistolet, au bout de son bras tendu. Mais ce n'était pas moi qu'il visait. La compréhension soudaine m'atteignit en même temps que retentissaient les détonations assourdies, suivies d'un énorme craquement.

Une vague d'air chaud submergea la pièce par la baie fracassée. Le garde restant – Nikander, c'était Nikander – poussa un hurlement et se rua vers la porte à présent verrouillée. Comme s'il ignorait que c'était inutile.

Je laissai tomber mon arme. Charriés par l'air du dehors, des pétales voletaient tout autour de moi. Ils étaient translucides, d'un rose mordoré. L'un d'eux se posa sur ma manche, un autre sur ma poitrine. Un autre encore oscillait devant mon nez.

Il me restait à accomplir mon ultime acte de liberté.

Je tendis la main, et laissai le pétale se déposer sur ma paume ouverte.

J'eus toutes les peines du monde à décourager mes gardes du corps d'entrer les premiers dans la pièce, mais ils insistèrent pour me suivre. Le volet de sécurité extérieur avait été abaissé, et tous les pétales étaient à terre. On ne risquait plus rien. Il fallut repousser un cadavre pour rouvrir la porte.

« Patron, insista un garde, vous êtes sûr que…

— Ça ira. »

La pièce était ravagée. Le sol était jonché de bris de verre, de papiers en désordre et de pétales. Mohed gisait sur le dos, le poing gauche fermé. Mon impulsion première me fit d'abord vérifier que la machine était intacte. Elle l'était.

Tout était rentré dans l'ordre, même si je n'avais pas de raison d'être fier de cette opération où il y avait eu trop de morts. Le reste ne serait qu'une formalité : me transférer dans l'un des employés de la tour, éliminer Hilal, puis emprunter le prochain vol orbital après la fin du méditado.

« Que fait-on de Mohed, patron ? »

Le garde désignait du doigt mon ancienne dépouille. Je fus pris d'une hésitation. Mon alter ego et moi avions brièvement combattu l'un contre l'autre, sans la moindre pitié. Pour que le plus apte survive. Il savait donc que nous n'étions que des jumeaux ; des jumeaux parfaits, mais de simples jumeaux, et non les parties d'une quelconque « personne étendue » couvrant différentes versions de moi-même. Pourtant, il y avait eu dans son acte une part de sacrifice, et cela me laissait un curieux goût dans la bouche. La certitude que moi, j'aurais été incapable d'un tel geste.

« Patron ? » répéta le garde.

Je lui jetai un dernier coup d'œil. Je savais que je ne conserverais même pas le souvenir de son existence. J'effacerais bien vite cette expérience, car l'oubli d'une part de moi-même était aussi nécessaire à ma survie que la mémoire des autres.

« Débarrassez-vous de lui. »

Lexique de la Panstructure

ALTASCIENTA : À l'origine, somme des connaissances nécessaires à l'écopoïèse des planètes non habitables. Le terme désigne un prétendu langage total détenu par les Yuweh et leurs IA majeures, et qui constituerait la couche la plus élevée de la Panstructure.

ALTÉRITION (terme médical) : Mortalité statistique d'une colonie humaine sur une planète étrangère au bout de ses cinq premières années d'implantation, relative à l'action du soleil, des cycles et de la biosphère indigènes sur l'organisme humain. Ce phénomène concerne le plus souvent les réactions allergiques à de nouvelles molécules, et la mutation d'agents bénins en agents pathogènes. L'altérition moyenne d'une colonie est de 5 pour cent. La planète doit être évacuée quand l'altérition dépasse 23 pour cent.

APSUH : Planète aquatique de la Couronne, célèbre pour ses cités flottantes. Celles-ci exportent de la pâte de krill, expédiée dans l'espace par un magnétolanceur installé sur un atoll créé artificiellement. Il existe d'autres océans planétaires, comme Hudrim ou Agwé.

ARAGO : Planète de la Couronne. Son seul continent est recouvert aux trois quarts par une jungle épaisse, recelant des milliers d'espèces singulières de végétaux (chêneverme, fulgurier, roncélastique...) et d'animaux (aragre, cyanosaure, siole...). Deux civilisations distinctes s'y sont développées : l'une sur les bords de l'Ereb, immense fleuve traversant le continent de part en part, et l'autre le long d'une faille tectonique.

ARCOLOGIE : Nom donné à des astéroïdes habités, tels Archange, Ast Firy, Geinohville, Nomaral, Volda, Olof… Voir Spatiocénose.

AST : Dénomination qui précède ou suit certains noms d'astéroïdes habités ou arcologies.

AUSTRIA MINOR : Lune atmosphérisée, orbitant autour de la planète Austria Major. Les deux astres sont colonisés.

BARDAÏ : Planète dont la caractéristique est sa lune atmosphérisée, Nouvelle-Bardaï.

BERCEAU : Nom de la planète d'origine de l'humanité, la Terre. Le Panislam et l'Escopalisme se proclament « Églises du Berceau ».

CASE : Personnage récurrent, toujours de second plan, qui sert de fil conducteur aux récits de la Panstructure. Il s'agit d'un androïde en fuite perpétuelle, dont les caractéristiques physiques changent. Son nom complet, Cerel Case, peut apparaître sous forme d'anagramme. Une légende tenace, mais sans fondement, lui attribue la faculté de sauter de monde en monde sans utiliser les Portes de Vangk.

CEINTURE . Ensemble des Premiers Mondes et des planètes du premier millénaire d'expansion. Réputés les plus riches, ou au contraire épuisés, tels Mars ou Bardaï. (Voir Couronne.)

CHIVRE : L'une des plantes les plus cultivées à travers les mondes de la Panstructure. Légumineuse voisine du céleri-rave, de valeur nutritive comparable à la pomme de terre dont elle partage le goût. Cultivé en terre abondamment irriguée. Ses tiges font du tabac.

CMI : Communautés Moléculaires Intelligentes. Fibres macromoléculaires organisées en voiles de vingt microns d'épaisseur, sur des surfaces excédant parfois un kilomètre carré. Création de la technologie yuweh, pour l'extraction de minerai des astéroïdes

que les CMI enrobent tels des cocons, puis « digèrent » en disso-
ciant ses éléments par voie chimique. Les fibres CMI partagent
avec l'ADN des facultés d'autoréparation.

COCAFÉ : Arbrisseau de la famille des rubiacées, cultivé sur beaucoup de planètes de la Couronne. Torréfiée, sa graine se boit en
infusion. Elle contient un hallucinogène léger.

CONFINS : Frange la plus extérieure de la Couronne, c.a.d. l'ensemble des planètes les plus récemment découvertes et n'ayant
en général pas accès aux téléthèques.

COURONNE : Ensemble des planètes issues de la seconde vague d'expansion humaine (voir Ceinture). Fourmillement de cultures adap-
tées à leur milieu, aux mœurs souvent rigoureuses. Exemples :
Felya, Spica III, Saödi, Nouvelle-Bardaï…

DONOVOÏ : Planète minière à forte gravité, exploitée mais non
habitée. Les colons humains occupent cinq spatiocénoses de
peuplement, en orbite haute.

DRONE : Nom générique, pour robot autonome. Nomenclature :
voir MM.

ÉCOPOLITIQUE : Nom par lequel les multimondiales nomment leur
politique coloniale, fondée sur une sujétion totale de la politique
aux contingences économiques. Elle tend en général vers le libre-
échange total.

ÉQUOR : Monnaie intermondiale, de valeur élevée, garantie sur les
quatre cinquièmes des mondes de la Ceinture et de la Couronne.
Elle ne concerne en principe que les échanges interplanétaires,
et sert d'étalon à la parité entre les monnaies de multimondiales.
Il est rare qu'une monnaie locale accède à la parité avec l'équor.
Symbole : Q barré deux fois.

ÈRE VANGKE : Également appelée l'« Ère Ouverte », cette période
s'étend sur mille six cents ans, de la découverte de la première
Porte de Vangk, au large de Saturne, à la fermeture simultanée de

toutes les Portes pour une raison inconnue. L'Ère Vangke a vu deux vagues d'expansion coloniale.

ES : Dénomination qui précède certains noms de planètes, et qui signifie « terre de ».

ES MORANDI : Planète, « Terre de Morand ». Surnommé le « Monde-fièvre » à cause des frissons perpétuels qui agitent sa croûte, dus à une forte activité volcanique.

ES MORAVI : Planète mineure de la Ceinture à continent unique. Sa capitale, Larsande, est dotée d'un ascenseur spatial. Ses nuits sont illuminées par un collier de miroirs qui a servi à faire fondre les pôles, au cours de sa terraformation. Deux satellites naturels : Esb Morii (une lune creuse évidée par les Vangk) et Esc Morii.

ESCOPALISME : L'une des religions majeures. Issu d'une ancienne secte chrétienne fondée sur l'existence du Cinquième Évangile, l'escopalisme a généré de nombreuses sectes métisses : Sandoctiens, adorateurs de la Vierge Vangke, etc.

EXOSQUELETTE : Les exosquelettes cybernétiques équipent les armures militaires, les scaphandres de mineurs, et servent de kinéstructures d'appoint pour les personnes revenues sous gravité après un très long séjour en impesanteur.

FELYA : Planète agricole mineure de la Couronne.

FENUA : Planète de la Ceinture, riche et décadente.

FLOREM : Planète de la Couronne, « colonie lourde » vouée à l'extraction minière et à l'agriculture intensive, connue pour avoir été épuisée en moins d'un siècle.

GARANCE : Planète d'exploitation minière, ainsi appelée en raison de la couleur rouge de ses continents, due à ses forêts indigènes. Elle abrite un animal arboricole à l'intelligence quasi humaine, les pilas.

HANOURI : Planète de la Couronne semi-terraformée, ayant accédé à l'indépendance.

HELIX : Planète montagneuse peu peuplée.

HEVIOSO : Planète de la Ceinture, connue pour ses ouragans.

HORRORA : Planète glaciaire des Confins. Son unique continent triangulaire abrite trois millions d'habitants.

HURSA : Planète de la Couronne à biosphère hostile.

HYLLOS : Naine brune colonisée par les humains, située autour de l'étoile Cygni-B et dotée de 24 satellites. Elle abrite une forme de vie aérozoaire dans laquelle vivent des colons humains. Voir Joviennes.

IA : Ikumusubi Artificielle, ou Conscience Synthétique. L'Ikumusubi ne désigne pas seulement le noyau ou réseau neuromatique, mais aussi les banques de données et l'espace mémoriel d'acquisition qui constituent l'identité « corporelle » de l'IA. On attribue aux IA des niveaux de conscience, échelonnés de 1 à 12 sur l'échelle de Sprit, et fondés sur la combinaison du traitement analogique et des opérations cognitives. Les religions constituées leur reconnaissent des « états mentaux » et un « fil de la pensée spontanée », mais pas d'âme, y compris aux IA majeures. En réalité, IA est un terme générique, car il y a des IA fondées sur des procédures et des organisations de pensée différentes.

IA MAJEURE : Communauté d'IA yuwehs, rassemblée pour une tâche précise. Le but original est d'augmenter la capacité cognitive, plus que la capacité de traitement, mais les IA majeures ont développé un langage qui leur est propre pour communiquer avec plus d'efficacité. Une IA majeure est, dans le domaine de la pensée artificielle, ce qu'un superorganisme est à un organisme. Les règlements internationaux limitent leur existence à quelques jours.

INTERMÈDE : Période achevant l'Ère Vangke, commencée avec la fermeture simultanée et sans avertissement de toutes les Portes de Vangk. On l'évalue à cinq siècles. *Mémoria* se situe avant cette période.

IZUSHI : Planète de la Ceinture, célèbre pour ses artefacts vangks comptant comme l'une des merveilles de l'univers.

JOLAN : Système solaire comprenant deux planètes habitées, Jolan Duo et Jolan Tri.

JOVIENNES, PLANÈTES : Sur les vingt-quatre joviennes (planètes gazeuses massives de type Jupiter) rendues accessibles par les Portes de Vangk, trois abritent des formes de vies portant le nom générique d'« aérozoaires », créations génétiques antérieures à l'humanité : Olsgor, Hyllos et Joviduo. Les joviennes sont utilisées par les compagnies minières pour leurs anneaux d'astéroïdes et leurs satellites aisément exploitables.

KASEI : L'un des noms de Mars, dans le système solaire du Berceau.

KAVINE, TRAITEMENT : Ensemble de traitements, inventé par Vladmir Kavine, qui permet aux êtres humains de vivre et se reproduire en impesanteur. Ces traitements ont évolué au fil du temps, et se classent en trois catérogies : 1) le génorenforcement consiste dans l'altération de gènes existants par transfiltration d'ADN, et vise à des modifications hormonales (hormone parathyroïdienne, nandrolone, etc.), de morphologie interne (oreille interne), d'organes liés à l'anchimiose, etc. Dans certains cas particuliers, addition d'un MCAH (micro-chromosome artificiel humain) dans les cellules, chez les peaux-épaisses notamment ; 2) l'infection par des calcibactéries, unicellulaires génétisés régulant le cycle phosphocalcique dans l'organisme (sans les calcibactéries, les pertes osseuses peuvent atteindre un pour cent de la masse par mois et aboutir à des lithiases rénales) ; 3) sur certaines spatiocénoses, des nanorodes cardiovasculaires, et tout un arsenal de drones visant à suppléer les deux premières catégories.

KIAVF : Planète de la Ceinture.

KRO : Planète pénitentiaire à forte gravité, célèbre pour s'être révoltée et avoir acquis son indépendance.

KUIPER : Système solaire comportant trois planètes telluriques habitées : Kuiper Prime, Kuiper Du et Kuiper Tri. Toutes trois sont gérées par des cartels mafieux.

KUNI : « L'Art sans art ». L'une des religions majeures, non révélée, dont la cellule de base est la famille. Le chef de famille porte le seytchayas, couteau rétractile attaché au poignet. C'est lui qui règle les cérémonies du culte. Son attribution n'est pas fonction du sexe ou de l'âge mais d'une disposition d'esprit. Le Kuni est une mystique de l'absorption, le combat ayant pour but le dépouillement de l'intention : dans la danse du seytchayas, l'intérieur et l'extérieur ne font qu'un et le coup se détache comme un fruit mûr. Un circuit neural relie le seytchayas à son porteur ; s'il est en état de fureur, si le corps est contracté, l'arme refusera de jaillir. Les grands maîtres kunis « savent lire dans le corps et faire respirer les âmes ». Une variante féodale de ce culte, le Renkuni, s'est imposée sur quelques planètes comme Ramanouri.

LAKTANOKTO : Système abritant Ramanouri.

LAMERIA : Planète forestière de la Couronne.

LÉGÈRE, COLONIE : Colonie dans son stade de peuplement. (Voir : Colonie lourde.)

LIBRAL : Confédération de vingt-huit planètes ayant signé une charte écopolitique commune.

LOURDE, COLONIE : Colonie vouée à la production agro-industrielle, utilisant intensivement des drones agricoles et miniers.

MAGNÉTOLANCEUR : Lanceur électromagnétique (EM) linéaire, qui permet de catapulter du fret en orbite, par masses de cinq à quinze tonnes, et parfois même des passagers. Ces énormes structures, qui peuvent atteindre dix kilomètres de long, sont en usage sur beaucoup de colonies lourdes, afin d'alimenter le marché multimondial en matières premières.

MAÏS AMIDONNIER : L'une des céréales les plus cultivées sur les mondes agricoles.

MARS : Premier monde terraformé, dans le système solaire du Berceau, avant même la découverte des Portes de Vangk. Appelée également Kasei ou Petite-Terre, Mars a perdu toute importance dès le premier siècle de l'Ère Vangke, à cause de son éloignement de la Porte. Son exploitation minière a repris au sixième siècle, sous l'égide de la Solatec.

MÉDIKIT : Terme générique. Instrument médical d'origine militaire, unité portative de diagnostic, de traitement et d'intervention chirurgicale.

MEERL-SUD : Planète de la Ceinture.

MM : Minimobile. Nomenclature utilisée pour les véhicules et drones civils fabriqués par certaines multimondiales, à l'usage de leurs colonies-filles. Le sigle MM est suivi de chiffres de références.

MONEL-233 (ancienne nomenclature) : Système solaire comptant quatre planètes dévolues à l'extraction de minerais : Ucuetis, Hammer, Jahon et Es Utrosi.

MONNAIE : On trouve trois types de monnaies, qui forment autant de couches dans le système monétaire intermondial : 1) Les monnaies locales, fiduciaires, utilisées sur les colonies (planètes ou spatiocénoses). 2) La monnaie émise par les multimondiales, sous forme essentiellement virtuelle, qui transite par les téléthèques. 3) L'équor, monnaie assurant la parité entre les monnaies de multimondiales.

MULTIMONDIALE : Groupe dont les activités (agriculture, industrie, transport, services, finance...) et les intérêts sont pluriplanétaires. Une multimondiale est davantage qu'une union de planètes ou de secteurs de production : elle forme une entité politique et culturelle à part entière. Elle entretient une armée qui fait respecter ses règlements civils, frappe sa monnaie à usage interne. Ses cadres dirigeants sont l'objet de rivalités et représentent des clans, factions écopolitiques ou secteurs agro-industriels susceptibles de s'opposer.

MUSPELLSHEIM : Planète de lave en fusion, orbitant autour de l'étoile Pélé G1, au sein d'un système solaire en formation.

NEURO-ARMES : Armes implantées, comme les VOR, déclenchées par un réflexe nerveux câblé.

NOVO PERSIA : Planète de la Ceinture.

OGOUN : Philosophie religieuse pratiquée par de nombreux clans primitivistes, et pour cela généralement interdite par les règlements internes des multimondiales. Elle se fonde sur l'admission de trois principes complémentaires : le bien, le mal et l'ogoun – en équilibre entre le bien et le mal. L'ogoun se traduit par l'attente et le devenir (durée), la métamorphose (état), la prédisposition (génétique). Il s'incarne en deux substances : la chair vivante et le métal, en particulier le fer.

ORBITEUR : Vaisseau spatial trans-Portes transportant du fret ou des passagers, non destiné à atterrir sur des astres planétaires.

ORENSE : Planète de la Couronne.

PANISLAM : L'une des religions majeures, issue de l'Islam Réformé du Quatrième Schisme. La Récitation, texte fondateur du nu-Qurân (ou Nu-Qur'ân), parle du kaoun, l'Univers et sa création. Un verset dit : « N'ont-ils pas vu qu'Allah qui a créé les cieux et la Terre est capable de créer leurs pareils (des créatures semblables parmi les humains et les djinns) ? Il leur a fixé un terme, sur lequel il n'y a aucun doute, mais les injustes s'obstinent dans leur mécréance… » La pluralité des mondes n'est pas contradictoire avec l'islam, aussi cette religion n'a-t-elle pas souffert de la découverte des Portes de Vangk. Comme pour la religion d'origine de l'Escopalisme, un nouveau canon s'est cependant avéré nécessaire. Le nu-Qurân a été rédigé sous la direction d'Ali Khadir, le XIIe imam, à l'origine de l'unification panislamique. Il compte 21 sourates de plus que le Coran. Leur longueur est inégale (de 18 à 140 versets). Le nu-Qurân s'appuie sur la croyance en un dieu unique, transcendant et révélé, et l'espérance dans l'Au-Delà. Contrairement à l'escopalisme, le péché originel n'a pas exclu l'homme de la grâce.

PANSTRUCTURE : « Non-culte » des Yuweh. La Panstructure définit l'humanité comme Structure dans une Surstructure, elle-même enchâssée dans une Panstructure à l'échelle du cosmos. Mais ce mot est d'abord utilisé pour désigner l'ensemble des vingt-cinq mille planètes et spatiocénoses mises au jour par les Portes de Vangk.

PARINO : Planète de la Ceinture.

PARON : Planète de la Ceinture, célèbre pour ses artefacts vangks.

PATOK : Variété de porçon de grande taille.

PEAUX-ÉPAISSES : Post-humains adaptés à l'espace, ayant vécu au début de la seconde expansion humaine. Ils vivent en clans. Déclassés et chassés pour leur surépiderme, ils ont été totalement remplacés au bout de deux siècles par des robots.

PLANÉTAIRES : Nom donné aux habitants des planètes par ceux qui résident dans les diverses spatiocénoses (voir ce mot).

PNÉOPHYTE : Superorganisme artificiel à l'aspect de mousse de couleur rouge, issu du génie génétique yuweh. Il assure l'épuration et le renouvellement de l'air, et maintient une température égale à l'intérieur des astéroïdes aménagés.

PORÇON : Espèce de bétail présente sur de nombreux mondes agricoles. Parasuidé à l'anatomie porcine, dont le mâle ne pèse que quarante kilos, la femelle le triple. Il comporte de nombreuses variétés, comme le patok.

PORT-VANGK : La moitié des astroports des planètes mineures portent ce nom.

PORTES DE VANGK : Artefacts spatiaux créés il y a cent mille ans par une espèce disparue, les Vangk, permettant de voyager entre les systèmes planétaires d'un seul bond instantané. Elles constituent la clé de voûte de l'expansion humaine dans l'espace, la première Porte ayant été découverte près de Neptune. En forme d'anneaux de 1,6 kilomètre de diamètre, elles gravitent au large des astres qu'elles relient. On les conçoit comme l'entrée et la sortie de couloirs de shunt espace-temps, de longueur zéro. Leur fonctionnement reste mystérieux car les Portes se ferment à toute tentative d'investigation. Leur masse, démesurée par rapport à leur taille, est probablement due à la matière étrange qui les constitue. On admet qu'elles se comportent comme des plans singulaires ou discontinuités dans notre bulle d'espace-temps, qui ouvrent une brèche dans l'interface qui sépare cette dernière du Multivers ; c'est dans ces interstices infiniment vides et froids, où n'existent que des ondes, que s'effectuent les voyages. On compte environ vingt mille Portes, mais leur nombre n'a jamais été déterminé avec précision, car on en a découvert jusqu'à l'Intermède. Elles servent également de relais aux téléthèques. La théorie de la Pan-structure attribue une configuration fermée aux Portes de Vangk, qui formeraient un réseau – ce qui induit l'existence possible d'autres réseaux, utilisés par d'autres formes de vie, mais inaccessibles les uns aux autres. Ce réseau est ouvert à tous, toutefois le coût du transport spatial d'une planète à une Porte est si élevé que seules les multimondiales ont les moyens d'organiser des voyages sur une vaste échelle.

POST-HUMAINS : Nom donné aux êtres humains qui ont modifié leur ADN (on parle alors d'Humanité Transgène), ou qui l'ont associé à d'autres créatures, naturelles ou artificielles.

PPb : Pâte de Protéines-base, produite par des levures génétisées. Gelée insipide à l'aspect de pâte de riz, très nourrissante, elle a été conçue à l'origine pour les adeptes d'une secte rigoriste se refusant à consommer animaux comme végétaux. Le PPb est consommé sur les colonies en phase de développement alpha ou en milieu extrême, ainsi que sur certains orbiteurs.

PRIMITIVISTES : Tribus technophobes et revivalistes des planètes des confins, issues de cités coloniales désertées. Les primitivistes refusent le mode de vie colonial au profit d'un retour à la nature. Certaines multimondiales les pourchassent, en dépit de traités internationaux fixant un « taux de perte coloniale ».

PUNAISES DU VIDE : Insectoïdes parvenant à vivre dans le vide de l'espace, sur la face externe de spatiocénoses. Ils combinent protéines structurelles à base de carbone-silice, et éléments métalliques. On distingue trois segments principaux organisés autour d'un tronc nerveux central. Les punaises du vide ont la faculté de modifier l'organisation de leurs membres effecteurs, grâce à une glande qui sécrète des fibres musculaires, et à leur système nerveux particulier. Une lymphe nutritive (émulsion mi-liquide, mi-gazeuse) baigne leurs organes, qu'un tube cardiaque agite d'un lent ressac. Leur cycle est semi-organique : ils combinent protéines structurelles carbonées et métal, en un alliage d'une résistance extraordinaire. Les punaises du vide se reproduisent par parthénogenèse, parfois par sporulation. Des ingénieurs ont tenté de les acclimater aux conditions planétaires pour les besoins des mondes miniers, le plus souvent sans succès, car leurs parties métalliques rouillent.

RAMANOURI : Planète des confins de la Couronne, sise dans le système de Laktanokto. Les colons vivent selon les préceptes du renkuni, une variante de la religion kunie.

RELIGIONS : La plupart des planètes et des spatiocénoses ont sécrété leurs propres religions, rigoristes ou primitivistes. Il existe quelques religions transplanétaires : le Panislam, l'Escopalisme, le Kuni... et de nombreuses religions locales (l'Ogoun, le polcherisme...).

RISHÈSE : Planète de la Couronne, peu développée, dotée de trois lunes.

RIVAR : Planète agricole, connue pour ses coutumes bucoliques et conservatrices.

ROSACE : Ensemble de sept spatiocénoses formant une configuration gravitationnelle autour d'une Porte de Vangk, dans le système de Satori : les bulbes Griffith, les Länder Driov, Mont-Y, le Collier de Bernal, Seroa, le Doigt de Gabriel et la Concaténation Larkin. Une alliance politique, dite de l'Entente, a pour but de favoriser ses échanges économiques.

RT : Restriction Technologique. Mesure de rétorsion légale, édictée par une multimondiale à l'encontre d'une planète-fille, dont les éléments non contrôlés s'opposent à sa politique ; de cette façon, l'autorité coloniale a tout intérêt à faire elle-même la police. Il ne s'agit pas d'un blocus, mais d'un filtrage systématique de produits et outils de haute technologie, comme, par exemple, les IA ou les traitements médicaux de pointe.

SAÖDI : Planète de la Couronne.

SCHADRAL : Planète située dans la Constellation d'Orgueil.

SEMER IV : Planète des Confins, sur laquelle d'étranges cités ensevelies il y a cent mille ans ont été découvertes. Certains prétendent qu'elles ont été habitées par les Vangk. La planète a été abandonnée à la suite d'une épidémie.

SEYTCHAYAS : À l'origine, arme blanche kunie, sorte de poignard rétractile, fixé au poignet (très rarement à la cheville). Le seytchayas est l'arme typique de l'espace, car elle ne met pas en danger l'environnement. Dans l'espace, l'utilisation de lasers ou d'armes à projectiles est moralement criminelle.

SORIO : Système solaire de la Couronne dont seule la troisième planète, Sorio Tri, est habitée.

SOUAB : Planète désertique de la Couronne.

SPATIOCÉNOSE : Toute communauté d'êtres vivants organisée pour séjourner en habitat spatial autonome. Sont désignés sous ce terme les arcologies ou astéroïdes habités, les stations orbitales de peuplement, certains vaisseaux orbiteurs parmi les plus vastes. La plupart des spatiocénoses ont développé une forme de vie sociale fondée sur la collaboration, la complémentarité, l'ajustement réciproque de type rationnel. Le lien social repose non plus sur l'affectivité, le sentiment d'appartenance à une communauté, la médiation des symboles, mais sur la réalité de l'échange, la solidarité opérationnelle, la coresponsabilité.

SPICA : Système solaire comprenant trois planètes habitables. La plus proche des caractéristiques du Berceau est Spica III.

SPRIT (abrév. Sp.) : Échelle (de 1 à 12) servant à définir le degré d'intelligence/conscience d'une IA. Les IA majeures échappent à ce classement.

STER & BAZ : Marque d'armes de poing.

TÉLÉTHÈQUES : Réseau informatique transplanétaire, transitant par faisceau laser via les Portes de Vangk et accessible depuis n'importe quel monde doté de relais satellites de communication. Les téléthèques permettent de transférer de l'argent, des informations, des œuvres d'art (textes, musique, vidramas, virtudramas et interacts), des flux de données. Elles forment l'un des maillons essentiels de la technosphère humaine.

THALAN : Système solaire dont l'étoile en fin de vie a explosé, carbonisant ses planètes et provoquant la « catastrophe de Thalan ».

THÉROUGE : Infusion stimulante, tirée d'une variété hybride de thé du Berceau et de chivre.

VANGK : Espèce extrahumaine disparue, que l'on ne connaît que par les Portes spatiales ainsi que par quelques artefacts d'usage inconnu. Sa forme, sa culture et son langage demeurent mystérieux, de même que les motifs pour lesquels elle a légué les Portes à l'humanité. Des sectes prétendent que les Vangk sont des descendants post-humains venus du futur. D'autres, qu'ils ont renoncé à leur enveloppe organique et imprimé leur conscience dans de vastes structures électromagnétiques utilisant un minimum d'énergie, déployées sur les immenses étendues de l'espace et du temps. Deux des innombrables mythes qui entourent les Vangk.

VANGKANAS : Nom donné aux colons par certains clans primitivistes.

VEISM : Tubercule charnu cultivé sous toutes les latitudes, utilisé dans la production de bière. Son origine présumée est Arago.

VERFÉBRO : Planète de la Couronne extérieure, deuxième satellite de Vélag-B, une naine brune annelée. Sujette à des marées magnétiques et gravifiques qui provoquent une activité volcanique intense, Verfébro est entièrement recouverte par une forêt inextricable d'arbres immenses, les ceibas, qui recouvre même les océans.

VOR : Impulseur d'ondes miniature, le plus souvent implanté dans l'avant-bras. Appartient à la catégorie générale des neuro-armes.

YUWEH : Caste technicienne très fermée ne traitant qu'avec les États constitués et les multimondiales, qui s'est donné pour rôle la terraformation des planètes découvertes grâce aux Portes de Vangk. La caste compte des généticiens, des géoingénieurs et des écoformeurs. Les Yuweh sont humains, mais se livrent à des altérations sur leur morphologie et leur métabolisme. Adeptes de la philosophie de la Panstructure, non idéalistes dans leur vision du monde, ils révèrent tout ce qui est changement ou facteur de changement. Ils ont tenté en vain de percer les origines et le fonctionnement des Portes de Vangk. Ils ont également mis en place le réseau de téléthèques permettant l'échange de données numériques entre les mondes. On ne leur connaît pas de planète d'origine.

ZEMÖN, LUIZ ANDREAN : Compositeur universellement connu pour ses douze symphonies. Né au deuxième siècle de l'Ère Vangke sur l'arcologie ruchière d'Ast Beecham, mort dans la misère sur Novo Kasei, dans des circonstances non élucidées. Enfant prodige, il a composé sa première œuvre à six ans. Sa deuxième symphonie, dite « Chorale », a inspiré plusieurs dizaines d'opéras à travers l'univers humain et est considérée comme la plus grande œuvre musicale jamais écrite. Son plus célèbre opéra est *La Folie du Khan*.

ZEPHYR KVAR : Planète glaciaire située dans la Zone Thetys.

DU MÊME AUTEUR

Aux Éditions Bragelonne

HORDES

L'ASCENSION DU SERPENT

LE VOL DE L'AIGLE

LES CROCS DU TIGRE

Aux Éditions Octobre

LES ÈRES DE WETHRÏN

LE NOM MAUDIT

LA GUERRE DE L'AUBE

ALAET L'INSOUCIANT

Aux Éditions L'Atalante

LA MÉCANIQUE DU TALION

Aux Éditions J'ai lu

UNE PORTE SUR L'ÉTHER

Aux Éditions Degliame

LA CITADELLE DES DRAGONS

LE DÉMON-MIROIR

LE LABYRINTHE SANS RETOUR

LA FRONTIÈRE MAGIQUE

LE PIÈGE AUX SORCIERS

LA CARAVANE DES OMBRES

LE SABLIER MALÉFIQUE

L'ODYSSÉE DES SIRÈNES

Aux Éditions SENO

TYPHON

Composition IGS-CP à L'Isle-d'Espagne (Charente).
Impression CPI Firmin-Didot
à Mesnil-sur-l'Estrée, le 1ᵉʳ septembre 2011.
Dépôt légal : septembre 2011.
Numéro d'imprimeur : 106509.
ISBN 978-2-07-036379-7/Imprimé en France.